Le secret de Lily

Un ardent désir

KATHIE DeNOSKY

Le secret de Lily

Traduction française de
MARION BOCLET

PASSIONS

HARLEQUIN

Collection : PASSIONS

Ce roman a déjà été publié en 2018

Titre original :
SEX, LIES AND THE SOUTHERN BELLE

HARPERCOLLINS FRANCE
83-85, boulevard Vincent-Auriol, 75646 PARIS CEDEX 13
Service Clients — https://www.harlequin.fr/contenu/contactez-nous
ISBN 978-2-2805-2042-3 — ISSN 1950-2761

Édité par HarperCollins France.
Composition et mise en pages Nord Compo.
Imprimé en septembre 2025 par ScandBook UAB en Lituanie
en utilisant 100% d'électricité renouvelable.
Dépôt légal : octobre 2025.

FSC
www.fsc.org
MIXTE
Papier | Pour une gestion forestière responsable
FSC® C021394

Pour limiter l'empreinte environnementale de ses livres, HarperCollins France s'engage à n'utiliser que du papier fabriqué à partir de bois provenant de forêts gérées durablement et de manière responsable.

1

Lily Kincaid sentit son ventre se nouer tandis qu'elle regardait, assis autour de la table de conférence, les membres de sa famille et les trois autres personnes présentes. Tous avaient assisté la veille aux funérailles de son père, Reginald Kincaid, et étaient maintenant réunis pour la lecture du testament. Elle avait peine à accepter la mort de son père bien-aimé et ne pouvait se résoudre à croire qu'il ait pu mener une double vie pendant trente ans. Depuis tout ce temps, il avait une deuxième famille à Greenville... Cela dépassait l'entendement.

Son appréhension s'intensifia quand le notaire, Harold Parsons, entra dans la pièce avec, dans les mains, un gros dossier. Il prit place à l'extrémité de la grande table et sortit du dossier de nombreux documents.

Lily était bouleversée par la mort de son père, bouleversée à l'idée que le fruit du travail de toute une vie allait être partagé entre eux, mais le pire, c'est que l'image qu'elle avait de son père avait volé en éclats.

— Avant de commencer, je tiens à vous présenter mes sincères condoléances, dit Me Parsons, d'un ton empreint de compassion. Je connaissais Reginald depuis longtemps, son sens de l'humour et son esprit me manqueront cruellement. Je me rappelle le jour...

Lily se mordit la lèvre inférieure pour l'empêcher de trembler quand l'homme se présentant comme son demi-frère, Jack Sinclair, se racla la gorge grossièrement et regarda sa montre, comme pour accélérer les choses. Comment un homme aussi chaleureux et affectueux que son père avait-il pu engendrer un fils aussi froid et insensible ?

RJ, le frère aîné de Lily, le fusilla du regard.

— Tu es pressé, Sinclair ?

— A vrai dire, oui, répondit Jack, impassible. Combien de temps est-ce que cela va prendre, Parsons ?

Les sourcils blancs et broussailleux de Me Parsons se haussèrent au-dessus de ses lunettes.

— Cela prendra le temps nécessaire, jeune homme, répondit-il d'un ton désapprobateur.

Angela Sinclair posa une main sur le bras de son fils et s'interposa, d'une voix peu assurée :

— Je t'en prie, Jack... Ne rends pas les choses encore plus difficiles qu'elles ne le sont déjà.

En d'autres circonstances, Lily aurait probablement éprouvé de la compassion pour Angela Sinclair : de toute évidence, celle-ci était profondément secouée par la mort de Reginald. Cependant, elle avait été sa maîtresse pendant trente ans, et elle s'était présentée à ses funérailles pour pleurer sa perte comme si ses fils et elle faisaient partie de la famille... Lily ne pouvait en supporter davantage. Soit Angela Sinclair ne se rendait pas compte du chagrin qu'éprouvait la famille Kincaid, soit elle s'en moquait.

— Veuillez excuser l'impatience de mon frère, déclara Alan Sinclair, adressant à Lily et à la famille un sourire compatissant. Je crois que Jack est bouleversé par la mort de Reginald.

Alan, le plus jeune fils d'Angela, semblait être l'opposé de son demi-frère. Jack était grand, avait les cheveux noirs et les yeux bleus, une attitude froide. Alan était plus petit, avait les cheveux blond foncé et les yeux noisette, comme sa mère, et il semblait comprendre la douleur et le désarroi des Kincaid. Ils devaient faire face non seulement à la mort de leur père, qui s'était apparemment suicidé, mais aussi à la terrible révélation de sa double vie.

Jack regarda Alan d'un air dur. A en juger par l'animosité que trahissait son expression, il ne portait pas son demi-frère dans son cœur.

— Ne t'excuse pas pour moi, je n'ai aucune raison de m'excuser.

— Ça suffit ! coupa RJ d'un ton ferme.

Il se tourna vers le notaire et, avec un hochement de tête, ajouta :

— Je vous en prie, maître Parsons, continuez.

— Si Sinclair ne veut pas rester, renchérit Matt pour soutenir RJ, je suis sûr que vous pourrez lui envoyer une lettre pour lui dire ce que notre père a souhaité lui léguer.

De quelques années l'aîné de Lily, Matt avait déjà eu plus que sa part de malheurs. Il avait perdu sa femme un an plus tôt et élevait maintenant seul leur fils Flynn. La mort de leur père, si peu de temps après celle de sa femme, devait raviver de bien tristes souvenirs pour lui.

Elle jeta un coup d'œil à leur mère. En parfaite dame du Sud, Elizabeth Kincaid endurait toutes ces épreuves avec un calme élégant, que Lily lui enviait : ses sœurs et elle étaient loin de réagir aussi bien. Laurel, l'aînée des trois sœurs, se tamponnait constamment les yeux avec un mouchoir bordé de dentelle, et Kara semblait être en état de choc.

— Continuez, Harold, je vous en prie, dit leur mère en replaçant une mèche de ses cheveux auburn.

— Très bien, Miss Elizabeth, répondit Parsons.

La plupart des gentlemen du Sud avaient coutume d'appeler les dames, mariées ou non, *Miss*.

Il lut quelques phrases préliminaires rédigées dans un parfait jargon juridique, puis s'éclaircit la voix et commença l'énumération des biens de Reginald :

— « En ce qui concerne mes biens immobiliers, j'aimerais qu'ils soient partagés comme suit. A mon fils RJ, je lègue le Great Oak Lodge dans les Smoky Mountains. A ma fille Laurel, je lègue ma maison au bord de la plage sur les Outer Banks.

A ma fille Kara, je lègue ma maison de vacances sur Hilton Head Island. A mon fils Matthew, je lègue la maison de famille des Kincaid, où nous allions en vacances ensemble. A ma fille Lily, je lègue le manoir du colonel Samuel Beauchamp dans le quartier de la Battery. »

Lily sentit les larmes lui piquer les yeux. Son père savait combien elle aimait le quartier historique de la Battery, l'un des plus beaux de Charleston, si ce n'est de toute la Caroline du Sud. Elle ignorait cependant qu'il y possédait une maison…

Après avoir précisé les sommes d'argent et les propriétés que son père avait souhaité léguer à Elizabeth et à Angela, Me Parsons ajouta :

— Quand Reginald a mis à jour son testament, il a également rédigé ces lettres et m'a demandé de vous les donner à sa mort.

Il donna à chacun, hormis Elizabeth, une enveloppe cachetée à son nom.

— En ce qui concerne les intérêts commerciaux de Reginald, reprit-il, ils seront divisés comme suit : « RJ, Laurel, Kara, Matthew et Lily recevront chacun une participation de neuf pour cent dans le groupe Kincaid. Mon fils aîné, Jack Sinclair, recevra une participation de quarante-cinq pour cent. »

Me Parsons se tut, et il y eut un long silence, pendant lequel tous prenaient la mesure des dernières volontés de Reginald Kincaid. Puis, soudain, RJ s'écria :

— Qu'est-ce que… !

Son expression reflétait à la fois l'incrédulité la plus totale et une fureur à peine réprimée. Le souffle coupé, Lily sentit son estomac se nouer. Comment leur père pouvait-il faire une chose pareille à ses enfants, et surtout à RJ, l'aîné de ses enfants légitimes ? RJ travaillait comme vice-président exécutif du groupe Kincaid depuis des années, et il avait été amené à croire qu'il reprendrait un jour les rênes en tant que président-directeur général de l'entreprise. Apprendre maintenant que leur père avait donné à Jack Sinclair une participation majoritaire dans l'entreprise familiale était un coup dur pour tous les Kincaid, mais surtout pour RJ.

— Cela ne fait que quatre-vingt-dix pour cent, déclara-t-il, fronçant les sourcils d'un air redoutable. Quid des dix pour cent restants ?

Me Parsons secoua la tête.

— Le secret professionnel ne m'autorise pas à vous répondre.

Autour de la table, un brouhaha éclata. Entre allégations passionnées et menaces de représailles judiciaires, Lily eut soudain l'impression d'étouffer… Elle savait qu'elle allait se sentir mal si elle restait une seconde de plus dans la pièce.

— J'ai… besoin d'air, lança-t-elle à la cantonade.

Elle se leva, glissa dans son sac à main la lettre qu'elle n'avait pas encore ouverte et sortit précipitamment de la salle. Elle ne savait pas si c'était la nouvelle de la trahison de son père ou son début de grossesse qui la rendait malade, mais elle devait quitter l'étude au plus vite.

Elle se hâta vers la réception, sans véritablement prêter attention à ce qui l'entourait, et heurta soudain quelqu'un de plein fouet. Des mains puissantes se refermèrent sur ses épaules pour l'empêcher de tomber et, quand elle leva les yeux, son cœur fit un bond dans sa poitrine. Elle aurait pu tomber sur n'importe qui, mais il avait fallu que ce soit sur le propriétaire et P.-D.G. d'Addison Industries.

Daniel Addison n'était pas seulement le concurrent le plus farouche du groupe Kincaid : il était également le père de son enfant à naître, enfant dont il ignorait l'existence.

— Doucement, ma jolie, il n'y a pas le feu ! s'exclama Daniel en retenant la jeune femme qui, depuis deux semaines, le fuyait comme la peste.

— J'ai simplement… besoin d'air, murmura Lily.

Sa pâleur inhabituelle et son air hagard étaient inquiétants. Il l'avait vue à l'enterrement de Reginald Kincaid, la veille, et l'avait trouvée très abattue, mais aujourd'hui, elle n'avait pas seulement l'air de quelqu'un qui venait de perdre un être cher… Elle donnait l'impression que le monde entier s'effondrait autour d'elle.

— Viens, dit-il en lui passant un bras autour des épaules et en l'entraînant vers la sortie.

— Ma famille… Je ne peux pas partir, répondit-elle dans un souffle.

Il s'arrêta à l'accueil pour dire à la réceptionniste qu'il appellerait pour prendre un autre rendez-vous et lui demander d'informer les Kincaid qu'il raccompagnait Lily chez elle. Puis il franchit la double porte vitrée, entraînant Lily sur le trottoir, et sut, à la façon dont elle était saisie par l'air froid de janvier qu'elle allait être malade. Il la guida vers une poubelle et tint ses longs cheveux roux en arrière pendant qu'elle vomissait.

— Je t'en prie, murmura-t-elle lorsqu'elle releva enfin la tête, va-t'en, laisse-moi mourir en paix.

— Tu ne vas pas mourir, Lily, dit-il en lui posant avec douceur une main sur la joue.

Il essuya ses larmes avec son mouchoir. Elle prit une profonde inspiration.

— Je suis sûre que tu te trompes. En ce moment, j'ai l'impression que la mort serait… une délivrance.

— Tu as pris ta voiture pour venir ?

— Non, je suis venue avec maman, répondit-elle d'une voix un peu plus ferme.

Il lui passa un bras autour de la taille et la serra contre lui, puis l'entraîna vers le parking de l'autre côté de la rue.

— Tant mieux… Ce ne sera pas la peine d'envoyer quelqu'un chercher ta voiture.

— Je ne peux pas partir…

Elle se tourna vers l'étude des notaires Parsons, Gilbert & Humbolt, mais il la tint fermement contre lui.

— C'est non négociable, Lily. Tu es tellement bouleversée que tu en es malade.

Il ouvrit la portière côté passager de sa Mercedes et lui fit signe de monter.

— Monte, je te raccompagne.

— Tu me forces la main, dit-elle avec entêtement.

Il secoua la tête.

— Non, je prends une sage décision ! Alors, vas-tu te décider à monter dans cette voiture, ou vais-je devoir t'y installer moi-même ?

Elle lui lança un regard furibond.

— Tu n'oserais pas...

— Tu veux parier ?

Ils se fixèrent pendant quelques secondes, puis, vaincue, elle prit place sur le siège en cuir.

— Très bien. Ramène-moi, et ensuite, laisse-moi tranquille.

Il referma la portière, contourna la voiture et s'installa au volant.

— On verra.

Etant donné son état, il ne voulait pas la bouleverser encore davantage en lui disant qu'il ne la laisserait seule que lorsqu'il serait sûr qu'elle se sentirait un peu mieux. Il avait beau être impitoyable en affaires, arrogant et acharné quand il disputait un nouveau client à la concurrence, blasé face à un certain nombre de choses, mais il n'était certainement pas un homme insensible capable d'abandonner une femme dans la détresse, surtout si cette femme était Lily Kincaid.

Pour une raison qu'il ne s'expliquait pas, il s'était senti attiré par elle dès leur première rencontre, l'automne précédent, lors du grand bal de charité au profit des enfants hospitalisés, dont sa mère avait été l'une des organisatrices. Jeune et débordante d'énergie, Lily avait un appétit de vivre qui l'avait tout de suite charmé. Il s'était présenté, l'avait invitée à danser, puis à dîner... Il ne s'était pas vraiment attendu à ce qu'elle accepte, car il était de treize ans son aîné, et pourtant, pour sa plus grande joie, elle avait dit oui. Cela faisait un peu plus de trois mois et, jusqu'aux deux dernières semaines, ils s'étaient vus presque tous les soirs.

Quand il s'aperçut que Lily s'était endormie, il posa sa main sur la sienne. Il ne s'était pas vraiment attendu à ce que les choses évoluent si vite entre eux, mais il s'en réjouissait. C'était la femme la plus intéressante qu'il ait jamais rencontrée, et les moments qu'ils passaient ensemble lui donnaient le sentiment d'être plus vivant que jamais, et beaucoup moins cynique. Il ne comprenait pas pourquoi elle avait brusquement cessé de répondre à ses appels et trouvé toutes sortes d'excuses pour ne plus le voir…

Il s'engagea dans l'allée, contourna la maison familiale des Kincaid et se dirigea vers les dépendances, où se trouvait l'appartement de Lily, tout en secouant la tête, perplexe. Il n'avait pas la moindre idée de ce qui avait bien pu se passer, ni pourquoi elle ne voulait soudain plus avoir affaire à lui, mais il avait bien l'intention de le découvrir.

Il se gara et lui caressa la joue avec douceur.

— Nous sommes arrivés, chérie…

Elle ouvrit les yeux, se redressa lentement et regarda autour d'elle, un peu désorientée.

— Merci de m'avoir raccompagnée, Daniel. Je suis sûre que tu es attendu quelque part…

Sans lui laisser le temps d'ajouter quoi que ce soit, il sortit et alla lui ouvrir la portière.

— Passe-moi tes clés, dit-il en lui donnant la main pour l'aider à descendre de voiture.

Elle secoua la tête.

— Ça va aller, je t'assure… Ce n'est pas la peine de m'accompagner jusqu'à la porte.

— Quel genre de gentleman serais-je si je ne veillais pas à ce que tu sois bien rentrée ? demanda-t-il avec un sourire.

Pour la première fois depuis qu'ils étaient sortis de l'étude, elle le regarda droit dans les yeux.

— Je vous en prie, Daniel ! Nous sommes en plein milieu de la matinée, je ne crains rien.

Il caressa la peau laiteuse de sa joue.

— Tu me vouvoies, maintenant ? Je nous croyais beaucoup plus proches que cela, chérie…

— Je, euh… J'imagine que nous l'étions.

Son beau visage reflétait son embarras, on aurait dit une biche effarouchée.

Pourquoi ? Pourquoi était-elle si mal à l'aise en sa présence ? Malheureusement, il allait devoir attendre qu'elle se sente un peu mieux pour élucider ce mystère. Les quelques derniers jours avaient été un véritable cauchemar, pour elle et sa famille, et il n'allait pas ajouter à son stress en lui demandant pourquoi les choses avaient changé entre eux.

Il posa une main au creux de ses reins et sentit un frisson la parcourir. D'instinct, il sut que cet infime tremblement n'était pas dû au froid…

Tant mieux ! Au moins, il ne la laissait pas complètement indifférente.

— Je sais que ces derniers jours ont été très durs pour toi, Lily, dit-il avec sincérité, et j'aimerais être sûr que tu ne vas pas trop mal avant de te laisser toute seule.

Elle poussa un profond soupir.

— Je n'arriverai pas à t'en dissuader, n'est-ce pas ?

— Non.

Elle paraissait plus fatiguée, plus lasse que jamais… Il était peiné de constater que les événements récents avaient refroidi son enthousiasme. Elle ne s'en rendait peut-être pas compte, mais elle avait besoin de quelqu'un pour l'aider à traverser cette période douloureuse de sa vie, et il avait bien l'intention d'être cette personne.

— Pourquoi ne pas t'asseoir et te reposer un peu pendant que je fais du café ? suggéra-t-il quand ils entrèrent dans le salon, tout en l'aidant à retirer son manteau.

Elle secoua la tête, et ses longs cheveux ondulés oscillèrent avec grâce.

— Pas de caféine pour moi, je… je ne dors pas très bien ces temps-ci.

Il retira son pardessus et la conduisit vers le canapé.

— Je comprends, ma chérie… Ces derniers jours ont dû être très durs.

— C'est le moins que l'on puisse dire, murmura-t-elle en s'asseyant.

Elle leva vers lui ses beaux yeux bleus emplis de larmes.

— Pourquoi a-t-il fait cela ?

Si les journaux disaient vrai, Reginald avait utilisé l'un des pistolets anciens de sa collection pour mettre fin à ses jours. Daniel savait que Lily et son père étaient très proches, et la mort de ce dernier devait être extrêmement douloureuse pour elle.

— Je ne sais pas, Lily, répondit-il en s'asseyant à côté d'elle et en la prenant dans ses bras. On ne comprendra peut-être jamais pourquoi ton père s'est senti obligé d'en finir d'une façon aussi cruelle, mais dans quelque temps, quand tu ne seras plus sous le choc de la nouvelle, tu pourras repenser à tous les bons moments que vous avez partagés, j'en suis sûr.

Elle secoua la tête obstinément.

— Je ne crois pas… Tout ce que je croyais savoir de mon père n'était en fait qu'un mensonge.

Il voulait la consoler, et non ajouter à son désarroi.

— Donne-toi un peu de temps… Pour l'instant, tes émotions sont encore trop vives pour que tu puisses voir les choses clairement.

— Tu ne comprends pas, Daniel, dit-elle en s'écartant de lui. Tout chez mon père n'était que mensonge !

A en juger par son ton passionné, les médias n'avaient pas tout dit. Si elle arrivait à se confier, se dit-il, peut-être parviendrait-elle à ne pas s'effondrer complètement.

— Qu'est-ce qui te fait penser ça, Lily ?

Elle hésita un moment. Une larme coula sur sa joue, puis une autre…

— Après tout, je peux bien te le dire, ce sera le sujet de tous les ragots de Charleston d'ici la fin de la semaine, de toute façon.

— Je t'écoute.

— A l'enterrement de mon père, as-tu remarqué la dame blonde et les deux hommes qui l'accompagnaient, assis juste derrière ma famille ?

Il acquiesça.

— Ce sont des parents éloignés ?

— Non. Oui…

Elle s'essuya les joues du revers de la main.

— Pour tout te dire, je ne sais pas vraiment comment les considérer.

Elle était dans tous ses états, et il sentit son cœur se serrer.

— Calme-toi, Lily… De qui s'agit-il, au juste ?

— De la deuxième famille de mon père, répondit-elle d'un ton amer. Pendant trente ans, ses voyages d'affaires étaient en réalité un prétexte pour aller à Greenville passer du temps avec cette femme et ses deux fils.

Daniel était abasourdi. Il ne s'était certainement pas attendu à cela…

— Si je comprends bien, dit-il lentement, s'efforçant d'assimiler la nouvelle, tu viens d'apprendre que ton père avait une autre femme et deux enfants à Greenville ?

Elle acquiesça.

— En fait, Angela Sinclair était le premier amour de mon père. Son fils aîné, Jack, est mon demi-frère, et le plus jeune, Alan est le fils de son défunt mari.

— Jack Sinclair est ton demi-frère ?

Il avait entendu parler de lui et du succès retentissant de sa start-up, Carolina Shipping, mais il ne l'avait jamais rencontré en personne, n'avait jamais traité avec lui.

— Pourtant, ne viens-tu pas de dire que c'était lui l'aîné ?

Comment son jeune frère pourrait-il être le fils d'un autre homme ?

— Mon père et Angela sortaient ensemble quand ils étaient très jeunes, mais mes grands-parents estimaient qu'elle n'était pas assez bien pour lui, expliqua Lily en se levant.

Elle se mit à arpenter la pièce.

— A l'époque, poursuivit-elle, mon grand-père fondait la compagnie de navigation devenue aujourd'hui le groupe Kincaid. Ma grand-mère et lui voulaient que mon père épouse une femme susceptible de favoriser leur ascension sociale à Charleston.

Daniel était bien placé pour savoir comment fonctionnaient les bastions de la haute société du Sud. Sa mère était issue d'une famille riche bien établie. Elle et ses amis regardaient de haut ceux dont la fortune ne remontait pas au moins à quatre générations, ou dont la famille n'incluait pas un ou deux officiers s'étant battus pendant la guerre de Sécession.

— Mon père s'est rebellé et s'est engagé dans l'armée pour leur échapper, continua Lily, et comme il faisait partie de la brigade des Opérations spéciales, il s'écoulait parfois plusieurs mois sans qu'il soit joignable. D'après ce qu'on nous a dit hier, à l'enterrement, Angela a essayé de le contacter pour lui dire qu'elle attendait un enfant de lui, mais quand papa a été blessé et qu'on l'a rapatrié, elle avait apparemment disparu. Il a pensé qu'elle en avait eu assez de l'attendre et qu'elle avait tourné la page.

— Et comme il ne l'a pas retrouvée, il a cédé aux instances de ses parents et a épousé ta mère ? devina Daniel.

Lily hocha la tête.

— Les Winthrop sont une vieille famille, établie de longue date à Charleston, mais au milieu des années 1970, ils avaient perdu une grande partie de leur fortune, et ils étaient prêts à tout pour conserver leur style de vie et leur place au sein de la société.

Daniel détestait le snobisme et la prétention caractéristiques de cette classe sociale, mais il en était issu et en maîtrisait les rouages. Il avait vu de nombreuses vieilles familles ravaler leur fierté et encourager leurs enfants à épouser ceux qu'elles qualifiaient de « nouveaux riches », sous peine d'être exclus rapidement des hautes sphères.

— L'union de tes parents présentait donc un intérêt pour les deux familles, dit-il avec un hochement de tête. Elle a permis aux parents de ton père de gravir des échelons de l'échelle sociale, et à ceux de ta mère de s'en sortir et de garder leur place au sein de la haute société.

— Exactement.

— Comment ton père et Angela se sont-ils retrouvés ? Et son mari, quelle a été sa place, dans tout cela ?

— Apparemment, les parents d'Angela ont sommé cette dernière d'épouser Richard Sinclair ou de faire adopter le bébé. A sa place, j'aurais fait la même chose... Je préférerais épouser un homme que je n'aime pas plutôt qu'abandonner mon enfant.

Daniel fronça les sourcils.

— Et Sinclair, qu'est-il devenu ?

— Après s'être mariée et installée avec lui dans un autre Etat, Angela a mis Jack au monde et, quelques années plus tard, Richard Sinclair et elle ont eu un fils, Alan.

Elle haussa les épaules et ajouta :

— Je ne sais pas s'il a eu un accident ou s'il est tombé malade, mais Richard est mort quelque temps après.

— Il n'était donc plus là quand ton père a retrouvé Angela...

Lily poussa un profond soupir.

— Je ne sais pas comment il a fait, mais quand il l'a retrouvée et a découvert qu'il avait un fils, mon père l'a installée, avec les deux garçons, dans une maison à Greenville. Apparemment, elle avait du mal à joindre les deux bouts avec son seul salaire d'infirmière, et ses fils et elle ont eu la vie bien plus facile grâce à mon père. A partir de ce moment-là, il a régulièrement prétendu être en voyages d'affaires, alors qu'il passait en fait du temps avec Angela et ses fils.

Daniel secoua la tête, s'efforçant de digérer la nouvelle.

— Et vous avez découvert tout cela hier, à l'enterrement ?

Une larme coula sur la joue de Lily. Elle se mordit un instant la lèvre inférieure pour l'empêcher de trembler, puis répondit :

— Oui... et ce que nous avons appris ce matin, à la lecture du testament, n'a fait qu'aggraver notre peine et notre sentiment de trahison.

Il avait du mal à imaginer que la situation puisse être encore plus compliquée.

— Qu'avez-vous appris, ma chérie ?

— Mon père a laissé une participation majoritaire à Jack Sinclair dans le groupe Kincaid, alors qu'il n'a laissé qu'une participation de neuf pour cent à mes frères, mes sœurs et moi, dit-elle en essuyant une autre larme. Papa avait laissé entendre à RJ et à Matthew qu'ils seraient un jour à la tête du groupe Kincaid... Comment a-t-il pu trahir maman de la sorte ? Comment a-t-il pu tous nous trahir ?

Daniel se leva, s'approcha d'elle et la prit dans ses bras. La mort de Reginald était un choc pour elle, mais la découverte de la double vie de son père, sans compter sa décision de confier les rênes de l'entreprise à quelqu'un dont la famille ignorait jusque-là l'existence, était presque plus douloureuse encore.

Il la serra contre lui, essayant de lui insuffler du courage et de la force. Sa compassion pour elle sembla ouvrir les vannes, et il resserra son étreinte tandis qu'elle laissait aller ses larmes. Il détestait voir une femme pleurer... Il se sentait alors impuissant, ne sachant comment réagir. Les larmes de Lily lui donnèrent plus que jamais l'impression d'être inutile. Il avait envie de l'aider, de chasser sa peine... Hélas, seul le temps pouvait atténuer la douleur suscitée par la perte d'un être cher. Il était bien placé pour le savoir, lui qui avait perdu son père, décédé d'une crise cardiaque, quinze ans plus tôt. Il craignait cependant que Lily ne se remette jamais vraiment de la désillusion provoquée par l'incontestable trahison de Reginald...

— Ça va aller, dit-elle enfin, s'écartant un peu.

— Tu es sûre ?

Il n'avait pas envie de la laisser partir… Il adorait la tenir dans ses bras et détestait la voir dans cet état.

Elle acquiesça d'un signe de tête et alla se pelotonner à une extrémité du canapé.

— C'est gentil de m'avoir raccompagnée, Daniel… mais je suis vraiment fatiguée. Tu n'auras qu'à claquer la porte derrière toi, d'accord ?

Elle le congédiait, ni plus ni moins. Elle continuait de lui battre froid, comme elle le faisait depuis deux semaines, mais il savait qu'elle était épuisée. Le moment était mal choisi pour lui demander pourquoi elle n'avait brusquement plus de temps pour lui.

— Je repasserai ce soir voir comment tu vas, dit-il en prenant son pardessus.

— C'est très gentil de ta part, mais ce n'est pas la peine…

De la main, elle réprima un bâillement, se laissa glisser un peu plus sur le canapé et appuya la tête contre l'un des coussins moelleux :

— Ça va aller, je t'assure, ne t'embête pas.

Il enfila son manteau.

— Ça ne me dérange pas… J'irai acheter de quoi dîner et repasserai vers 18 heures.

Il s'attendait à ce qu'elle proteste, mais quand il se retourna, il constata qu'elle dormait déjà. Il s'approcha d'elle, et posa sur elle la couverture aux couleurs vives se trouvant sur le dossier du canapé.

— Repose-toi bien, ma chérie, murmura-t-il en déposant un baiser sur son front. Je reviens dans quelques heures…

Elle marmonna quelque chose, son nom peut-être, mais ne se réveilla pas. Il décida de prendre cela pour un « oui »…

Il sortit et se dirigea vers sa voiture. Certes, il devait bien admettre qu'il profitait un peu de la situation. Lily lui avait bien fait comprendre qu'elle ne voulait plus le voir et, jusqu'à ce matin, il avait respecté sa décision. Cependant, il refusait d'en rester là. Il voulait savoir pourquoi elle avait brusquement décidé de mettre un terme à leur relation.

Il s'installa au volant, mais ne démarra pas tout de suite. Le regard dans le vague, il se demanda de nouveau pourquoi il attachait tant d'importance à cette relation. Il n'avait jamais été très sentimental… Etait-ce parce que Lily avait rompu sans lui donner d'explication ? Etait-ce sa fierté qui l'empêchait de passer à autre chose ? Que s'était-il passé pour qu'elle décide ainsi de le chasser de sa vie ?

Qu'elle le veuille ou non, il l'aiderait à traverser les épreuves qui l'attendaient après le décès de son père, avec ce scandale familial qui ne manquerait pas d'éclater, puis il obtiendrait d'elle les réponses dont il avait besoin pour tourner la page.

2

Quand elle se réveilla et découvrit que Daniel était parti, Lily éprouva malgré elle une certaine déception.

— Ressaisis-toi, marmonna-t-elle en s'asseyant.

Daniel Addison n'était pas fait pour elle, et plus tôt elle accepterait cette idée, mieux cela vaudrait. Elle avait su que leur relation était vouée à l'échec dès qu'ils avaient commencé à se fréquenter : tout les opposait, et ils attendaient de la vie des choses très différentes.

Elle voulait trouver l'amour, se marier et fonder une famille... Trois choses dont Daniel ne voulait certainement pas après un divorce particulièrement pénible, quelques années plus tôt. Il ne cherchait que les aventures sans lendemain, sans sentiments profonds, sans engagement, sans enfants. Elle l'avait appris, non pas par le biais des nombreuses rumeurs qui circulaient dans les réceptions chics de Charleston, mais parce que la mère de Daniel s'était fait un plaisir de le lui dire.

Elle frémit en repensant à la façon dont elle avait été traitée lors du dîner auquel Daniel et elle s'étaient rendus chez les Addison, juste avant Noël. La mère de Daniel était, sans l'ombre d'un doute, la femme la plus froide et la plus désagréable que Lily eût jamais rencontrée. Elle était allée jusqu'à l'accuser de fréquenter Daniel dans le seul but de s'élever socialement, et avait également insinué que Lily n'était pas digne de se mêler aux familles de vieille souche, la fortune de son père étant relativement récente.

Dire que Charlotte Addison allait être la grand-mère de l'enfant qu'elle portait...

Elle se mordilla la lèvre inférieure et s'efforça de se calmer. Elle était enceinte et, à un moment ou à un autre, elle serait bien obligée d'en informer Daniel. Mais comment annoncer à cet homme qui ne souhaitait pas avoir d'enfant qu'il allait être père ? Essaierait-il de la persuader de se faire avorter ?

Dans un geste protecteur, elle posa une main sur son ventre encore plat. Elle ne le croyait pas capable de lui demander une chose pareille, mais même s'il le faisait, elle ne changerait pas d'avis : ce bébé était le sien et elle l'aimait déjà de tout son cœur.

Elle se leva, erra sans but dans la pièce un moment, puis alla jeter un œil à ses derniers dessins, qui serviraient à illustrer un livre pour enfants. Elle aimait tant les enfants... Elle ne pouvait pas concevoir que l'on n'ait pas envie d'en avoir.

Elle soupira avec tristesse. Tant pis pour lui...

Que Daniel veuille ou non être présent dans la vie de son enfant, elle se devait de lui dire qu'elle était enceinte, et dès qu'elle jugerait le moment opportun, elle le ferait.

Soudain, le téléphone sonna, l'arrachant à ses pensées. Elle décrocha et ne fut pas surprise d'entendre la voix de sa sœur aînée, Laurel.

— Tout va bien, Lily ?

— Oui, ça va mieux.

Lily adorait sa famille, mais elle n'avait pas encore annoncé à ses proches qu'elle attendait un enfant et ne savait pas vraiment comment aborder le sujet. Ils la soutiendraient, elle n'en doutait pas, mais tous étaient très occupés. En outre, elle n'avait nullement envie d'ajouter à leurs problèmes.

En tant que responsable des relations publiques au sein du groupe Kincaid, Laurel allait devoir affronter le battage médiatique que le scandale familial ne manquerait pas de susciter, tout en planifiant son mariage imminent. Heureusement, leur sœur Kara, excellente organisatrice de réceptions et de mariages, était là pour l'aider, mais elle était également débordée, car tout le monde s'arrachait les services de son entreprise florissante, Prestige Events.

Lily aurait pu demander conseil à ses frères, mais ils étaient tout aussi occupés que ses sœurs. Jusque-là, et depuis la mort de leur père, RJ avait eu fort à faire en tant que P.-D.G. intérimaire du groupe Kincaid, et maintenant, il allait certainement s'engager dans une âpre bataille juridique contre Jack Sinclair pour tenter de reprendre les rênes de l'entreprise. Il restait Matt... Le pauvre Matt jonglait avec son travail de directeur et sa fonction de père célibataire maintenant qu'il était veuf. Il avait peu de temps pour lui : elle n'allait pas, en plus, l'ennuyer avec les affres de sa vie sentimentale.

— Tu es partie tellement vite ce matin, reprit Laurel, l'arrachant à ses pensées, je voulais vérifier que tu allais mieux.

— J'avais juste besoin de prendre l'air... Je n'arrive toujours pas à croire que papa ait laissé une participation majoritaire dans l'entreprise à cet ignoble individu.

— Moi non plus, dit Laurel, apparemment aussi déçue qu'elle. Nous enquêtons pour savoir à qui il a légué les dix pour cent restants. Si nous parvenons à convaincre la personne en question de se rallier à notre cause, alors nous aurons une participation majoritaire dans le groupe Kincaid, et la donne serait différente. Après ton départ, Jack a annoncé à RJ et à Matt d'un air suffisant qu'il voulait un rapport complet du capital, des dépenses, de la croissance prévisionnelle, et une liste détaillée des clients, d'ici la fin du mois.

— Que veut-il en faire ? demanda Lily, inquiète.

Avait-il l'intention de revendre sa part aux Kincaid à un prix astronomique ? Ou projetait-il de morceler l'entreprise et de la revendre part après part ?

— Personne ne le sait, répondit Laurel avec un soupir, mais RJ et Matt vont tout faire pour le découvrir.

— RJ doit être furieux...

RJ ne supporterait pas l'arrogance de Jack Sinclair bien longtemps, et il finirait par trouver un moyen de le tenir en échec.

— Oui, dit Laurel. Enfin... Essaie de ne pas te faire trop de souci pour ça, Lily. S'il y a un moyen pour nous de reprendre le contrôle de l'entreprise, RJ et Matt le trouveront.

— Tu me demandes à moi de ne pas me faire de souci... Ça va être difficile !

Soudain, on frappa à la porte.

— Il faut que j'y aille, Laurel, on a frappé... On se voit demain. Bisous !

— Bisous, à demain ! répondit Laurel avant de raccrocher.

Lily reposa le combiné sur son socle et se dirigea vers l'entrée. C'était probablement son autre sœur ou l'un de ses frères qui venait voir comment elle allait. Rien de bien étonnant, après la façon dont elle s'était enfuie de l'étude de Me Parsons le matin même. Elle était la cadette et, comme par le passé, ses frères et sœurs continuaient de vouloir prendre soin d'elle. Elle ne les en aimait que plus.

Elle ouvrit la porte et, étonnée, découvrit Daniel sur le seuil, avec, dans une main, un grand sac en papier et, dans l'autre, une bouteille de vin.

— Je commençais à croire que tu dormais encore, dit-il en passant devant elle et en se dirigeant vers la salle à manger.

— Que fais-tu ici, Daniel ? demanda-t-elle en refermant la porte.

Il la regarda par-dessus son épaule avec un sourire indulgent.

— Tu ne te souviens pas ? Je t'ai dit que je reviendrai vers 18 heures avec de quoi dîner.

Elle fronça les sourcils.

— Je me rappelle t'avoir dit que ce n'était pas la peine que tu passes, mais je ne me souviens pas de cette histoire de dîner.

— Tu dormais peut-être déjà.

Il sortit du sac en papier plusieurs boîtes en carton qui sentaient délicieusement bon et les exhiba sur la table.

— Peut-être ?

Elle secoua la tête.

— A mon avis, tu as attendu que je dorme pour parler de dîner.

Il retira son manteau et le posa sur le dossier d'une chaise.

— En tout cas, j'en ai bel et bien parlé. Et puis, il faut bien que tu manges, et je me suis dit que tu n'aurais pas envie de cuisiner.

Ce qu'il avait apporté sentait merveilleusement bon, et elle avait une faim de loup, mais elle n'avait pas envie de céder aussi facilement.

— Je pourrais très bien avoir prévu quelque chose.

— Mais ce n'est pas le cas.

Il lui adressa un sourire irrésistible, qui la troubla instantanément.

— Allez ! Asseyons-nous et mangeons pendant que c'est encore chaud.

S'il y avait bien une chose qu'elle avait apprise au sujet de Daniel Addison, c'était que sa confiance en lui était inébranlable. Elle aurait aimé pouvoir en dire autant d'elle-même, surtout maintenant qu'elle allait devoir trouver un moyen de lui annoncer qu'elle était enceinte.

Quand il prit deux verres à vin dans le buffet, elle secoua la tête.

— Je vais boire du lait.

Il hocha la tête et déboucha la bouteille de vin.

— Tu as raison, après tout, tu as été malade ce matin.

Elle s'abstint de tout commentaire et se dirigea vers la cuisine, où elle ouvrit le réfrigérateur. Il valait sûrement mieux qu'il soit assis quand elle lui expliquerait la raison de son malaise le matin même et pour laquelle elle ne boirait pas de vin.

Quand elle retourna dans la salle à manger, elle ne fut pas surprise de voir qu'il avait sorti des assiettes du buffet. Daniel était un homme efficace, qui prenait les choses en main. Un frisson la parcourut à l'idée de ses mains sur son corps, la magie de ses caresses...

— Tout va bien, Lily ? lui demanda-t-il soudain, la rappelant à la réalité.

— Euh… oui, bien sûr, pourquoi ?

Elle devait arrêter de penser à ce qu'ils avaient partagé, car ils n'avaient aucun avenir ensemble.

Une lueur d'inquiétude passa dans les beaux yeux bleus de Daniel.

— Tu n'as pas l'air dans ton assiette, ma chérie. Tu sembles… ailleurs.

Ma chérie… Le terme d'affection qu'il employait toujours lui donnait envie de revenir quelques mois en arrière, au moment où ils avaient commencé à sortir ensemble. Tout était alors si simple. La mère de Daniel ne lui avait pas encore dit ces horreurs, elle ne savait pas que son père menait une double vie depuis trente ans…

— Je repensais à ce qu'était ma vie avant Noël…

Elle secoua la tête, accablée par la gravité de tout ce qui s'était passé depuis, et ajouta :

— Nous ne pouvions pas savoir que c'était notre dernier Noël avec papa, que nous commencerions l'année par un enterrement et un scandale dont on ne manquera pas de parler pendant des années.

Daniel lui prit son verre de lait des mains et le déposa sur la table, puis il la prit dans ses bras, mais elle appuya les mains sur son torse puissant pour le repousser. Sa vie avait pris une tournure qu'elle n'aurait jamais imaginée, et elle se sentait sur le point de s'effondrer, mais elle ne pouvait pas se permettre de tomber de nouveau sous le charme de Daniel.

— Daniel, s'il te plaît…

— Chut, chérie, murmura-t-il. Tu as besoin de quelqu'un pour te soutenir, en ce moment.

— Pas au sens propre, dit-elle, refusant d'abandonner aussi facilement.

Il eut un rire grave qui la fit frissonner.

— Au sens propre, aussi !

Malheureusement, Daniel était beaucoup plus fort qu'elle, et plus elle essayait de le repousser, plus il accentuait son étreinte. Soudain, trop épuisée moralement pour résister davantage, elle appuya la tête contre son torse. Elle voulait oublier, ne serait-ce qu'un instant, tous les événements horribles des dernières semaines et prétendre être encore insouciante et heureuse.

La sensation de ses muscles contre sa joue, de ses bras puissants autour d'elle, les battements réguliers de son cœur, firent naître en elle un profond sentiment de nostalgie. Il lui avait manqué, plus qu'elle ne l'aurait cru possible, et elle avait tout intérêt à garder ses distances.

Elle leva le visage vers lui et entreprit une nouvelle fois de s'écarter, puis elle s'immobilisa, comme hypnotisée, quand il plongea ses yeux bleu foncé dans les siens et baissa lentement la tête. Il allait l'embrasser, et elle ne voyait soudain plus aucune raison de l'en empêcher. Cependant, à ce moment précis, son estomac émit un grondement sonore, qui lui rappela qu'elle n'avait rien mangé depuis le petit déjeuner.

Daniel prit une profonde inspiration, lui déposa un baiser sur le front et sourit.

— Tu devrais manger maintenant, chérie.

— Oui…

Par chance, la faim l'avait empêchée de faire quelque chose qu'elle aurait immanquablement regretté plus tard. Elle recula, tira une chaise et s'assit à table.

— Alors… Qu'est-ce qui sent si bon ?

— Je suis passé chez Miss Pauline, répondit-il en s'asseyant à son tour, et comme je ne savais pas ce que tu préférais, j'ai pris du poulet et du rôti de bœuf.

— Je meurs de faim !

Elle avait la nausée tous les matins depuis deux semaines, mais le soir, elle était affamée.

— Je vais prendre un peu des deux… J'adore les plats de Miss Pauline !

— Nous avons aussi de la purée de pommes de terre avec

un peu de jus de viande, des haricots verts, des beignets, du pain de maïs et de la tarte aux pommes.

Il prit son assiette et commença à la servir.

— Ça va être délicieux ! Il y a de la glace à la vanille au congélateur, ce sera parfait avec la tarte.

Ils savourèrent leur dîner en silence. Plus Daniel observait Lily, plus il était fasciné. Ils avaient partagé de nombreux repas, mais il ne l'avait jamais vue aussi affamée.

— Tu n'avais pas mangé depuis combien de temps ? demanda-t-il en la regardant se resservir.

Elle se mordilla la lèvre inférieure, comme si elle réfléchissait à ce qu'elle allait dire.

— Je n'avais envie de rien, ce matin, répondit-elle enfin, et je n'ai pris que quelques biscuits avec une tasse de thé. Et puis, j'ai dormi presque tout l'après-midi, je me suis réveillée il y a un peu moins d'une heure.

Il comprenait qu'elle n'ait rien pu manger le matin même : n'importe qui aurait perdu l'appétit en pareilles circonstances. Elle avait sauté le déjeuner, mais elle se rattrapait, maintenant.

— Garde un peu de place pour le dessert, dit-il en souriant.

— Je sais que les quantités de beurre que Miss Pauline utilise dans ses recettes n'ont probablement rien de diététiques, mais elle fait la meilleure cuisine de toute la Caroline du Sud !

Elle sourit d'un air béat et prit une pleine fourchette de purée.

— Cela ne peut pas faire de mal de manger un peu trop gras une fois de temps en temps... C'est quand on mange comme ça tous les jours que l'on risque d'avoir les artères bouchées et de prendre du poids.

A peine avait-il prononcé ces mots qu'il les regretta. Son désastreux mariage lui avait au moins appris une chose : il ne fallait jamais parler de poids à une femme, c'était la meilleure façon de la contrarier.

Lily posa lentement sa fourchette et le regarda d'un air pénétrant.

— Est-ce que tu trouves que j'ai grossi ?

Bien joué, Addison !

— Ce n'est pas ce que j'ai dit, répondit-il, choisissant ses mots avec soin. J'ai dit que si on mangeait comme ça tous les jours, on grossirait.

Au lieu de s'en prendre à lui comme il s'y était attendu, elle sourit et haussa négligemment les épaules.

— J'imagine que ce n'est pas dramatique de prendre un peu de poids.

Il était abasourdi. S'il avait fait la même bévue avec Charisma, son ex-femme, elle le lui aurait fait payer pendant des semaines, et il aurait dû lui offrir un bijou ou toute une nouvelle garde-robe pour se faire pardonner. Chaque fois qu'ils auraient eu un différend, elle lui aurait ressorti sa remarque malheureuse. Lily, elle, ne semblait pas le moins du monde contrariée. Incroyable !

Décidant néanmoins qu'il valait mieux ne pas insister, il se leva et emporta leurs assiettes vides dans la cuisine.

— Je m'occupe du dessert.

— Je vais t'aider, dit-elle en se levant à son tour.

Il sourit et secoua la tête.

— Reste assise, détends-toi… Tu as eu une dure journée. Je ne suis pas vraiment à mon aise dans une cuisine, mais je suis sûr de pouvoir mettre une boule de glace sur une part de tarte.

Quand il réapparut quelques minutes plus tard et qu'il posa son assiette devant elle, Lily prit sa cuillère en souriant.

— Hmm… Ça a l'air délicieux !

Il rit.

— J'ai bien peur que mes talents culinaires ne se résument à cela. Pour quoi crois-tu que je t'aie toujours emmenée au restaurant ?

— Je n'y avais jamais vraiment songé.

Elle ferma les yeux et savoura les saveurs mêlées de la vanille, de la pomme et de la cannelle. Il ne put s'empêcher de penser, devant son expression de pur plaisir, à toutes les fois où il lui avait fait l'amour. Elle s'était montrée tellement réceptive, tellement passionnée...

La gorge serrée, il tenta de penser à quelque chose d'inoffensif, mais sans succès : Lily se passa la langue sur les lèvres pour attraper une petite goutte de glace. Cela lui rappela les nombreux talents dont elle avait fait preuve avec sa langue... Depuis quand le simple fait de manger un dessert était-il devenu si érotique ?

— Tu ne manges pas ? demanda-t-elle, ignorant les coupables pensées de son compagnon.

Il reporta son attention sur l'assiette posée devant lui. Ce n'était pas du dessert dont il avait envie, c'était de la délicieuse sensation de son corps tout contre le sien...

Il but une gorgée de vin et essaya de se détendre. En d'autres circonstances, il aurait trouvé succulente la tarte de Miss Pauline, il en était persuadé, mais à cet instant précis, il se moquait éperdument de ce qu'il y avait dans son assiette.

— Ça va ? demanda-t-elle encore, tendant le bras pour chiper une cuillerée de sa glace.

Il hocha la tête et fit de son mieux pour se concentrer. L'appétit de Lily était apparemment insatiable : elle avait fini sa part de tarte et commençait à prendre de petits morceaux chez lui.

— Je n'ai pas si faim que cela, pourquoi ne pas partager ? suggéra-t-il.

Il prit sa cuillère, la plongea dans la glace et la tendit devant les lèvres de Lily. Leurs yeux se croisèrent au moment même où elle ouvrait la bouche, et il sut aussitôt qu'il avait fait une erreur. En trente-huit ans, il n'avait jamais rien vu d'aussi provocant que ce regard intense, ses lèvres se refermant lentement sur cette cuillerée de glace. Il eut une bouffée de désir irrépressible, et se rappela soudain qu'ils n'avaient pas fait l'amour depuis près de trois semaines.

Lily était bouleversée depuis quelques jours, et il n'avait pas pour habitude de profiter de la vulnérabilité d'une femme pour la séduire. Cependant, s'il ne s'en allait pas très vite, c'était précisément ce qui risquait de se produire.

Il jeta un rapide coup d'œil à sa montre et annonça de but en blanc :

— Je suis désolé d'écourter cette soirée, mais je viens de me souvenir que j'ai un coup de téléphone à passer au Japon dès que le marché sera ouvert.

— Merci pour le dîner, dit-elle en posant sa serviette sur la table. C'était vraiment délicieux.

— J'ai l'impression que mon choix t'a plu, répondit-il d'un ton pince-sans-rire.

Il se leva, aida Lily à débarrasser, puis enfila son manteau.

— Je passerai te voir demain.

Elle le raccompagna à la porte.

— C'est très gentil de ta part de t'inquiéter pour moi, Daniel, je te remercie, mais ce n'est vraiment pas nécessaire. J'ai besoin de temps, mais ça va aller, je t'assure.

Apparemment, elle avait l'intention de continuer à le repousser, et cela ne lui convenait pas du tout. Il se retourna et lui caressa la joue, cherchant sur son visage un signe trahissant ses pensées. Lily s'appuya contre sa main, presque imperceptiblement, et peut-être même inconsciemment, mais cela lui suffit pour savoir qu'elle le désirait toujours. Il la prit alors dans ses bras et la serra contre lui.

— Daniel, ne…

— Chut, ma chérie…

Il effleura ses lèvres, pour lui rappeler comme leurs baisers étaient bons, et lui mordilla la lèvre inférieure pour voir jusqu'où elle le laisserait aller.

Quand elle poussa un petit gémissement et posa ses mains sur son torse pour empoigner sa chemise, un vif sentiment de satisfaction l'envahit. Quelle que soit la raison pour laquelle elle le tenait à distance depuis quelque temps, ce n'était pas parce qu'elle n'avait plus envie de lui.

A contrecœur, il résista à l'envie de l'embrasser plus

fougueusement. Il avait eu la réponse à la question quii le taraudait et, même s'il avait bien l'intention de redevenir l'amant de Lily, il voulait la laisser insatisfaite jusqu'à ce qu'elle ne puisse plus nier son désir pour lui.

— A demain, Lily…

Il lui fit desserrer les poings sur sa chemise et recula. Il ne put réprimer un sourire devant la perplexité et la déception qu'il lisait sur son beau visage et, sans lui laisser le temps de rassembler ses esprits et de protester, il ouvrit la porte et sortit dans la nuit.

Tout son corps vibrait de désir, et il savait qu'il aurait du mal à trouver le sommeil. Pourtant, il serait récompensé de son sacrifice, car il parviendrait de nouveau à attirer Lily dans son lit et dans sa vie.

Il espérait simplement ne pas devenir complètement fou d'ici là…

Perplexe, Lily regardait fixement la porte fermée. Les émotions se bousculaient en elle. Elle aurait voulu que Daniel l'embrasse vraiment, pas qu'il se contente de l'aguicher et de la laisser frustrée. C'était pourtant ce qu'il avait fait, et la déception qu'elle ressentait maintenant la contrariait profondément.

Elle secoua la tête, incrédule, et retourna dans la cuisine charger le lave-vaisselle. Elle était sidérée par la facilité avec laquelle elle avait fait fi de tout bon sens et s'était abandonnée dans les bras de Daniel. Heureusement, il avait reculé et n'avait pas cherché à aller plus loin. Elle n'aurait pas pu lui résister s'il avait essayé, et c'était pourtant exactement ce qu'elle devait faire, à tout prix.

Mettre fin à leur relation était l'une des choses les plus dures qu'elle ait jamais faites, mais c'était la seule façon pour elle de ne pas souffrir encore davantage quand Daniel apprendrait qu'elle attendait un enfant et qu'il s'en irait définitivement. Ils n'avaient pas les mêmes attentes, et elle préférait arrêter de le voir maintenant plutôt que d'avoir le cœur brisé plus tard.

Cependant, cela n'expliquait pas pourquoi elle n'avait pas réussi à lui annoncer la nouvelle quand il avait remarqué son appétit vorace. Il lui avait pourtant donné une occasion en or.

Le bouleversement hormonal dû à la grossesse devait être à l'origine de ses émotions contradictoires. Peut-être avait-elle en fait trop peur de lui avouer qu'il allait être père, sachant qu'il se désintéresserait aussitôt d'elle...

Elle soupira, mit le lave-vaisselle en route et erra sans but dans le salon. Elle aurait dû travailler sur le nouveau livre pour enfants qu'on lui avait demandé d'illustrer, mais elle n'arrivait plus à se concentrer depuis la mort de son père.

Elle avait peine à croire ce qui s'était passé au cours des derniers jours, et le matin même, à la lecture du testament. Elle songea à la trahison de son père, et se rappela soudain la lettre que Me Parsons lui avait remise. Elle n'y avait plus pensé jusque-là.

Elle regarda fixement son sac à main, posé sur la table basse, et finit par se décider à le prendre. Elle n'était pas certaine d'être prête à lire les dernières pensées de son père... Bien sûr, elle ne serait probablement jamais prête pour ce qui devait être ses adieux.

Elle sortit l'enveloppe de son sac et, pendant un long moment, se contenta de regarder son prénom écrit de la main de son père. Avec ce qu'elle avait appris à son sujet au cours des derniers jours, pourrait-elle seulement croire les mots qu'il lui adressait dans cette lettre ?

La seule façon de le savoir était d'ouvrir l'enveloppe. Elle s'assit, prit une profonde inspiration et la décacheta. Les larmes lui montèrent aux yeux quand elle lut la date en en-tête : son père avait écrit cette lettre quelques jours seulement avant sa mort.

Ma très chère Lily,

L'un des plus grands bonheurs de ma vie a toujours été de savoir que tu voyais en moi ton sauveur, que ce soit pour chasser les monstres sous ton lit et déposer des bisous magiques sur tes bobos quand tu étais petite, ou pour t'écouter, plus grande, me confier tes rêves et tes espoirs. J'ai chéri chaque instant passé avec toi, et j'ai toujours voulu que tu voies en moi un héros. Hélas, ma petite Lily, je ne suis qu'un homme, avec des défauts d'homme.

Si tu lis cette lettre, c'est que tu as découvert que ton cher vieux papa était en fait un colosse aux pieds d'argile. J'aurais voulu ne jamais te décevoir, et j'espère qu'un jour, tu pourras me pardonner mes faiblesses. Quoi que tu puisses maintenant savoir de moi, sache que le lien qui nous unissait était non seulement bien réel, mais très précieux pour moi.

L'une des nombreuses choses que nous avons en commun est notre amour du quartier historique de Charleston, et c'est pour cette raison que je te lègue le manoir du Colonel Samuel Beauchamp dans le quartier de la Battery. C'est l'un des plus beaux exemples d'architecture du Sud, et je sais grâce aux après-midis que nous avons passés ensemble aux White Point Gardens *quand tu étais enfant que c'est ton style préféré. Tu te heurteras peut-être à une certaine résistance de la part de l'ancienne propriétaire, Charlotte Addison, mais n'hésite pas à lui tenir tête, Lily. Tu es une jeune femme forte et très capable, et quelle que soit la décision que tu prendras en ce qui concerne cette propriété, je sais que ce sera la bonne.*

Je t'aime, Lily, et je ne doute pas que tu trouveras la force d'affronter les épreuves de la vie. Depuis ta naissance, tu es ma petite princesse, mon rayon de soleil, et j'ai eu de la chance de t'avoir pour fille.

Je t'embrasse bien fort,

Papa

Des larmes coulaient sur ses joues quand elle replia lentement la lettre pour la remettre dans l'enveloppe. Au fond, elle avait toujours su que le lien entre son père et elle était profond, qu'il n'aurait pas pu être factice, mais les désillusions de ce matin avaient assombri leurs relations et l'avaient poussée à tout remettre en cause. Quoi qu'il ait pu faire, son père l'avait aimée.

Malheureusement, elle allait avoir besoin de temps pour se remettre du fait qu'il avait donné à Jack Sinclair une participation majoritaire dans l'entreprise familiale, mettant ainsi sur la touche ses enfants légitimes.

Elle poussa un profond soupir. Il avait aussi trahi sa mère, même si celle-ci ne semblait pas aussi bouleversée par toutes ces révélations troublantes que ses propres enfants.

— Qu'as-tu fait, papa ? murmura-t-elle.

Elle resta assise là, à se demander ce que son père avait bien pu espérer accomplir en faisant ce qu'elle considérait comme des choix impardonnables, quand, soudain, elle repensa avec angoisse à quelque chose qu'elle avait lu dans sa lettre.

Elle la ressortit précipitamment de l'enveloppe et relut le nom de l'ancienne propriétaire du manoir Beauchamp : il s'agissait bien de la désagréable Charlotte Addison, la mère de Daniel.

Seigneur ! Dans quelle situation son père l'avait-il mise ?

3

Après avoir passé deux heures des plus pénibles à attendre que ses nausées matinales se calment, Lily était assise devant ses dessins, un coude posé sur le bureau, le menton dans la paume de la main.

Cela ne l'avancerait à rien de regarder dans le vide, mais elle n'arrivait pas à se mettre au travail. Depuis qu'elle avait lu la lettre de son père, la veille au soir, elle se demandait ce qu'elle allait faire de la propriété Beauchamp.

Elle n'y était jamais entrée, mais de l'extérieur, la magnifique maison de quatre étages, qui datait d'avant la guerre de Sécession, l'avait toujours captivée. A chaque étage, il y avait une véranda qui donnait sur White Point Gardens et au-delà, sur le port de Charleston, et Lily était presque sûre que l'on pouvait voir le phare de Sullivan Island et le Fort Sumter au loin.

Elle sourit avec mélancolie. Enfant, chaque fois qu'elle passait devant le majestueux manoir, elle imaginait comme il devait être merveilleux d'être dans la coupole du toit et prétendre être une princesse embrassant du regard son royaume. Maintenant, l'imposant bâtiment lui appartenait bel et bien…

Qu'allait-elle en faire ? La maison était immense ! Elle n'avait pas besoin de tant d'espace. Bien sûr, quand le bébé serait né, elle ne serait plus toute seule, mais la demeure restait quand même bien trop grande pour deux.

Elle se rappela soudain l'avertissement de son père : « Tu

te heurteras peut-être à une certaine résistance de la part de l'ancienne propriétaire. »

Qu'avait-il voulu dire, au juste ?

Comme elle n'arrivait pas à travailler, elle se leva et alla s'asseoir devant son ordinateur. On trouvait à peu près tout sur internet, elle pourrait donc sans doute se renseigner sur l'histoire de la maison et découvrir quel était le lien avec la mère de Daniel. Certaines demeures de la Battery avaient été transmises de génération en génération, sans jamais être occupées par qui que ce soit d'autre que les membres de la famille qui les avaient fondées.

Elle avait un mauvais pressentiment...

Ses craintes furent confirmées quand elle tomba sur un article du *Post and Courier* vieux de vingt et un ans, consacré au quartier de la Battery.

D'après le journaliste, la maison était dans la famille du colonel Samuel Beauchamp depuis sa construction, à la fin des années 1700. Ce dernier avait légué la maison à ses descendants et, à l'époque où l'article avait été écrit, elle appartenait à Mme Charlotte Beauchamp-Addison, qui tenait à ce qu'elle reste dans la famille et comptait la léguer un jour à son fils, Daniel.

Lily tressaillit. Elle comprenait mieux pourquoi Charlotte avait été si désagréable avec elle quand elle avait accompagné Daniel à ce fameux dîner... De toute évidence, elle en voulait à Reginald Kincaid, un « nouveau riche », comme elle l'avait elle-même qualifié, d'avoir racheté sa demeure ancestrale.

Mais si elle y tenait tant, pourquoi l'avait-elle vendue à Reginald ?

Soudain, Lily retint son souffle alors qu'une idée lui traversait l'esprit : Daniel était-il au courant de tout cela ? Savait-il que c'était son père à elle qui avait acheté la maison dont il était censé hériter un jour ? Se pouvait-il qu'il se soit intéressé à elle uniquement pour cette raison ?

Soucieuse, elle fronça les sourcils et se mordilla la lèvre inférieure. Non, c'était impossible... Daniel lui avait dit plusieurs fois qu'il adorait le nouvel appartement qu'il avait acheté après son divorce, proche des bureaux d'Addison Industries et à quelques minutes à pied du quartier français de Charleston.

Plongée dans ses pensées, elle sursauta quand le téléphone sonna, la rappelant à la réalité. Elle reconnut le numéro de bureau de son frère.

— Salut, Matt ! dit-elle en décrochant.

— Lily, pourrais-tu me rendre service et garder Flynn un soir par semaine pendant quelque temps ?

Il semblait débordé, et elle imaginait fort bien l'état d'anxiété dans lequel il devait être depuis qu'il avait appris que Jack Sinclair allait prendre les rênes du groupe Kincaid.

— Bien sûr, répondit-elle de bon cœur, tu sais que j'adore mon neveu.

Elle aimait passer du temps avec Flynn, et jouer avec lui lui avait inspiré certaines de ses meilleures illustrations.

— Parfait. RJ et moi allons travailler tard le soir pendant Dieu sait combien de temps, expliqua Matt, et j'essaie de trouver des baby-sitters.

— Quel soir auras-tu besoin de moi ?

— Tu es libre le jeudi ? Laurel s'occupera de lui le lundi, Kara le mardi et le mercredi…

— Pas de problème ! Et le week-end ?

— Il ira dormir chez Maman le vendredi soir et passera le samedi avec elle.

Elle l'entendit remuer des papiers et se rendit compte qu'il essayait probablement de travailler en même temps.

— Comme je l'ai déjà dit à RJ, Jack Sinclair attendra pour avoir son rapport… Je me suis toujours gardé le dimanche pour être avec Flynn, et je n'ai pas l'intention d'y renoncer pour Sinclair ou pour qui que ce soit d'autre.

— Tu as bien raison ! Puis-je faire autre chose pour t'aider ?

Son frère poussa un profond soupir.

— A moins que tu saches comment ajouter quelques heures aux journées, non…

— Je suis désolée, Matt, mais je crois que personne ne le sait, malheureusement ! A quelle heure veux-tu que je vienne, jeudi ?

Quand il lui eut répondu, elle ajouta :

— Prends soin de toi, Matt. Ne sacrifie pas ta santé pour le travail, cela n'en vaut vraiment pas la peine.

— Merci... J'essaierai de m'en souvenir.

Après avoir raccroché, elle s'apprêtait à retourner à son bureau quand le téléphone sonna de nouveau. C'était Daniel.

— Salut, chérie ! dit-il d'un ton enjoué. Je suis à cinq minutes de chez toi, on déjeune ensemble ?

— Daniel, je ne sais pas si...

— Tu as déjà mangé ?

— Non, mais...

— Alors mets vite la table !

Il raccrocha sans lui laisser le temps de répondre. Pendant quelques instants, elle regarda fixement le combiné, songeant à rappeler Daniel pour lui demander de respecter sa solitude, mais elle devait bel et bien lui parler, d'une part pour voir s'il savait que le manoir Beauchamp avait été vendu à son père, et d'autre part pour lui annoncer qu'elle attendait son enfant.

Elle saurait alors peut-être dans quel conflit avec Charlotte Addison son père l'avait entraînée... et elle serait enfin fixée sur la réaction de Daniel quand il apprendrait qu'il allait être père.

Daniel approchait de chez Lily au volant de sa Mercedes, le sourire aux lèvres. Après le déjeuner, elle lui avait demandé de rester un moment pour discuter, mais il avait été obligé de décliner l'invitation, car il avait une réunion avec le président du syndicat des dockers. Cependant, il avait réussi à la convaincre de lui permettre de passer la chercher plus tard dans l'après-midi, pour l'emmener voir les salles récemment rénovées de l'aquarium, avant d'aller dîner dans un petit restaurant du quartier français. C'était un progrès indéniable, et leur relation allait peut-être redevenir enfin ce qu'elle était avant le dîner organisé par sa mère.

Il se gara et hésita un instant avant d'ouvrir la portière. Tout avait été parfait avant ce dîner… En revanche, depuis, Lily avait prétendu être occupée chaque fois qu'il lui avait proposé de sortir. Sa mère lui avait peut-être dit quelque chose qui avait fait passer à Lily l'envie de le voir… A moins que la différence d'âge entre eux soit subitement devenue un problème pour elle ?

Il écarta aussitôt cette dernière éventualité. Il y aurait eu des signes avant-coureurs si leur différence d'âge s'était avérée problématique. Ils avaient plein de points en commun, avaient les mêmes goûts dans bien des domaines, et il n'y avait jamais eu de blanc gênant dans leurs conversations.

Non… Le problème devait venir de sa mère. Cela ne le surprendrait pas qu'elle ait dit à Lily quelque chose d'insultant ou de blessant. Par le passé, quand Charlotte Addison avait estimé que quelqu'un lui était inférieur, elle n'avait pas hésité à faire savoir à cette personne qui elle était. Il l'avait entendue plus d'une fois se vanter de sa lignée et du fait que les Beauchamp faisaient partie de la bonne société de Charleston.

Mais quand avait-elle pu trouver l'occasion de parler à Lily seule à seule, ce soir-là ? Il était délibérément resté au côté de Lily toute la soirée, redoutant les propos de sa mère. Non seulement le groupe Kincaid était le principal concurrent d'Addison Industries, mais sa mère semblait avoir une dent contre Reginald Kincaid en particulier.

Tandis qu'il descendait de voiture et se dirigeait vers la porte d'entrée, il décida qu'il aurait des réponses à ses questions avant la fin de la soirée et réussirait à arranger les choses entre eux. Puis, très vite, il parlerait à sa mère et lui demanderait poliment mais fermement de cesser de se mêler de sa vie privée.

Il n'était pas encore arrivé sur le seuil quand Lily sortit de la maison.

— Je vois que tu es prête à partir !

— A vrai dire, j'étais allée voir ma mère, je venais juste de rentrer quand je t'ai entendu arriver.

— Comment va-t-elle ? demanda-t-il, conscient que toute la famille endurait épreuve après épreuve depuis quelque temps.

— Maman tient le coup étonnamment bien, répondit Lily, l'air soucieux, à tel point que je me demande si elle n'est pas en état de choc et si elle ne va pas s'effondrer plus tard…

Daniel lui ouvrit la portière côté passager, puis il contourna la voiture et s'installa au volant.

— Parfois, le chagrin fait ressortir chez une personne une force insoupçonnée.

Cela ne l'aurait pas surpris qu'Elizabeth Kincaid réagisse ainsi. Avec sa grâce tranquille, elle l'avait toujours impressionné, et il lui semblait que c'était une femme forte sous des dehors doux et raffinés.

— Tu as peut-être raison, dit Lily. Elle est le roc dont nous avons tous besoin pour ne pas nous effondrer, en ce moment.

Il posa sa main sur la sienne.

— N'oublie pas que je suis là pour toi, moi aussi, ma chérie.

Elle le regarda avec une expression curieuse, puis hocha la tête.

— Merci, Daniel. J'apprécie ta compassion, mais comme je te l'ai dit, ça va aller.

Le reste du trajet se fit dans le silence. Il espérait que ce qu'il voulait lui montrer à l'aquarium dissiperait la tension entre eux.

— Quand j'ai entendu parler de la rénovation de cette partie de l'aquarium, j'ai su que cela te plairait…

Il acheta deux gobelets de crevettes au Gilligan's Shrimp Shack, près de l'entrée. Lily observa d'un air dubitatif les deux perches qu'on leur donna quand ils pénétrèrent dans le Saltmarsh Aviary.

— Que sommes-nous censés faire avec ça ?

— Donner à manger aux raies.

Il s'attendait à une réaction enthousiaste, et ne fut pas déçu quand il vit son visage s'éclairer, comme celui d'un enfant surexcité.

— J'adore les raies ! Elles sont tellement gracieuses quand elles nagent...

Devant l'énorme aquarium, il plaça une crevette à l'extrémité de l'une des perches et la lui tendit.

— Plonge-la dans l'eau et attends...

Lily s'exécuta et, à peine quelques secondes plus tard, une grande raie s'approcha de la perche et avala la crevette.

— Oh ! Daniel ! C'est vraiment merveilleux !

Son enthousiasme était contagieux et, une fois leurs deux gobelets vides, il avait le sentiment d'avoir rajeuni de dix ans. Il avait souvent cette impression quand il était avec Lily... Son entrain le mettait toujours de bonne humeur, et il devenait moins blasé, moins cynique.

— Merci de m'avoir amenée ici, dit-elle tandis qu'ils se dirigeaient vers l'aquarium des poissons-globes et des tortues d'eau douce.

Il secoua la tête.

— C'est moi qui devrais te remercier.

Il lui prit la main et la porta à ses lèvres pour y déposer un baiser.

— Voir tout cela sans toi n'aurait pas été aussi amusant.

Un peu plus tard, quand ils quittèrent l'aquarium, il se félicita d'avoir eu l'idée d'y emmener Lily, car elle paraissait maintenant plus détendue.

— Qu'as-tu prévu de faire après le dîner ? lui demanda-t-il pendant le court trajet jusqu'au restaurant.

Pour la deuxième fois de la journée, elle le regarda du coin de l'œil avec l'air de réfléchir à ce qu'elle allait répondre.

— Me Parsons est passé voir ma mère ce matin pour lui donner les clés des différentes propriétés que mon père nous a léguées... Je pensais aller voir la maison dont j'ai hérité.

— Où est-elle située ?

— Dans la Battery.

— Joli quartier ! s'exclama-t-il.

Il y avait grandi, et l'on y trouvait quelques-unes des plus belles demeures de Charleston.

Il se gara sur le parking du restaurant, coupa le contact et se tourna vers elle.

— Pourquoi ne pas y aller ensemble après le dîner ?

De nouveau, elle lui lança un regard bizarre. Il allait finir par penser qu'elle le soupçonnait de quelque chose... Pourtant, il n'avait pas la moindre idée de ce qu'il avait bien pu faire pour mériter cela.

— Bonne idée, répondit-elle enfin. J'aimerais avoir ton avis sur cette maison, je ne sais pas encore ce que je vais en faire.

Ils descendirent de voiture et se dirigèrent vers le restaurant.

— Si tu veux savoir comment t'en débarrasser, je suis ton homme, mais si tu veux des conseils de décoration... je ne pourrais pas t'aider !

Après un dîner délicieux, Daniel prit la route du quartier de la Battery. Lily ne pouvait s'empêcher d'éprouver une certaine appréhension à l'idée de visiter le manoir avec lui. Elle avait soigneusement évité de lui dire que sa mère était l'ancienne propriétaire de la maison dont elle avait hérité, et qui aurait dû être à lui un jour. Elle ne savait pas vraiment elle-même pourquoi elle avait passé sous silence cette information, mais elle avait le sentiment que sa réaction immédiate quand il verrait la maison lui révélerait s'il espérait la récupérer ou s'il s'en moquait réellement.

— La voilà, dit-elle en montrant du doigt la demeure majestueuse.

— Tu as hérité du manoir du Colonel Beauchamp ? demanda Daniel, visiblement stupéfait. Il y a encore quinze ans, elle appartenait à ma mère !

Sa surprise était authentique, et elle était presque sûre que Daniel ne savait pas que son père avait racheté la maison.

— J'ai toujours trouvé que c'était l'une des plus belles du quartier, dit-elle en souriant.

Il haussa les épaules et s'engagea dans l'allée.

— Oui, c'est sans doute vrai.

— Tu n'aimes pas les vieilles demeures ? s'étonna-t-elle.

Elle se demandait comment l'on pouvait résister au charme et à la beauté de l'architecture d'avant la guerre de Sécession.

— Je les trouve magnifiques quand elles sont bien entretenues, répondit-il en descendant de la voiture.

Il vint lui ouvrir la portière et ajouta :

— Mais quand elles sont laissées à l'abandon, elles se délabrent et ressemblent à n'importe quelle autre vieille ruine.

— Vue de l'extérieur, celle-ci semble bien entretenue.

Elle espérait de tout son cœur que l'intérieur serait en aussi bon état...

— Je l'espère pour toi, dit-il, l'entraînant vers les marches du perron. La dernière fois que j'y suis entré, il y avait de sérieux travaux à faire, et cela promettait d'être un gouffre financier.

Elle fouilla dans son sac à main et en sortit le trousseau de clés que Me Parsons avait laissé à sa mère.

— J'espère qu'il y a l'électricité... Sinon, je serai obligée de revenir demain dans la journée pour faire un état des lieux.

Daniel lui prit les clés, ouvrit la porte et entra devant elle.

— Je vais chercher l'interrupteur et voir s'il y a de la lumière.

Quand le lustre en cristal de l'entrée s'illumina, elle franchit le seuil, et eut aussitôt l'impression d'avoir pénétré dans un château de princesse. Apparemment, son père avait veillé à ce que la vieille maison retrouve sa splendeur d'autrefois.

— C'est encore plus beau que je ne l'imaginais...

Elle regarda autour d'elle, admirative. Les murs, les lambris et le plafond orné de moulures avaient été peints dans une teinte crème qui brillait à la lumière du lustre et offrait un contraste élégant avec le parquet parfaitement ciré. L'escalier majestueux, aux marches et à la rampe de bois de cyprès, décrivait une courbe gracieuse jusqu'au premier étage. Lily imaginait déjà la beauté du reste de la maison...

— Eh bien ! fit Daniel en regardant autour de lui. Je suis impressionné... Ton père a dû dépenser une petite fortune pour remettre à neuf cette maison. Elle n'a jamais été aussi belle !

— Je n'arrive pas à croire qu'elle soit à moi...

— Allons voir les autres pièces, dit-il en la prenant par la main.

Tandis qu'il la guidait dans la maison, elle s'émerveilla devant le soin qui avait été apporté aux moindres détails. Chaque pièce était entièrement meublée et, bien que le mobilier soit récent, tout était dans le plus pur style d'avant-guerre, conférant au lieu une atmosphère chaleureuse et accueillante.

La chambre principale était la pièce la plus somptueuse de la maison. Elle était dotée d'un balcon qui donnait sur le jardin et d'une luxueuse salle de bains attenante.

Quand Daniel et Lily eurent fait le tour de toutes les pièces, ils sortirent sur la terrasse éclairée. Elle ne put s'empêcher de lui demander :

— Comment ta mère a-t-elle pu se séparer d'une maison aussi magnifique ?

— Ce n'était pas du tout comme ça, quand elle en était propriétaire, et puis, elle n'a pas vraiment eu le choix.

Il lui passa un bras autour des épaules et l'entraîna vers les dépendances.

— Peu de temps après la fin de mes études, mon père est mort, et j'ai dû reprendre les rênes d'Addison Industries. Je me suis vite rendu compte qu'il n'était pas le meilleur gestionnaire du monde... L'entreprise était au plus bas financièrement. Ma mère a dû revendre cette maison et notre maison de vacances sur Hilton Head Island pour s'en sortir le temps que j'évite la faillite à l'entreprise.

Elle imaginait à peine à quel point la situation avait dû être éprouvante pour lui.

— Je suis désolée pour toi, Daniel... Tu as fait un travail

remarquable. J'ai entendu mon père et RJ dire qu'Addison Industries est le plus gros concurrent du groupe Kincaid.

Il haussa négligemment les épaules.

— Cela n'a pas été facile, mais je crois que c'est ma mère qui en a le plus souffert. Pour la première fois de sa vie, elle a dû vivre avec un budget serré, avec la peur que certains de ses amis les plus snobs ne découvrent qu'elle n'était plus aussi riche.

Lily ne put s'empêcher de se demander comment la fierté démesurée de Charlotte Addison avait résisté à un tel coup du sort.

— Savais-tu qu'elle avait revendu cette maison à mon père ?

Daniel secoua la tête.

— J'étais trop occupé à remettre à flot Addison Industries, elle pouvait vendre cette maison à qui elle voulait, du moment que je n'avais pas à m'en charger.

Son ton catégorique la persuada qu'il ne savait réellement pas qui avait racheté la maison et qu'il ne cherchait pas à la récupérer.

Tandis qu'il ouvrait la porte de la remise, elle se tourna vers lui et, prise d'une impulsion soudaine, se mit sur la pointe des pieds pour l'embrasser sur la joue.

— Que me vaut ce baiser ? demanda-t-il avec un petit rire en la prenant dans ses bras.

— Je suis heureuse, c'est tout, répondit-elle, n'ayant pas du tout envie d'avouer ses soupçons infondés. Ça t'embête que je t'embrasse ?

— Certainement pas !

Il lui effleura la joue du bout des doigts. Cette simple caresse lui rappela comme il pouvait être tendre, attentif quand il lui faisait l'amour.

— Daniel, je ne suis pas sûre...

— Je suis sûr pour nous deux.

Il inclina la tête et effleura ses lèvres. Aussitôt, elle posa les mains à plat sur son torse pour mettre de la distance entre eux. La question de la maison était réglée, mais elle devait encore lui annoncer la nouvelle qui mettrait sans aucun doute un terme à l'attirance qu'il éprouvait pour elle…

Cependant, quand il resserra son étreinte et passa le bout de sa langue sur ses lèvres entrouvertes, sa raison l'abandonna et elle le laissa l'embrasser comme elle avait rêvé qu'il le fasse la veille au soir. Elle aurait tout le temps, dans les jours à venir, de lui parler du bébé et de se préparer à un avenir dont il ne ferait pas partie.

Son baiser se fit plus fougueux, et une douce chaleur l'envahit aussitôt. Cela faisait près de trois semaines qu'il ne l'avait pas tenue ainsi dans ses bras, lui donnant le sentiment d'être la femme la plus aimée du monde. Elle aurait voulu que ce baiser ne s'arrête jamais…

Il la serra plus étroitement, et une bouffée de désir la submergea tandis qu'elle savourait la sensation de son corps puissant. Elle sentait les muscles de son torse se contracter, son cœur marteler sa poitrine sous ses doigts…

— Tu m'as manqué, chérie, murmura-t-il en détachant ses lèvres, et ça m'a manqué de te tenir dans mes bras, comme ça.

— Toi aussi, tu m'as manqué.

Elle aurait pu nier l'évidence, mais à quoi bon ? Sa réaction à ses baisers était toujours aussi passionnée, cela n'aurait servi à rien de lui mentir et de se mentir à elle-même.

— Que s'est-il passé, Lily ? lui demanda-t-il dans un souffle. Pourquoi as-tu arrêté de me voir ?

— Pas maintenant, je t'en prie…

Elle n'avait pas envie de revenir à la réalité. Elle déposa un baiser au creux de son cou et ajouta :

— Ne pourrions-nous pas en parler une autre fois ?

Alors qu'elle s'attendait à ce qu'il insiste, il se pencha légèrement en arrière et plongea ses yeux dans les siens. Au bout d'un long moment, il finit par hocher la tête.

— J'imagine que ça peut attendre.

Il eut un sourire plein de tendresse et ajouta :

— Pourquoi ne pas aller voir la remise, puis retourner chez toi ?

— Bonne idée ! C'est gentil de bien vouloir me raccompagner.

Il lui jeta un regard exaspéré, mais ne releva pas. Elle savait qu'il devait être dérouté : elle insistait pour rester seule, mais elle se laissait embrasser... Elle faisait pourtant de son mieux pour le tenir à distance, et elle y serait peut-être parvenue s'il n'avait pas été aussi séduisant. Malheureusement, depuis l'instant où il l'avait prise dans ses bras au Grand bal d'automne, elle avait découvert en elle une faiblesse qu'elle ne se connaissait pas. Quand Daniel s'approchait, elle perdait toute volonté. Elle devait y remédier, sinon, que ferait-elle quand il la quitterait pour de bon en apprenant qu'elle était enceinte ?

Ils entrèrent dans la remise et découvrirent que son père l'avait aménagée en atelier, avec d'immenses fenêtres qui allaient du sol au plafond et qui rendaient l'endroit très lumineux.

— Quelque chose me dit que ton père réservait cette pièce à une artiste, dit Daniel avec un clin d'œil entendu.

Elle avait peine à refouler ses larmes. De toute évidence, son père avait effectivement pensé à elle en faisant faire les travaux de rénovation... Il avait donc prévu depuis un moment déjà de réaliser son rêve d'enfant.

— Quand j'étais petite, mon père m'emmenait aux White Point Gardens, de l'autre côté de la rue. Nous restions assis des heures sur un banc à regarder cette maison, et je lui racontais des histoires sur la princesse qui y vivait...

— Je parie qu'elle avait les cheveux roux et les yeux bleus, la taquina Daniel.

Il vint se placer derrière elle et la serra contre lui. Elle hocha la tête et se laissa aller dans ses bras, juste une dernière fois...

— Cette princesse se trouvait dans la coupole et regardait le port de Charleston.

— Qu'espérait-elle voir ?

Sa belle voix grave vibra contre son dos et elle fut parcourue d'un frisson de plaisir.

— Elle espérait voir entrer dans le port le navire de son prince, qui venait la rejoindre dans son château.

— Bien sûr, lui murmura-t-il à l'oreille. Toute princesse qui se respecte attend son prince, qu'il arrive sur son navire ou sur un beau cheval blanc.

Amusée, elle se retourna dans ses bras pour lui faire face et lui demanda en souriant :

— Tu ne te moquerais pas de moi, par hasard ?

— Peut-être un tout petit peu, répondit-il avec un grand sourire. Tu n'as jamais songé à écrire des livres pour enfants au lieu de les illustrer ?

— Mon père m'a toujours dit que je devrais...

Elle fit de son mieux pour réprimer un bâillement. Depuis qu'elle était enceinte, elle avait pris l'habitude de faire la sieste, dans l'après-midi, mais aujourd'hui, elle n'avait pas eu le temps.

— ... mais depuis que j'ai terminé mes études, poursuivit-elle, les éditeurs de littérature enfantine m'ont confié tellement de livres à illustrer que je n'ai plus vraiment eu le loisir de penser à l'écriture.

— Eh bien, tu devrais y penser...

Il lui déposa un baiser sur le front.

— Bon ! Et si tu m'attendais dans la voiture pendant que je retourne fermer la maison ? Tu as l'air fatigué.

Elle hocha la tête, et ils sortirent de l'atelier.

— La journée a été longue.

Tandis qu'elle attendait Daniel dans la voiture, Lily ne put s'empêcher de repenser à la lettre de son père. « Tu es une jeune femme forte et très capable, et quelle que soit la décision que tu prendras en ce qui concerne cette propriété, je sais que ce sera la bonne. »

Il n'avait pas insisté pour qu'elle garde la propriété, mais il s'était vraisemblablement attendu à ce qu'elle le fasse, puisqu'il avait tout prévu pour elle.

Elle leva les yeux vers l'imposante maison. Elle savait

pertinemment que c'était ridicule pour une personne seule de songer à vivre dans une demeure aussi imposante...

Cependant, son père avait dépensé sans compter pour que la maison soit prête à l'accueillir. Il avait fait en sorte que son rêve d'enfant devienne réalité et, que ce soit ou non une sage décision, elle allait accepter ce merveilleux cadeau.

— Eh bien, ça y est, ma décision est prise, annonça-t-elle à Daniel lorsqu'il s'installa au volant, quelques instants plus tard.

Il mit le contact et remonta l'allée en direction de la rue.

— Alors, que vas-tu en faire ?

— Il va me falloir une semaine ou deux pour prendre mes dispositions, mais je viendrai m'installer ici dès que possible.

4

Au cours de la semaine qui suivit sa visite du manoir Beauchamp avec Lily, Daniel se trouva mêlé à un conflit avec les dockers. Submergé, il n'eut pas le temps de faire grand-chose en dehors du travail, mais il parvint néanmoins à passer quelques coups de téléphone précipités et une commande permanente chez le fleuriste du coin pour qu'un bouquet de fleurs soit livré tous les jours à Lily.

Elle ne lui avait pas demandé d'arrêter de l'appeler et semblait apprécier les fleurs, mais leur relation n'était pas encore redevenue ce qu'elle était avant Noël. Il avait bien l'intention d'y remédier, et ce, dès que possible.

Il s'en serait déjà occupé, si ce conflit avec les dockers ne l'en avait empêché… Il avait estimé que le président du syndicat et lui étaient arrivés à un accord, le jour où il avait emmené Lily à l'aquarium, mais apparemment, les dockers n'étaient pas de cet avis.

Cependant, l'après-midi même, ils avaient finalement réussi à trouver un terrain d'entente.

Daniel s'était donc attendu à pouvoir enfin passer plus de temps avec Lily, mais malheureusement, ce ne serait pas possible le soir même…

Au cours de leur dernière conversation téléphonique, elle lui avait expliqué qu'elle s'occuperait de son neveu tous les jeudis soir pendant plusieurs semaines, tandis que ses frères se chargeaient des rapports que Jack Sinclair leur avait demandés.

Qu'allait-il bien pouvoir faire de sa soirée ?

Alors qu'il était assis à son bureau, plongé dans ses pensées, le téléphone sonna, le rappelant brusquement à la réalité.

— Daniel Addison, dit-il en décrochant.

— Daniel, je suis bien contente de t'avoir !

— Bonsoir, Charlotte...

A sa demande, cela faisait des années qu'il n'appelait plus sa mère « maman ».

— Tu ne m'as pas donné de nouvelles depuis Noël, et je me demandais quand tu avais l'intention de venir me voir, dit-elle de son ton guindé habituel.

— Je suis libre ce soir, répondit-il, décidant de ne pas la faire attendre plus longtemps.

Il voulait justement lui parler de la soirée fatidique au cours de laquelle elle avait probablement tenu des propos déplaisants à Lily.

Pourquoi remettre à plus tard ce qu'il pouvait faire le jour même ?

— Ce serait merveilleux, Daniel ! Dois-je demander à la cuisinière de prévoir un couvert supplémentaire ?

Irrité par son manque de simplicité, il ne put s'empêcher de lever les yeux au ciel, poussant un profond soupir, mais il répondit :

— Oui, pourquoi pas ?

— Je t'attends pour 18 heures, dans ce cas !

Sa mère raccrocha sans lui dire au revoir, comme elle le faisait toujours.

Une vingtaine de minutes plus tard, tandis qu'il se dirigeait vers la maison dans laquelle il avait grandi, sur East Battery Street, à un kilomètre à peine du manoir Beauchamp, il songeait à la différence considérable entre sa propre enfance et celle de Lily.

Lily avait été élevée au sein d'une famille unie, avec ses frères et sœurs, et ils étaient tous restés proches en grandissant.

Lui, en revanche, était fils unique. Sa mère s'était toujours montrée distante à son égard, et son père avait été ce que l'on pouvait appeler un utopiste. Ses parents étaient très mal assortis. Daniel ne comprenait pas comment ils avaient fait pour rester ensemble pendant près de vingt-cinq ans...

Tout ce qui importait à Charlotte Beauchamp-Addison était de conserver son rang et sa réputation au sein de la bonne société, et de se sentir supérieure à tous au milieu de son cercle d'amis.

George Addison, lui, s'était toujours laissé porter par les événements avec beaucoup de décontraction. Daniel allait parfois jusqu'à se demander si son père n'avait pas fait exprès d'ignorer les signes avant-coureurs de son insuffisance cardiaque, dans l'espoir de mourir et d'échapper ainsi à la vanité et au snobisme de la vie avec Charlotte.

Une fois arrivé chez sa mère, il s'arracha à ses sombres pensées, se gara et entra par la porte de derrière. Il avait toujours aimé entrer par la cuisine... De cette façon, il était sûr d'être chaleureusement accueilli par Rosemary, la gouvernante et cuisinière qui travaillait pour eux depuis toujours.

Cela n'avait pas été facile, mais il avait veillé à ce qu'elle garde son poste, même à l'époque où il n'était pas sûr de parvenir à remettre Addison Industries à flot. Pour lui, elle faisait partie de la famille.

— Comment va ma Rosemary préférée ? demanda-t-il avec un sourire en s'approchant.

Elle était debout devant la cuisinière, remuant le contenu de sa casserole.

— Je suis très fâchée, Daniel Addison, répondit-elle sans quitter des yeux ce qu'elle préparait. Cela fait près de trois semaines que tu n'es pas venu me voir... Sais-tu comme c'est dur pour une femme de mon âge de ne pas voir le garçon qu'elle a pour ainsi dire élevé ? Je pourrais en mourir de chagrin !

Il rit et lui déposa un baiser sur la joue.

— Je suis désolée, Rosemary, j'ai eu beaucoup à faire depuis Noël... Tu me pardonnes si je te promets de me rattraper à l'avenir ?

Elle se tourna vers lui et le regarda d'un air bienveillant.

— J'ai appris que le père de Miss Lily était mort... Comment va la pauvre petite ?

— Aussi bien que possible étant donné les circonstances.

Rosemary n'avait vu Lily qu'une seule fois, lors du dîner organisé par sa mère, juste avant Noël, mais elles s'étaient tout de suite bien entendues.

— Quelle horreur de perdre son père de cette façon ! Dis-lui que je suis vraiment désolée pour elle et sa famille...

Rosemary avait bon cœur, et il savait que sa compassion était sincère.

Après lui avoir assuré qu'il n'y manquerait pas, il se dirigea vers le salon.

Debout près de la fenêtre, sa mère regardait au-dehors, vers le port de Charleston. Elle s'installait toujours ainsi quand elle attendait quelqu'un.

— Je ne comprends vraiment pas pourquoi tu t'obstines à entrer par la cuisine comme un vulgaire domestique, Daniel, le gronda-t-elle en se tournant vers lui.

— Bonjour à toi, Charlotte, dit-il en s'asseyant dans l'un des fauteuils, en face de la cheminée. Comment vas-tu ?

La question suffit à lancer sa mère sur le sujet des divers événements caritatifs qu'elle contribuait à organiser, et des dernières rumeurs qui circulaient au sein de la bonne société.

Il écoutait d'une oreille distraite, quand soudain, quelque chose retint son attention.

— Comment ? demanda-t-il en se redressant dans son fauteuil.

— Je disais que Madelyn Worthington m'a tout raconté de la trahison d'Elizabeth Kincaid par cet homme épouvantable, répondit Charlotte en remettant en place une mèche rebelle imaginaire. Je savais depuis des années que ce Reginald Kincaid n'était qu'une fripouille de basse extraction. Cela ne me surprend pas le moins du monde qu'il ait déshonoré sa famille comme il l'a fait. Quand je pense qu'il avait une maîtresse et deux bâtards à Greenville... Quelle honte !

— Un seul des fils de cette dame est de Reginald, rectifia-t-il. Et depuis quand as-tu pitié d'Elizabeth Kincaid ?

Il se rappelait fort bien avoir entendu sa mère dire de cette dernière qu'elle était folle d'avoir épousé un homme en dessous de sa condition.

Charlotte ignora la question.

— Fréquentes-tu toujours la plus jeune des filles Kincaid ? demanda-t-elle.

— Eh bien, justement, oui, répondit-il d'un ton plein de fierté.

Sa mère paraissait profondément mécontente.

— Vraiment ? Je croyais que vous ne vous voyiez plus depuis Noël.

Il plissa les yeux, soupçonneux. Sa mère avait donc bel et bien joué un rôle dans sa rupture avec Lily... Sinon, pourquoi aurait-elle dit cela ?

— Nous ne nous sommes pas vus pendant quelques semaines, mais nous avons recommencé à sortir ensemble récemment.

En fait, ils n'étaient sortis ensemble qu'une seule fois depuis qu'ils s'étaient croisés par hasard, mais il avait bien l'intention de tout faire pour que leur excursion à l'aquarium soit la première d'une longue série.

— Pourquoi ? demanda-t-il à sa mère d'un ton faussement dégagé.

— Oh ! Simplement parce que le soir du dîner que j'ai organisé, il m'a semblé qu'elle n'était pas désireuse de poursuivre votre relation, répondit-elle calmement.

Depuis toutes ces années, sa mère était passée maître dans l'art de la manipulation, mais cependant, il n'était pas dupe, son attitude faussement détachée ne le trompait pas.

Elle en savait beaucoup plus que lui sur les raisons que Lily avait eues de mettre un terme à leur relation, et il avait bien l'intention de découvrir la vérité.

— Qu'est-ce que tu lui as dit, exactement ? lui demanda-t-il sèchement. Et ne me dis pas que tu ne vois pas de quoi je parle, Charlotte, je te connais.

Son accusation la laissa de marbre.

— Je lui ai simplement fait remarquer que depuis ton divorce, tu ne t'es engagé dans aucune relation longue, et tu n'as jamais manifesté ton désir de fonder une famille.

Son sourire satisfait l'irrita profondément.

— Elle vient d'une famille nombreuse, continua-t-elle, je suis sûre qu'elle a envie d'avoir des enfants un jour... Il vaut mieux que tu lui fasses comprendre tout de suite que ce n'est pas ce que tu veux, toi, plutôt que de lui donner de faux espoirs. De plus, elle n'a pas reçu l'éducation nécessaire pour être la compagne d'un homme de ton rang.

— Et Charisma était à la hauteur, elle ?

— Je reconnais que Charisma était peut-être un peu trop... vive, mais tu ne peux pas nier qu'elle était issue d'un milieu respectable, répondit sa mère comme si cela avait autant d'importance pour lui que pour elle. Sa famille fait partie de la bonne société de Charleston depuis presque aussi longtemps que les Beauchamp et les Addison. Elle aurait transmis des qualités indéniables à votre progéniture.

— Cela ne m'étonne pas outre mesure que tu trouves qu'elle aurait fait une bonne mère, dit-il d'un ton empreint d'amertume. Elle est exactement comme toi, et je pense qu'il vaut mieux que ces qualités dont tu parles ne se transmettent pas à la prochaine génération.

— Charisma est comme moi, n'est-ce pas ? dit Charlotte avec un grand sourire, comme s'il lui avait fait un compliment.

Elle ignora complètement le mépris qu'il affichait pour les traits de caractère dont ses petits-enfants hériteraient.

Secouant la tête d'un air résigné, elle ajouta :

— Elle représentait mon plus grand espoir d'avoir un jour un petit-fils ou une petite-fille qui aurait empêché que notre nom ne s'éteigne avec toi.

— Oui, vous vous ressemblez énormément... Vous êtes toutes les deux douces et mielleuses quand les choses se passent comme vous le voulez, mais quand ce n'est pas le cas, vous devenez aussi hargneuses que des requins affamés.

Il secoua la tête.

— Si je voulais avoir des enfants, ce ne serait certainement pas avec une femme comme Charisma.

— Alors pourquoi l'avoir épousée ? demanda sa mère, haussant d'un air hautain un sourcil parfaitement dessiné.

— Parce que, comme tu es capable de le faire quand cela t'arrange, elle ne m'a montré que la facette de sa personnalité qu'elle voulait que je voie, jusqu'à ce qu'elle m'ait mis le grappin dessus, répondit-il, amer.

Il s'en voulait de s'être laissé tromper par les apparences.

— Quand elle s'est révélée telle qu'elle était vraiment, continua-t-il, c'était trop tard, nous étions déjà mariés.

— Mais tu as tout de même dû tenir à elle à un moment donné, insista sa mère, vous avez été mariés pendant près de trois ans !

— J'ai tout fait pour que ça marche entre nous, mais je ne suis pas comme mon père, répondit-il d'un ton neutre. J'ai fini par regarder les choses en face et par me rendre à l'évidence : j'aurais pu faire n'importe quoi, elle aurait toujours continué à faire de ma vie un enfer. J'ai préféré choisir une vie de tranquillité et de célibat plutôt qu'une vie de servilité et de malheur.

Sa mère ne se laissa pas décontenancer par ses remarques désobligeantes.

— Ton père avait besoin d'une femme forte pour le guider.

— Eh bien, ce n'est pas mon cas ! répliqua-t-il en lui lançant un regard furibond. Je veux d'une femme qui soit mon égale, pas d'une femme qui me dicte ma conduite.

— Tu crois peut-être que cette Lily Kincaid est ton égale ? demanda Charlotte d'un ton railleur.

— Oui, mais cela ne te regarde absolument pas.

Il en avait assez entendu, et ne pensait pas pouvoir supporter une seconde de plus l'arrogance de sa mère.

— Je crois que je vais remettre notre dîner en tête à tête à un autre jour, dit-il en se levant pour partir. Et je te préviens, Charlotte : tu aurais tout intérêt à cesser de te mêler de mes affaires et à garder tes opinions pour toi, à l'avenir. Je sors avec qui je veux, aussi longtemps que je veux, et je ne veux pas entendre ton avis sur la question.

Sans attendre la réponse de sa mère, il sortit de la pièce en trombe. Il passa par la cuisine pour s'excuser auprès de Rosemary de rater son délicieux repas, puis retourna chez lui.

Il fut soulagé de retrouver le calme de son appartement. Il préférait encore manger seul que d'avoir à écouter sa mère chanter les louanges de sa détestable ex-femme et dénigrer sa douce et chaleureuse Lily.

Lily avait préféré mettre un terme à leur relation plutôt que d'être amenée à dire quelque chose de désobligeant au sujet de sa mère. C'était ce genre d'attitude, cette distinction et ce savoir-vivre, que Charlotte aurait dû apprécier.

Sa mère et son ex-femme n'arrivaient pas à la cheville de Lily Kincaid. Il n'en avait peut-être pas eu pleinement conscience jusque-là, mais cela lui apparaissait maintenant très clairement.

— Tu es vraiment sûre de vouloir vivre seule dans cette immense demeure ? demanda Kara, manifestement inquiète pour sa sœur.

— Oui, répondit Lily sans hésiter.

Elle savait que Kara exprimait les craintes de toute la famille.

— J'ai toujours adoré cette maison, et maintenant que j'ai vu comment elle est à l'intérieur, je meurs d'envie de m'y installer.

— Je ne suis pas encore allée à Hilton Head pour voir ma propriété, dit Kara en lui tendant plusieurs rouleaux de papier-bulle. Je suis tellement prise par les préparatifs du mariage de Laurel et d'Eli que je n'ai même pas eu le temps.

— Est-ce que Laurel a choisi la couleur des robes des demoiselles d'honneur ?

Lily espérait que sa sœur avait choisi une teinte qui ne jurerait pas avec ses cheveux roux.

— Elle nous laisse le soin d'en décider, à Eli et à moi...

Kara secoua la tête et ajouta :

— Je crois que je n'avais encore jamais vu une future mariée ne pas se soucier de la couleur des tenues du cortège et inciter le futur marié à prendre les décisions pour elle...

— Tu sais, elle doit être très occupée maintenant qu'elle gère les communiqués de presse pour la famille en plus de s'occuper des relations publiques du groupe Kincaid, dit Lily pour rassurer sa sœur.

Cependant, elle se demandait si c'était la seule explication à l'indifférence de Laurel. Celle-ci allait épouser Eli Houghton, qui était propriétaire d'un hôtel de luxe sur Seabrook Island. Parfois, on aurait dit que Kara était plus enthousiaste à l'idée de ce mariage que Laurel elle-même.

— Je suis sûre qu'elle est débordée, acquiesça Kara, mais malgré tout...

Elle fut interrompue par la sonnerie du téléphone. Elle leva le doigt pour lui faire signe d'attendre et décrocha :

— Prestige Events, bonjour ! Un petit instant, s'il vous plaît...

— Je te laisse travailler, dit Lily en souriant. Merci pour le papier-bulle !

— Si tu as besoin de quoi que ce soit d'autre pour emballer tes affaires ou de quelqu'un pour t'aider à déménager, n'hésite pas à me le dire !

Kara reprit l'appel, et Lily s'en alla.

Tandis qu'elle reprenait la route de chez elle, elle fit la liste dans sa tête de ce qu'elle voulait faire le jour même. Il fallait qu'elle dessine quelques scènes du livre pour enfants sur lequel elle travaillait en ce moment, et qu'elle fasse encore quelques cartons pour pouvoir emménager le plus tôt possible.

Bien sûr, après avoir dessiné une souris coiffée d'un chapeau mou et avant d'emballer de la porcelaine dans du papier-bulle, elle devrait faire une petite sieste.

Elle sourit en s'engageant dans l'allée qui conduisait jusqu'à chez elle. En temps normal, elle débordait d'énergie, mais depuis qu'elle était enceinte, il y avait toujours un moment dans la journée où elle se sentait épuisée.

Le médecin lui avait dit que c'était tout à fait normal, et que cela s'estomperait après le premier trimestre, pour ne recommencer que les dernières semaines avant l'accouchement. Elle n'avait vraiment pas l'habitude de dormir dans la journée, mais elle avait bien l'intention de savourer chaque instant de sa grossesse, même si elle devait le faire sans le père du bébé.

Elle poussa un soupir mélancolique en pensant à Daniel. Elle ne l'avait pas vu de la semaine et, bien que ce ne soit pas sage de sa part, elle devait reconnaître qu'elle s'en languissait.

Il l'avait appelée plusieurs fois et lui avait fait livrer des fleurs tous les jours, mais sa compagnie lui manquait, ce qui l'inquiétait…

Elle aurait voulu que la situation soit différente, qu'il veuille la même chose qu'elle, mais c'était impossible, et tous les regrets du monde n'y changeraient rien. Elle allait devoir lui annoncer qu'elle était enceinte, et elle avait l'intention de le faire dès qu'elle serait installée au manoir Beauchamp.

Elle contourna la maison de ses parents, et vit que Daniel l'attendait devant chez elle. Son cœur fit un bond dans sa poitrine.

« Quand on parle du loup », se murmura-t-elle.

Elle se gara à côté de sa Mercedes.

— Tu n'es pas censé travailler aujourd'hui ? demanda-t-elle en descendant de voiture.

Elle ouvrit le coffre de sa Mini Cooper et en sortit les rouleaux de papier-bulle, puis elle se dirigea vers la porte d'entrée.

— Je croyais que tu avais une autre réunion avec les dockers.

— Elle a été annulée, répondit-il en lui prenant les rouleaux des mains. Nous sommes parvenus à un accord hier après-midi.

— Tu dois être soulagé !

Elle avait assez écouté son père et ses frères parler de leur travail pour savoir à quel point un conflit avec le personnel pouvait mettre en péril une entreprise.

— Mais n'as-tu pas d'autres obligations ? insista-t-elle.

Elle était contrariée par sa propre réaction. Elle n'aurait pas dû être aussi contente de le voir...

L'après-midi qu'ils avaient passé ensemble à l'aquarium et le baiser qu'ils avaient échangé au manoir ne changeaient malheureusement rien à la situation.

Daniel n'avait toujours pas le désir de s'engager, et il ne voulait toujours pas d'enfants, tandis qu'elle désirait, plus que jamais, fonder une grande famille avec un homme aimant.

Elle allait avoir bien du mal à ne pas tomber de nouveau sous son charme. Il était tellement beau, tellement élégant... En costume-cravate, il était magnifique ; avec un jean, un T-shirt noir et un blouson en cuir marron, il était tout simplement irrésistible.

Elle eut toutes les peines du monde à se retenir de se jeter à son cou.

Daniel l'arracha à ses pensées, sans se douter de son tourment :

— C'est ça qui est bien, quand on est le patron... Si je veux partir de bonne heure le vendredi soir, je peux !

Il avait à la main un sac provenant d'un restaurant chinois. Elle ouvrit la porte, passa devant lui, puis reprit les rouleaux qu'il avait coincés sous son bras.

— Comme tu peux le voir, c'est le chaos ici, en ce moment...

Elle posa les rouleaux sur la table basse, à côté de l'un des bouquets de fleurs qu'il lui avait envoyés.

Daniel regarda autour de lui. Ses yeux se posèrent sur une pile de cartons pleins, prêts pour le déménagement.

— Tu n'emportes pas tes meubles, n'est-ce pas ?

Elle secoua la tête.

— Non... Comme le manoir est entièrement meublé, je n'aurais pas d'endroit où les mettre.

Elle se fraya un chemin entre les cartons vides, jusqu'à la table de la salle à manger.

— Je me suis dit que je laisserais les meubles ici, au cas où maman voudrait louer l'appartement, ou le proposer à l'un des membres du personnel.

Il posa le sac de plats sur la table.

— Quand penses-tu déménager ?

— Ces jours-ci.

Elle alla chercher des assiettes en carton et des couverts en plastique dans la cuisine.

— Je pensais emporter les cartons les plus légers au manoir demain et dimanche... Lundi, les déménageurs se chargeront de tout ce qui est lourd, et il ne me restera plus qu'à décider comment tout agencer dans la maison.

— J'ai une idée, dit-il en sortant l'un des plats préparés du sac. Pourquoi ne pas commencer à déménager cet après-midi ? Je porterai les cartons pendant que tu commenceras à ranger.

Elle se mordilla la lèvre inférieure, pesant le pour et le contre de sa proposition.

— J'avoue que ce serait agréable de pouvoir mettre un peu d'ordre dans cette pièce...

Il regarda la pile de cartons en équilibre instable.

— Je dirais même que ça s'impose !

— Il va falloir faire plusieurs allers-retours, dit-elle, réfléchissant tout haut, alors qu'ils s'asseyaient pour manger. Ce déménagement prendra peut-être plus de temps que prévu... On ne peut pas mettre tant de choses que ça dans ma voiture, même en rabattant les sièges.

— Tu aimes vraiment conduire cette petite voiture ? demanda-t-il en lui tendant une boîte de poulet à la sauce aigre-douce. On dirait un jouet !

— Je crois entendre mon frère, dit-elle d'un ton empreint d'ironie, RJ n'arrête pas de me répéter que je devrais la remplacer par une vraie voiture.

Il leva un sourcil interrogateur.

— J'en conclus que tu n'en as pas envie ?

— J'aime bien ma Mini Cooper... Je pourrais me permettre

d'en acheter une plus grande, mais je ne veux pas. Celle-ci est amusante à conduire, et elle me convient très bien.

— D'accord, dit-il lentement, comme s'il savait qu'il s'aventurait sur un terrain glissant. Dans ce cas, nous prendrons ma voiture cet après-midi, et demain, j'irai chercher l'un des pick-up de mon entreprise pour emporter ce qui restera.

L'aide de Daniel lui serait très précieuse... Avec lui, le déménagement se ferait beaucoup plus rapidement. Cependant, plus elle passait de temps en sa compagnie, plus elle mettait en péril sa propre tranquillité d'esprit. Si elle continuait à le voir ainsi, elle s'attacherait encore plus à lui, et souffrirait encore plus lorsqu'il sortirait de sa vie.

— Je ne peux pas te demander ça, dit-elle à regret. Je suis sûre que tu as autre chose à faire.

— Non... et d'ailleurs, tu ne me l'as pas demandé.

Il tendit le bras sur la table et posa sa main sur la sienne. Aussitôt troublée, elle fut parcourue d'un frisson.

— Si je n'avais pas envie de t'aider, je ne te l'aurais pas proposé, ma chérie.

— Je ne veux pas...

— Accepte mon aide, Lily, l'interrompit-il avec ce sourire ravageur qui ne manquait jamais de la décontenancer.

Elle se contenta de le regarder fixement pendant quelques secondes, prenant lentement conscience que le combat qu'elle livrait intérieurement était perdu d'avance.

Enfin, elle soupira et céda à ce qu'ils voulaient tous les deux.

— D'accord... J'accepte ton aide pour le déménagement.

La nuit commençait à tomber quand Daniel déposa le dernier carton de matériel de dessin dans l'atelier du manoir Beauchamp. Lily et lui avaient fait plusieurs allers-retours entre chez ses parents et le manoir, et il n'y avait plus que quelques cartons empilés dans le salon de son appartement.

Ils avaient même réussi à emporter la plupart de ses vêtements et articles de toilette.

— Cela ne devrait pas prendre bien longtemps de déménager le reste de tes affaires, demain.

Il la regarda étaler sur sa table de travail des dessins représentant une souris vêtue d'un imperméable et d'un feutre mou, et ajouta :

— Avec le pick-up, nous allons pouvoir prendre deux fois plus de choses... Tu vas même pouvoir annuler les déménageurs, lundi.

— Merci pour ton aide, Daniel... Je te suis vraiment reconnaissante.

Elle le regarda, et il vit une lueur passer dans ses beaux yeux bleus.

— Si je voulais, je pourrais même dormir ici ce soir...

— Tu pourrais, dit-il en hochant la tête, mais le temps que nous allions dîner et que je te ramène, il sera probablement très tard. Tu es sûre que tu ne préférerais pas faire une bonne nuit de sommeil dans ton ancien chez-toi et être sur place demain matin quand je viendrai avec le pick-up pour déménager le reste de tes affaires ?

— Si, tu as probablement raison, répondit-elle tout en rangeant ses crayons dans un pot, sur son bureau.

Il s'approcha d'elle, la prit dans ses bras et la serra contre lui.

— Nous pourrions retourner chez toi, commander une pizza et ouvrir une bonne bouteille de vin pour trinquer à ton déménagement...

— C'est une bonne idée, mais je n'ai pas vraiment envie de boire du vin, répondit-elle en appuyant sa tête contre son torse. Je me contenterai de la pizza, et en dessert, je prendrai un gros bol de crème glacée avec du chocolat fondu et du beurre de cacahuètes.

Il s'écarta légèrement pour voir son expression.

— Tu es sérieuse ?

— Absolument ! répondit-elle avec un grand sourire. Je

mange de la glace avec du chocolat et du beurre de cacahuètes tous les soirs, depuis quelques semaines…

— C'est vrai ?

Elle hocha la tête.

— Pour quoi crois-tu que j'aie toujours un énorme pot de glace à la vanille au congélateur ?

— D'accord, je veux bien goûter à ce curieux mélange ! Nous mangerons donc de la glace pour fêter ton déménagement, dit-il en riant, avant de lui déposer un baiser sur le front. Je courrai un peu plus longtemps demain matin pour éliminer toutes ces calories !

Une dizaine de minutes plus tard, alors qu'il s'engageait dans la rue où habitaient les Kincaid, Daniel ralentit, puis s'arrêta, jurant tout bas en voyant un attroupement devant la maison. Il y avait même les camionnettes de plusieurs chaînes de télévision.

Lily semblait aussi déconcertée que lui.

— C'est devant chez mes parents que toutes ces voitures sont garées ?

— J'en ai bien l'impression…

Il redémarra pour aller un peu plus loin.

— Et si tu appelais pour voir ce qui se passe ?

— J'ai presque peur de le faire…

Elle sortit son téléphone de son sac, et il remarqua que ses mains tremblaient.

— Je ne suis pas sûre de vouloir savoir.

Il comprenait son appréhension. Il n'était pas avec elle lorsqu'on avait annoncé à la famille la mort de Reginald, mais il avait vu les reporters postés devant la maison des Kincaid au journal télévisé, et la scène ressemblait à ce qu'ils avaient maintenant sous les yeux.

— C'est occupé, dit Lily. Je vais appeler RJ sur son portable.

Ils passèrent en trombe devant les reporters et cameramen assemblés.

— RJ, que se passe-t-il chez maman ? demanda-t-elle d'une voix angoissée quand son frère décrocha.

Daniel avait un mauvais pressentiment.

— Oh mon Dieu ! s'écria-t-elle. Ce n'est pas possible…

Il se gara le long du trottoir et la regarda. Elle était blême, et ses yeux étaient pleins de larmes.

Elle lui jeta un coup d'œil et hocha la tête.

— Oui, je suis avec Daniel… Nous avons emporté la plupart de mes affaires au manoir, cet après-midi.

Elle se tut un moment, puis reprit :

— Oui, bien sûr. Je peux très bien dormir là-bas. Tu crois que les médias seront encore là demain matin ?

Elle écouta la réponse de son frère, puis ajouta :

— C'est promis, j'attendrai que tu m'appelles demain avant de revenir.

— Que se passe-t-il ? demanda Daniel lorsqu'elle eut raccroché.

— La police vient de publier un rapport d'enquête affirmant que mon père avait été… assassiné, dit-elle d'une voix étranglée. RJ m'a vivement recommandé de rester au manoir ce soir, pour éviter d'être assaillie par les médias.

— Tu peux venir chez moi, si tu veux.

Elle secoua la tête.

— Il vaut mieux pas… Tout le monde sait que nous sortions ensemble avant Noël, et des paparazzi en quête d'une anecdote croustillante pourraient très bien faire le pied de grue devant chez toi.

Elle avait raison… Ils avaient figuré à la page people des journaux un nombre incalculable de fois au cours des trois mois qu'ils avaient passés ensemble, et il était fort possible qu'il devienne lui aussi la cible des médias quand la nouvelle se répandrait que la mort de Reginald Kincaid était en fait un meurtre.

— Je reste avec toi, dit-il en redémarrant. Je ne veux pas que tu restes seule dans ces circonstances.

— Ça… ça va aller, dit-elle en claquant des dents tant elle était angoissée. Ce… ce n'est pas la peine…

— C'est non négociable, l'interrompit-il d'un ton ferme. Si tu t'inquiètes de savoir où je vais dormir, rassure-toi. Je sais que les choses sont allées un peu vite entre nous quand nous avons commencé à sortir ensemble. Cela fait plusieurs semaines que nous n'avons pas fait l'amour, et tu n'es pas prête à coucher de nouveau avec moi… Je le comprends très bien, et je suis sûr de pouvoir trouver un endroit confortable où dormir, il y a cinq chambres d'amis au manoir.

Elle ne répondit pas. Il prit son silence pour un oui et, après un rapide détour par son propre appartement pour se changer, il prit la direction du quartier de la Battery.

Quand ils furent arrivés à destination, il se gara derrière la maison pour qu'ils puissent entrer par les communs. Pour l'instant, personne ne savait que Lily avait hérité du manoir Beauchamp, mais il ne voulait prendre aucun risque, sachant qu'un journaliste aurait très bien pu reconnaître sa voiture devant chez les Kincaid et les suivre.

Dès qu'il eut fermé la porte à clé derrière eux et enclenché l'alarme, il prit Lily dans ses bras.

— Je suis désolé pour toi, ma chérie… Si je pouvais tout arranger d'un coup de baguette magique, je le ferais.

— Je n'arrive pas à croire que quelqu'un ait… assassiné mon père, dit-elle en lui passant les bras autour de la taille, se cramponnant à lui. Qui a bien pu faire une chose pareille ? Et pourquoi ?

Il la serra contre lui.

— Je ne sais pas… mais je suis sûr que les autorités vont retrouver le coupable et le livrer à la justice.

— Je l'espère…

Elle tremblait de tous ses membres entre ses bras.

— RJ m'a dit que la police allait interroger l'équipe de sécurité de l'entreprise et attendre les résultats préliminaires de l'autopsie, mais qu'ensuite, ils interrogeraient les membres de la famille un par un. Est-ce que ça veut dire que nous sommes tous considérés comme suspects ?

Il ne voulait pas lui dire que c'était très probablement le cas. Elle était suffisamment bouleversée comme cela, et il n'avait pas l'intention d'ajouter à son désarroi en confirmant ses craintes.

Il réfléchit et secoua la tête.

— Je suis sûr que c'est seulement la procédure d'investigation habituelle. Ta mère, tes frères et sœurs et toi serez peut-être en mesure de dire aux enquêteurs quelque chose qui leur donnera une piste à suivre ou un indice sur l'identité du meurtrier.

— Oui, tu as sans doute raison...

Elle semblait à bout de forces, effondrée.

— L'un de ces cartons contient des serviettes de bain, n'est-ce pas ? demanda-t-il.

Elle acquiesça d'un hochement de tête. Il l'entraîna vers l'escalier de service, dans la cuisine.

— Allons là-haut, je vais te faire couler un bain. Cela t'aidera peut-être à te détendre un petit peu et à trouver plus facilement le sommeil.

Pendant qu'elle se glissait dans l'eau chaude, il alla prendre une douche rapide dans une autre salle de bains. Tout en se séchant, il se demanda qui avait bien pu tuer Reginald Kincaid et pourquoi.

Les gens très haut placés avaient des ennemis, c'était évident... Qu'il s'agisse d'un employé mécontent, d'un concurrent ou d'un membre radical d'un groupe de pression, il y avait toujours quelqu'un qui n'approuvait pas la façon dont le président-directeur général dirigeait son entreprise.

Mais de là à en arriver au meurtre... ?

Il enfila un boxer et alla s'asseoir sur le lit de la chambre principale pour attendre Lily.

Cela l'horrifiait qu'elle soit obligée de revivre le décès de son père... Elle commençait à peine à accepter la terrible réalité, et elle était de nouveau plongée dans l'horreur et l'incertitude des circonstances de sa mort.

Cependant — et c'était encore bien pire —, un meurtrier était en liberté. Et qui sait s'il n'avait pas l'intention de s'en prendre à un autre membre de la famille Kincaid ?

5

Lily sortit de la salle de bains et s'arrêta net en voyant Daniel assis sur le lit, vêtu en tout et pour tout d'un boxer bleu marine. Elle avait admiré son corps bien des fois au cours des trois mois qu'ils avaient passés ensemble, et cela ne manquait jamais de faire battre son cœur un peu plus vite.

Ce soir, elle avait appris que son père avait été assassiné, elle avait vu les paparazzi agglutinés devant la maison de sa mère... Comment pouvait-elle être troublée par le sex-appeal de Daniel ?

Pourtant, c'était bel et bien le cas.

Il mesurait un peu plus d'un mètre quatre-vingts, et avec ses larges épaules, ses pectoraux saillants, ses abdominaux parfaitement dessinés, Daniel Addison incarnait la beauté virile.

— Tu te sens un peu mieux ? demanda-t-il quand elle s'approcha du lit.

— Un peu...

Elle aurait voulu fermer les yeux et pouvoir revenir en arrière, elle aurait voulu que leur relation redevienne ce qu'elle était avant le dîner organisé par Charlotte.

Son père serait encore en vie, elle ne serait pas en train de se préparer à la conversation qu'elle devait avoir avec Daniel, et qui ne manquerait pas de le faire fuir...

Bien sûr, cela signifierait aussi qu'elle ne serait pas enceinte, et elle n'aurait souhaité une telle chose pour rien au monde.

Il se leva, s'approcha d'elle et la prit dans ses bras.

— Demain sera un autre jour… Je suis sûr que tout te semblera un peu moins noir après une bonne nuit de sommeil.

Elle savoura quelques instants de plus la sensation de son torse nu sous sa joue, puis elle prit une profonde inspiration pour se donner du courage et annonça :

— J'ai quelque chose à te dire, Daniel.

Elle ne pouvait pas repousser indéfiniment le moment fatidique. Il avait beau ne pas vouloir d'enfants, elle allait bel et bien en avoir un, et il était grand temps qu'elle le lui dise.

— C'est très important, ajouta-t-elle.

— Pas ce soir…

Il secoua la tête, se pencha et tira les couvertures en arrière.

— Il faut que tu dormes. Tu me diras ce que tu as à me dire demain.

— Mais si je ne te le dis pas maintenant, je n'arriverai peut-être plus…

Il lui posa un doigt sur les lèvres pour la faire taire.

— Quoi que ce soit, je suis sûr que cela peut attendre demain matin.

Trop épuisée pour protester, elle se contenta de hocher la tête et se glissa dans le lit.

Il avait raison… Elle avait attendu jusque-là pour lui annoncer la nouvelle, elle pouvait bien attendre huit heures de plus.

— Si tu as besoin de quoi que ce soit, je serai sur le canapé, dans le salon, dit-il en remontant les couvertures jusqu'à son menton.

— Je croyais que tu allais dormir dans l'une des chambres d'amis, au bout du couloir, dit-elle, incapable de réprimer un bâillement.

Il se pencha et l'embrassa.

— Je serai plus près de toi, comme ça… Allez, essaie de dormir maintenant, ma chérie.

Elle le regarda s'éloigner. Elle ne pouvait s'empêcher de déplorer qu'il tienne parole et dorme dans une autre pièce… Elle n'aurait pourtant pas dû. Dormir dans ses bras, même s'ils ne faisaient pas l'amour, n'aurait fait que compliquer les choses, et elle aurait eu encore de mal à lui dire qu'elle attendait un enfant, le lendemain matin.

Incapable de cesser de penser à la façon dont elle s'y prendrait pour lui annoncer qu'il allait être père sept mois plus tard, elle s'endormit sans s'en rendre compte.

Tout d'un coup, Daniel s'allongea à côté d'elle et la prit dans ses bras.

— Ce n'est rien, Lily, murmura-t-il en la serrant tout contre son torse.

Il essuya les larmes qui coulaient sur ses joues.

— Je suis là, ma chérie. Ça va aller… Ce n'était qu'un cauchemar.

Elle s'écarta légèrement pour lever les yeux vers lui. Elle ne pouvait pas lui dire que, si ce n'était qu'un cauchemar, elle craignait néanmoins qu'il soit prémonitoire… Dans son rêve, elle lui avait dit qu'elle attendait un bébé, et avait vu son expression s'assombrir.

Quand elle avait mis un terme à leur relation, elle s'était dit qu'elle le faisait avant qu'il ne soit trop tard, pour ne pas s'attacher à lui démesurément et avoir le cœur brisé, par la suite, mais en réalité, elle était déjà amoureuse de lui. Il lui semblait qu'elle l'avait aimé dès que leurs regards s'étaient croisés pour la première fois.

Elle savait que ce qu'elle éprouvait était insensé, qu'elle souffrirait encore davantage après coup si elle s'abandonnait à ses désirs, mais elle avait envie de passer la nuit avec lui. Elle se blottit tout contre lui et lui demanda :

— Tu veux bien rester avec moi, Daniel ?

Il fit glisser ses mains sur son dos dans un geste réconfortant.

— Bien sûr, ma chérie… Je ne partirai que si tu me le demandes.

Elle appuya la tête sur son épaule et posa une main sur son torse puissant. Elle aimait sentir les battements réguliers de son cœur sous sa paume, ses bras musclés autour d'elle… Cela faisait des semaines qu'elle n'avait pas éprouvé un tel sentiment de sécurité. Dans ses bras, elle avait l'impression d'être à sa place.

— Lily, dit-il d'une voix un peu rauque, comprends-moi bien… J'adore sentir tes mains sur moi, mais si tu continues comme ça, je ne suis pas sûr de pouvoir continuer à me comporter en gentleman beaucoup plus longtemps !

Elle se rendit soudain compte qu'elle faisait glisser ses doigts sur ses pectoraux et sur son ventre. Elle arrêta immédiatement.

— Je suis désolée. Je n'ai pas fait exprès…

Elle commença à retirer sa main, mais il la retint, et déposa sur ses lèvres un baiser brûlant. Son cœur se mit aussitôt à battre la chamade.

— Tu m'as tellement manqué, Lily… Cela m'a manqué de te tenir comme ça dans mes bras, de sentir tes mains posées sur mon corps, de te toucher… Depuis trois semaines, cela m'obsède. Mais tu as vécu des choses très bouleversantes, ces derniers temps, et je ne profiterai pas de la situation. Je suis resté avec toi pour te réconforter, et je te promets de ne rien faire de déplacé.

Elle le regarda et comprit qu'il essayait de faire ce qu'il pensait être honorable. Mais était-ce ce qu'elle voulait vraiment ? Se contenter de rester un moment dans les bras de l'homme qu'elle aimait, sans doute pour la dernière fois ?

Ils n'avaient aucun avenir ensemble, elle le savait et, même si cela lui faisait de la peine, elle l'acceptait. Cependant, pouvait-elle résister à l'envie de passer une dernière nuit à faire l'amour, à connaître l'extase avec lui ?

— Tu ne profiterais pas de la situation, dit-elle, prenant soudain conscience que sa décision était déjà prise. Je veux que tu me fasses oublier le monde extérieur, tout ce qui existe derrière les portes de cette maison…

Elle lui déposa un baiser sur la joue.

— Je veux que tu me fasses l'amour, Daniel.

Elle le regarda fermer les yeux un instant et prendre une

profonde inspiration. Puis il rouvrit les yeux et la déposa doucement en arrière sur le matelas.

— Tu es sûre que c'est ce que tu veux ? demanda-t-il, s'appuyant sur un coude pour la regarder. Je préférerais être obligé de prendre une douche glacée que de savoir que tu vas regretter d'avoir fait l'amour avec moi.

— Il y a beaucoup de choses dont je ne suis pas certaine, répondit-elle avec honnêteté, mais je sais que, quoi qu'il arrive demain, je ne regretterai jamais d'avoir fait l'amour avec toi cette nuit.

C'était apparemment tout l'encouragement dont il avait besoin car, sans hésiter une seconde de plus, il se pencha pour l'embrasser. D'abord tendre, son baiser se fit peu à peu plus ardent, plus fougueux. Il savait attiser son désir… Un frisson d'excitation la parcourut.

Sans cesser de l'embrasser, il fit glisser une main sur sa nuisette, puis la passa en dessous, lui effleurant la cuisse du bout des doigts. La tête lui tournait… Le souffle coupé, elle dut faire un effort de volonté pour respirer normalement.

Il continua à faire glisser sa main sur son corps, tout doucement, et la referma sur son sein.

Incapable de rester immobile, elle se redressa pour enlever sa nuisette. Elle voulait sentir ses mains sur sa peau nue, voulait pouvoir caresser tout son corps, elle aussi… D'un mouvement fluide, il l'aida à se déshabiller, puis il jeta négligemment la nuisette par terre, au pied du lit.

Elle passa langoureusement ses mains sur son ventre, sur son torse, ses larges épaules, retrouvant avec plaisir les sensations enivrantes que lui procurait son corps puissant. Elle l'adorait, adorait le délicieux contraste qu'il formait avec le sien, avec ses formes féminines.

— Je vais aimer chaque parcelle de ton corps, murmura-t-il contre sa peau tout en l'embrassant dans le cou, et quand j'aurai fini, tu sauras à quel point je t'ai désirée, et à quel point tu m'as manqué au cours des dernières semaines…

Son ton était plein de promesses, et elle fut parcourue d'un frisson de plaisir anticipé. Il la mordilla doucement et, avec une exquise lenteur, descendit vers son sein. Puis, il passa la langue sur son téton. Une vague de désir la submergea aussitôt, et elle ne put retenir un petit gémissement. Il la rendait folle, et elle adorait cela...

— Ça te plaît, Lily ? demanda-t-il en déposant une ligne de baisers sur son ventre.

— Oui..., répondit-elle dans un souffle.

Il passa le doigt sur l'élastique de sa petite culotte.

— Tu veux que j'arrête ?

— Si... si tu arrêtes, je ne te le pardonnerai jamais !

Il rit.

— Ma chérie, je ne pourrais vraiment pas m'arrêter maintenant !

Il glissa une main sous l'élastique de sa petite culotte et elle bascula instinctivement le bassin pour l'aider à la lui retirer. Quelques secondes plus tard, le sous-vêtement de soie rejoignait la nuisette sur le sol.

— Ces trois semaines sans toi m'ont paru une éternité...

Elle aurait voulu répondre, lui dire qu'elle ressentait la même chose, mais elle avait le souffle coupé par ses caresses. Il fit glisser sa main sur sa hanche, sur l'intérieur de sa cuisse... Son cœur martelait sa poitrine.

Enfin, il introduisit un doigt en elle et la caressa avec une douceur infinie. Elle se consumait de désir... C'était une sensation délicieuse et insoutenable à la fois.

— Daniel, s'il te plaît..., murmura-t-elle d'une voix haletante. J'ai... envie de toi, besoin de toi, maintenant...

Il enleva son boxer et vint se placer au-dessus d'elle. Elle sentait son sexe en érection tout contre sa cuisse. Elle voulait le sentir en elle, sentir leurs deux corps s'unir, leurs cœurs et leurs esprits fusionner.

— Ma chérie, je me suis tellement laissé emporter que j'ai

oublié que je n'avais rien pour te protéger, dit-il d'une voix pleine de regrets.

— C'est, euh... Ce n'est pas la peine.

— Cela ne risque rien à cette période du mois ? demanda-t-il sans cesser de la caresser.

— Hmm.

Elle savait que sa réponse était on ne peut plus évasive, et que c'était injuste de ne pas lui dire pourquoi c'était inutile de se protéger, mais elle voulait à tout prix s'octroyer cette dernière nuit avec lui, elle voulait accumuler une foule de souvenirs, auxquels elle repenserait quand il serait sorti de sa vie.

D'un geste décidé, il lui écarta les cuisses. Elle le guida en elle et ferma les yeux, savourant l'exquise sensation de plaisir qu'elle éprouvait. Elle ne faisait plus qu'un avec l'homme qu'elle aimait...

— Ouvre les yeux, chérie, dit-il. Je veux voir ton regard quand tu jouiras...

Elle obtempéra, plongeant ses yeux dans les siens tandis qu'il commençait à bouger langoureusement en elle. Tout son corps répondait à ses mouvements cadencés... Elle ondulait du bassin quand, se cramponnant à ses épaules, elle sentit ses muscles se contracter autour de lui de façon incontrôlable. L'espace d'un instant, le temps sembla s'arrêter, puis elle fut secouée de spasmes délicieux. Au même moment, Daniel poussa un gémissement viril, s'immobilisa, et jouit avec elle.

Enfin, il s'effondra sur elle et enfouit la tête au creux de son cou. Elle le serra étroitement contre elle, tandis qu'ils revenaient tous deux lentement à la réalité.

Elle aimait le sentir encore en elle, sentir le poids de son corps puissant couvrant le sien, et quand sa respiration se fit un peu plus régulière et qu'il s'écarta pour s'allonger à côté d'elle, elle éprouva un sentiment de vide.

— Ça va ? demanda-t-il en la serrant contre lui.

Elle avait envie de lui dire qu'elle l'aimait, qu'elle l'aimerait toujours, mais ce n'était pas ce qu'il avait envie d'entendre. Elle se contenta de hocher la tête et répondit :

— C'était merveilleux.

— Oh ! J'ai plus d'un tour dans mon sac ! Ce sera encore mieux la prochaine fois...

Il lui déposa un baiser sur le front.

— Tu n'as pas de sac, le taquina-t-elle. Comment pourrais-tu avoir quoi que ce soit dans un sac qui n'existe même pas ?

Il rit.

— Ne t'inquiète pas, j'ai d'autres munitions dans mon arsenal sensuel, et j'aurai grand plaisir à t'en faire la démonstration !

Elle savait qu'il n'aurait plus le même discours quand il saurait qu'elle attendait un enfant, mais elle décida de faire face à cette dure réalité, ainsi qu'à toutes les autres, à la lumière du jour. Blottie contre lui, elle ne tarda pas à s'endormir.

Les premières lueurs de l'aube commençaient à filtrer à travers les rideaux quand Daniel passa son bras autour de Lily pour la serrer contre lui. Il sourit en sentant ses courbes douces sur sa peau nue.

La nuit qui venait de s'écouler avait été tellement merveilleuse... Il avait été stupéfait de se rendre compte à quel point faire l'amour avec Lily lui avait manqué. Elle était extrêmement réceptive à ses caresses, et n'avait pas peur de lui donner du plaisir, elle aussi.

Il se redressa et s'appuya sur un coude pour la regarder dormir paisiblement. Le simple fait de s'éveiller à côté d'elle le matin et de sentir sa peau douce et chaude lui avait manqué.

Sans cesser de l'observer, il fronça les sourcils, soudain un peu soucieux. Il n'était pas sûr de devoir se réjouir de s'être habitué si facilement à des petites choses simples comme le fait de se réveiller au côté de Lily, ou cette tendance qu'elle avait à envahir son espace, et qu'il trouvait adorable...

Ce n'était certainement pas le genre de choses qui lui

manquaient chez son ex-femme. Bien sûr, il aurait fallu que Charisma dorme avec lui plus de trois ou quatre fois par mois pour qu'il ait été habitué à la trouver près de lui dans le lit.

Il se rallongea et posa la tête sur ses bras repliés. Son ex-femme s'était servie du sexe comme d'un outil de marchandage, soit pour le contraindre à lui acheter une nouvelle paire de boucles d'oreilles en diamant, soit la petite Ferrari qu'elle rêvait d'avoir pour aller faire son shopping... Le reste du temps, elle dormait dans sa propre chambre, à l'autre bout du couloir.

Heureusement, il n'aurait plus jamais à s'inquiéter de ce genre de choses : maintenant, il était célibataire, et avait bien l'intention de le rester.

De nouveau, il regarda Lily dormir. Ce qu'il y avait entre eux était spécial et, sans l'intervention de sa mère, ils resteraient ensemble le plus longtemps possible. Puis, quand le temps serait venu pour eux d'arrêter de se voir, il irait son chemin et elle Lily irait le sien, sans rancœur, sans souffrance.

Tandis qu'il se félicitait intérieurement de faire en sorte que sa vie reste simple, Lily commença à s'agiter et gémit dans son sommeil. Il se demandait si elle faisait un autre cauchemar, quand soudain, elle s'assit, repoussa les couvertures et se précipita vers la salle de bains.

— Qu'est-ce que... ?

Il ramassa son boxer et l'enfila en hâte, puis alla frapper à la porte de la salle de bains.

— Tout va bien, chérie ?

Comme elle ne répondait pas, il essaya d'ouvrir la porte, mais elle était fermée à clé.

— Lily, que se passe-t-il ?

— V... Va-t'en, s'il te plaît...

Il l'entendit vomir.

— Ouvre la porte dès que tu le pourras, s'il te plaît.

Qu'est-ce qui avait bien pu la rendre malade ?

Toutes les explications possibles lui traversèrent l'esprit tandis qu'il allait chercher sa robe de chambre pour la lui apporter. Il retourna ensuite l'attendre derrière la porte. Il ne pouvait s'agir d'une intoxication alimentaire, car ils avaient mangé la même chose au déjeuner, la veille, et ils n'avaient pas dîné. Bien sûr, elle pouvait très bien se sentir mal parce qu'elle n'avait pas mangé, justement... Ou peut-être était-ce une réaction tardive à la nouvelle du meurtre de son père, à laquelle s'était ajouté le cirque médiatique devant chez sa mère et la perspective des interrogatoires. N'importe qui aurait été passablement nerveux dans de telles circonstances.

Quand elle sortit enfin de la salle de bains, il l'aida à enfiler sa robe de chambre, puis l'entraîna vers le lit pour qu'elle s'y asseye.

— Je reviens tout de suite...

Il alla chercher un gant humide, puis vint s'agenouiller devant elle et le lui passa sur les joues et le front.

— Tu te sens un peu mieux ?

Elle hocha la tête.

— Daniel...

Elle s'interrompit, prit une profonde inspiration.

— J'ai quelque chose à te dire.

— Pourquoi ne t'allongerais-tu pas un moment pour te reposer ? suggéra-t-il. Nous pourrons discuter plus tard, quand tu te sentiras mieux.

Elle secoua la tête.

— Il faut que je te le dise maintenant, sinon je risque de ne plus jamais trouver le courage de le faire.

Son ton l'alarma.

— Qu'y a-t-il ?

Il la regarda fermer les paupières quelques secondes, inspirer profondément une nouvelle fois... Puis elle le regarda droit dans les yeux et annonça :

— Je suis enceinte.

— Enceinte.

A la fois stupéfait et incrédule, il eut soudain l'impression de manquer d'oxygène. Il se leva lentement, alla s'asseoir sur la chaise à l'autre bout de la pièce et, les avant-bras posés sur les cuisses, il regarda fixement ses mains jointes et essaya d'assimiler ce mot, qui allait changer le cours de sa vie.

— Tu es enceinte, ne put-il s'empêcher de répéter comme un perroquet.

Il ne s'était absolument pas attendu à ce que Lily lui dise cela. Elle était enceinte, et il savait sans l'ombre d'un doute qu'il était le père du bébé.

— C'est pour cette raison que je suis malade le matin et que j'ai une faim de loup le reste du temps, ajouta-t-elle d'un ton mal assuré. C'est aussi pour cela que je suis épuisée et que j'ai besoin de faire la sieste, l'après-midi.

Il ouvrit la bouche et la referma sans rien dire plusieurs fois, ne sachant quelle question poser en premier.

Aurait-il dû lui demander quand elle avait découvert qu'elle était enceinte ? Aurait-il dû lui demander pour quand était prévue la naissance du bébé ? Ou ce qu'elle avait l'intention de faire ?

Comment un homme était-il censé réagir à une chose à laquelle il avait cru ne jamais être confronté ?

— Comment est-ce arrivé ? finit-il par demander lorsqu'il eut retrouvé l'usage de la parole.

Cependant, quand elle lui lança un regard suggérant qu'elle trouvait la question un peu naïve, il secoua la tête et se reprit :

— Ce n'est pas ce que je voulais dire, oublie cette question ! Je me demandais simplement quand cela avait pu arriver. Nous avons toujours fait attention.

— Je crois que c'était peut-être la nuit après Thanksgiving...

Elle soupira et ajouta :

— Si tu te rappelles bien, nous nous sommes tellement emballés que nous avons oublié de nous protéger.

Il hocha lentement la tête.

— Tu as raison, c'est la seule fois où cela a pu se produire. Mais quand as-tu découvert que tu étais enceinte ?

— Le jour du dîner organisé par ta mère, répondit-elle d'une voix un peu hésitante. Je pensais te l'annoncer ce soir-là, après le dîner, mais...

— Charlotte t'en a dissuadée avec son petit discours ?

— Comment es-tu au courant ? s'étonna Lily.

Elle secoua la tête.

— Je n'ai rien dit...

— Tu n'as pas eu à le faire, répondit-il en se levant pour faire les cent pas. En y réfléchissant bien, je me suis rendu compte que c'était depuis ce dîner que tu ne répondais plus à mes appels et que tu refusais de me voir. Connaissant le penchant de ma mère pour les remarques désobligeantes et sa tendance à se mêler de ce qui ne la regarde pas, je me suis douté qu'elle t'avait dit quelque chose de désagréable. Je suis allé la voir, je lui en ai parlé, et elle a reconnu que c'était le cas.

Soudain, une pensée lui traversa l'esprit. Il s'arrêta net d'arpenter la pièce.

— Si nous ne nous étions pas croisés par hasard à l'étude du notaire, le jour de la lecture du testament de ton père, m'aurais-tu seulement dit que tu allais avoir un enfant ?

Elle baissa les yeux et regarda fixement ses mains, mais elle hocha la tête et répondit sans hésiter :

— J'avais prévu de te l'annoncer après les vacances, mais avec la mort de mon père et tout ce qui s'est passé depuis, je n'ai jamais réussi à trouver le bon moment.

— Lily, nous savons aussi bien l'un que l'autre que ce n'est pas une excuse, dit-il en secouant la tête. Tu aurais pu me le dire n'importe quand. Cette semaine, les occasions n'ont pas manqué.

Elle releva la tête et plongea les yeux dans les siens, avec un air de défi qu'il ne lui connaissait pas.

— Tu as raison. J'aurais pu te le dire, mais je n'étais pas sûre que ce soit dans mon intérêt que tu l'apprennes aussi tôt.

Soudain, il comprit ce qu'elle voulait dire.

— Tu croyais que je te demanderais de te faire avorter, n'est-ce pas ?

— Je n'en étais pas sûre, répondit-elle en secouant la tête, mais je ne voulais pas te donner l'occasion d'essayer de me dissuader d'avoir mon bébé.

Il s'agenouilla devant elle et empoigna ses mains.

— Lily, tu dois me croire… Je ne t'aurais jamais demandé une chose pareille. Je n'ai jamais songé à avoir un enfant, c'est vrai, mais cela ne signifie pas pour autant que je n'assumerai pas la responsabilité de ce bébé.

Elle se redressa brusquement et, avec une expression rebelle, se leva et ramassa sa nuisette sur le sol.

— Ce ne sera pas nécessaire, Daniel. Je suis parfaitement capable d'aimer et d'élever mon bébé toute seule, sans ton aide.

Elle lui fit signe de se retourner pendant qu'elle s'habillait.

— Comme tu peux le voir, j'ai une immense maison, maintenant… Si j'ai dix enfants, j'aurai de la place pour eux, et crois-moi, je ne les verrai jamais comme une responsabilité. Avoir un enfant est une bénédiction, une que j'ai hâte de recevoir !

Sans lui laisser le temps de réagir, elle entra dans la salle de bains et claqua la porte derrière elle. Le bruit résonna dans la chambre, lui donna l'impulsion dont il avait besoin et l'aida à se ressaisir. Il fallait qu'il réfléchisse, qu'il décide de la façon dont il allait aborder ce nouveau rebondissement.

Il prit une douche rapide, s'habilla et descendit. Par chance, ils avaient apporté du café la veille. Il en prépara et alla attendre sur la terrasse qu'il passe. Le soleil de janvier réchauffait de ses rayons le jardin de derrière et mettait en valeur la beauté pittoresque de la cour pavée. Cependant, il regardait le paysage sans le voir, tant il était préoccupé.

Lily allait avoir un enfant de lui. C'était tout simplement incroyable !

Le plus stupéfiant, dans tout cela, c'était qu'il était loin d'être aussi contrarié à l'idée d'être père qu'il s'y serait attendu. Se pouvait-il qu'il soit en état de choc ? Ou s'adoucissait-il, avec l'âge ?

N'ayant jamais vraiment envisagé d'avoir des enfants, il ne s'était jamais demandé comment il réagirait si une femme lui annonçait un jour qu'il allait être père. Ce qui était sûr, c'était qu'il accordait maintenant toute son attention à la question !

Quel genre de père ferait-il ? Comme il était fils unique et avait été élevé par deux personnes qui auraient vraiment mieux fait de ne pas se reproduire, il était loin d'être un expert en matière d'éducation. Depuis qu'il était adulte, il n'avait presque pas été en contact avec des enfants, et encore moins avec des bébés !

Il se passa une main sur la nuque, sentant la tension monter en lui. Hélas ! Les bébés ne venaient pas au monde avec un manuel d'utilisation… A la maternité, on donnait peut-être quelques brochures aux jeunes parents lorsqu'ils repartaient chez eux avec leur nouveau-né, mais en dehors de cela, ils devaient se débrouiller seuls.

Et comment Lily et lui s'arrangeraient-ils pour la garde de l'enfant ? Il n'avait peut-être pas prévu de devenir père, mais il voulait faire partie de la vie de son enfant, et ne se contenterait pas de le voir deux jours par semaine.

Non… Puisqu'il allait être père, il allait être un bon père. Et il savait exactement ce que cela signifiait.

Il prit une profonde inspiration, retourna dans la cuisine et se servit une tasse de café noir.

Une vingtaine de minutes plus tard, quand Lily entra dans la cuisine, il était assis à la table et buvait une autre tasse de café, se demandant comment elle allait réagir quand il lui ferait part de sa décision.

— Tu te sens mieux ?

— Un peu.

Elle fit chauffer de l'eau, ouvrit un placard et tendit le bras pour attraper la boîte de crackers sur l'étagère du haut. Il s'empressa de se lever, prit la boîte pour elle et la lui tendit.

— C'est tout ce que tu as l'intention de manger pour le petit déjeuner ? demanda-t-il, les sourcils froncés. Ne devrais-tu pas manger quelque chose d'un peu plus consistant ?

— Un thé léger et quelques crackers aident parfois à calmer

les nausées, lui expliqua-t-elle en prenant un sachet de thé dans l'une des boîtes posées sur le plan de travail.

— Et si tu t'asseyais pendant que je m'occupe de ton thé ?

Il lui adressa un sourire qui se voulait encourageant et ajouta :

— Je vois bien que tu as encore un peu mal au cœur.

L'espace d'un instant, il eut l'impression qu'elle s'apprêtait à refuser, mais, avec un haussement d'épaules désinvolte, elle mit quelques crackers sur une assiette et alla s'asseoir.

— Les nausées se calment généralement au milieu de la matinée, dit-elle en grignotant.

Dès qu'il lui eut servi son thé, il s'assit en face d'elle et lui demanda :

— Te sens-tu assez d'attaque pour discuter de ce que tu m'as annoncé ?

Elle finit son cracker et but une gorgée de thé avant de répondre :

— Je ne suis pas sûre qu'il y ait matière à discussion, Daniel. Pour moi, ce bébé est un don du ciel, mais tout ce que tu vois, toi, c'est une obligation gênante.

— Il faut que tu comprennes, chérie, dit-il en posant une main sur la sienne. Je n'avais jamais envisagé d'avoir des enfants, et cela m'a fait un choc d'apprendre que j'allais être père. Je n'ai pas l'habitude des enfants, et j'avoue sans honte que j'avance en terrain inconnu... mais quand j'ai dit que j'assumerai la responsabilité de cet enfant, je voulais simplement dire que je ferais de mon mieux pour être un bon père.

— Ce n'est pas l'effet que cela faisait quand tu l'as dit, murmura-t-elle d'un ton dubitatif.

— J'en suis sincèrement désolé... et même si nous n'avions rien prévu de tout cela, je te promets de faire ce qu'il convient de faire pour toi et pour le bébé.

Elle le regarda fixement un moment, puis secoua énergiquement la tête.

— Non. Ne t'avise pas de...

— Tu vas être la mère de mon enfant, l'interrompit-il, et je vais t'épouser le plus tôt possible.

6

— Oh non, certainement pas ! répondit Lily en retirant sa main. Il y a encore une heure, faire de moi ou de qui que ce soit d'autre ta femme n'était même pas envisageable. Tu ne peux pas me dire maintenant que ton opinion sur le mariage a radicalement changé uniquement parce que je t'ai annoncé que j'étais enceinte !

— Ma chérie, je crois que tu ne devrais pas te mettre dans tous tes états, comme ça.

Il paraissait si calme, si sûr de lui, qu'elle avait envie de lui donner un coup sur la tête avec quelque chose.

— Je suis sûr que ce n'est bon ni pour toi, ni pour le bébé…

— Tu n'as pas la moindre idée de ce qui est bon ou mauvais pour nous, répliqua-t-elle d'un ton catégorique.

— Tu as raison, et je vais y remédier dès que le centre commercial sera ouvert en allant acheter tous les livres que je trouverai sur la grossesse et les nourrissons, dit-il sans se laisser démonter. Crois-moi, quand tu accoucheras, je saurai tout ce qu'il y a à savoir pour prendre soin de toi et du bébé.

Incapable de rester immobile plus longtemps, elle se leva.

— Daniel, je trouve admirable que tu veuilles en apprendre le plus possible sur les bébés et que tu veuilles être un bon père, mais tu n'es pas obligé de te marier pour cela.

— Je m'en rends bien compte, Lily, répondit-il en se levant à son tour, mais je veux me marier avec toi.

Elle se massa les tempes du bout des doigts pour apaiser son mal de tête.

— Non, Daniel, te marier n'est pas ce que tu veux, et tu le reconnaîtrais si tu n'étais pas si têtu.

— Un enfant a besoin de voir ses parents ensemble, insista-t-il, et nous nous entendons très bien...

Elle n'en croyait pas ses oreilles.

— Sexuellement ?

Il eut l'audace de sourire.

— Eh bien, oui, aussi. Tu ne peux pas nier que nous nous entendons très bien au lit.

— Le mariage ne se résume pas au fait de se satisfaire mutuellement sur le plan sexuel !

Comment pouvait-il penser que c'était aussi simple ?

— C'est un bon début, dit-il en s'approchant pour la prendre dans ses bras.

— Tu es sérieux, n'est-ce pas ?

Elle n'arrivait pas à croire qu'ils avaient cette conversation.

— Et que fais-tu de la confiance et du respect de l'autre ? demanda-t-elle.

— Si tu ne me faisais pas confiance, tu n'aurais jamais couché avec moi, Lily, fit-il remarquer, et c'est justement par respect pour toi que je te demande de m'épouser.

— Oh ! oui ! C'est exactement ce que toute femme rêve d'entendre ! répliqua-t-elle d'un ton sarcastique.

Elle se libéra de son étreinte, s'écarta de lui et énuméra sur ses doigts les raisons pour lesquelles elle refusait son offre.

— Je ne t'épouserai pas, premièrement parce que tu ne m'as pas demandé de t'épouser. Tu m'as annoncé ce que nous allions faire.

— Tu préférerais que je m'agenouille ? demanda-t-il en souriant.

Elle ignora la question et son ton moqueur.

— Deuxièmement, reprit-elle, je ne suis pas née de la dernière pluie. Connaissant ton point de vue sur le sujet, je n'ai pas la bêtise de croire que ton opinion a miraculeusement changé du tout au tout quand tu as entendu le mot « enceinte ».

Elle leva un autre doigt.

— Troisièmement, et pour moi, c'est la plus importante des raisons pour lesquelles je ne me marierai pas avec toi, tu ne m'aimes pas.

Il redressa les épaules, comme s'il s'armait de courage.

— Je ne pense pas que l'amour soit une condition requise pour se marier.

— Moi, je le pense, répliqua-t-elle, consciente qu'ils atteignaient un point de non-retour.

Soudain profondément abattue, elle secoua la tête et ajouta :

— Je vais monter m'allonger un peu avant d'appeler ma famille pour voir si les médias campent toujours devant chez maman. Remets l'alarme en marche en partant et ferme la porte à clé derrière toi, s'il te plaît.

— Je prendrai le pick-up en revenant du centre commercial, lui cria-t-il tandis qu'elle sortait de la cuisine. Nous reparlerons de tout ça cet après-midi, quand nous irons chercher le reste de tes affaires… mais ne t'y trompe pas, Lily, nous finirons par être d'accord.

Elle ne prit même pas la peine de lui répondre qu'il n'y avait plus rien à dire. Elle lui avait fait savoir ce qu'elle pensait et ne reviendrait pas sur sa position. De toute façon, il n'écoutait pas.

Elle s'allongea sur le lit et serra un oreiller contre sa poitrine, comme pour empêcher son cœur de se briser.

Elle savait depuis longtemps, grâce aux rumeurs entendues lors des nombreuses soirées auxquelles elle avait assisté au cours des dernières années, que Daniel Addison n'était pas le genre d'homme avec lequel une femme pouvait espérer réaliser ses rêves. Il n'avait que faire d'un foyer, d'une femme aimante et d'enfants. C'était l'un des meilleurs partis de Charleston, et il était parfaitement satisfait de sa vie de célibataire endurci.

Cependant, quand il s'était présenté et qu'il l'avait invitée à danser ce soir-là, lors du grand bal de charité, l'automne précédent, dès l'instant où il l'avait prise dans ses bras, elle était bêtement tombée amoureuse de lui.

Maintenant, il lui disait qu'il voulait l'épouser, mais pas pour les bonnes raisons… Elle rêvait d'amour et voulait vivre un conte de fées, tandis que Daniel voulait seulement faire ce qu'il jugeait socialement acceptable.

Des larmes lui piquèrent les yeux et coulèrent le long de ses joues. Elle ne voulait pas d'un mariage comme celui que sa mère avait eu avec son père, elle ne voulait pas s'éveiller un beau matin et se rendre compte que Daniel avait une double vie, une seconde famille dans une autre ville.

Elle se tourna sur le côté et ferma les yeux, essayant en vain de chasser cette pensée de son esprit. Leur situation n'avait rien à voir avec celle de ses parents…

Le parfum viril de Daniel sur l'oreiller la fit se sentir encore plus mal. Il l'avait tenue dans ses bras, lui avait fait l'amour, mais même si elle avait envie de croire qu'il était le prince avec lequel elle partagerait un jour son château, ce n'était pas le cas.

Daniel ne l'aimait pas, il ne l'aimerait probablement jamais, et elle refusait de se contenter de si peu.

Quand il ouvrit la porte du manoir Beauchamp, Daniel posa les sacs pleins de livres et la valise contenant ses vêtements sur la banquette de l'entrée et se dirigea tout de suite vers la chambre de Lily.

Il avait attendu qu'elle soit endormie pour partir, à peu près sûr qu'elle ne se réveillerait pas avant qu'il ne soit revenu de la librairie. Il avait prévu de passer à Addison Industries sur le chemin du retour et de prendre un pick-up pour déménager le reste de ses affaires, mais il avait changé d'avis en voyant les gros titres des journaux, révélant que les paparazzi étaient encore devant chez les Kincaid.

Les médias semblaient bien décidés à obtenir un commentaire de l'un des membres de la famille, au sujet de la mort de

Reginald Kincaid, et de la double vie qu'il avait menée pendant trente ans avant d'être assassiné.

Daniel avait la ferme intention de les empêcher de harceler Lily. Elle avait suffisamment de sujets d'angoisse comme cela. Elle venait d'apprendre que son père avait été assassiné et, en plus, elle était enceinte et devait se faire à l'idée de devenir sa femme. Elle n'avait vraiment pas besoin d'être poursuivie par une horde de reporters en quête de scoop.

Quand il entra dans le petit salon attenant à la chambre, il vit que la porte de la chambre était ouverte et en déduisit que Lily était déjà réveillée.

— Ta sieste t'a fait du bien ?

Comme elle ne répondait pas, il allait voir dans la chambre. Elle n'y était pas.

— Lily ? appela-t-il en se précipitant dans le couloir.

De nouveau, pas de réponse. Il ne savait pas s'il valait mieux qu'il la cherche à l'étage du dessus, ou qu'il aille voir dans l'atelier. Décidant de regarder partout dans la maison avant de sortir, il monta au deuxième étage.

— Lily, ma chérie, tu es là ?

Toujours rien.

Il n'était pas de nature inquiète, mais, gagné par une fébrilité croissante, il vérifia toutes les pièces. Sa voiture était toujours chez sa mère, elle n'avait donc vraisemblablement pas pu partir...

Il pressa le pas, refusant de songer au fait que le meurtrier de Reginald Kincaid était toujours en liberté, et que personne ne savait qui il était et s'il avait l'intention de s'en prendre à un autre membre de la famille.

Au moment où il s'apprêtait à redescendre, il vit que la porte qui donnait sur la coupole, au bout du couloir, était ouverte. Il monta l'escalier quatre à quatre et fut soulagé de la trouver en train de contempler le port de Charleston.

— N'est-ce pas magnifique ? demanda-t-elle en indiquant le panorama. D'ici, je peux voir le phare de Sullivan Island et le Fort Sumter.

Il jeta un coup d'œil au port, par-delà les White Point Gardens. Le paysage était superbe, mais il préférait largement ce qu'il voyait à l'intérieur de la coupole...

Lily était sublime. Elle avait attaché ses longs cheveux roux en queue-de-cheval avec un chouchou en velours vert foncé, dévoilant la peau douce et laiteuse de son cou gracieux.

Il eut beaucoup de mal à résister à l'envie de la prendre dans ses bras et de l'embrasser, mais il prit sur lui et reporta son attention sur sa tenue. Elle portait un jean moulant et un pull-over vert émeraude, qui avait l'air doux et dont la couleur était merveilleusement assortie à ses cheveux et à ses yeux bleus.

Malheureusement, elle se pencha pour ramasser son carnet de croquis et ses crayons, et son jean se tendit sur ses superbes fesses, et il se troubla de plus belle.

— Tu es allé chercher le pick-up ? demanda-t-elle en se redressant et en se tournant vers lui. Je n'ai pas de nouvelles de RJ, mais je suis sûre que les paparazzi doivent être partis de chez ma mère, maintenant.

Il secoua la tête pour s'arracher à ses rêveries.

— Je ne crois pas... Je suis passé chez moi après être allé à la librairie, et j'en ai profité pour regarder les informations. Les journalistes campent toujours devant chez ta mère. Ils espèrent qu'un membre de la famille va leur accorder une interview, et je crois qu'ils ne bougeront pas tant qu'ils n'auront pas obtenu ce qu'ils veulent.

— Pourquoi se montrent-ils aussi acharnés ? demanda-t-elle, les sourcils froncés. Nous n'en savons pas plus sur la mort de papa qu'hier soir, quand la police a annoncé qu'il s'agissait d'un meurtre.

— Je ne sais pas, ma chérie...

Il ne put résister à l'envie de lui caresser la joue. Devait-il lui dire que les médias avaient aussi eu vent de la double vie de Reginald ?

— Quand un homme aussi connu que ton père est retrouvé mort dans son bureau avec une balle dans la tête, qu'il s'agisse d'un suicide ou d'un meurtre, les reporters font tout ce qu'ils peuvent pour dénicher quelque chose.

— Y avait-il quoi que ce soit dans le journal au sujet d'Angela Sinclair et de ses fils ? demanda-t-elle d'une voix hésitante.

Il savait qu'elle espérait que cet aspect du scandale familial resterait secret le plus longtemps possible.

Il hocha la tête à contrecœur.

— Pour l'instant, il ne s'agit encore que d'une rumeur, que les journalistes cherchent à confirmer.

L'expression de Lily s'assombrit.

— Mais il ne leur faudra pas longtemps pour y arriver. Je voudrais que tout le monde nous laisse en paix pour pleurer la perte de papa et digérer tous les secrets que nous avons appris à sa mort.

Sans hésiter, il lui passa un bras autour des épaules et la serra contre lui.

— Moi aussi, je voudrais que ce soit possible.

Elle ne chercha pas à le repousser. Il espérait de tout cœur que cela signifiait qu'elle était arrivée à la conclusion qu'ils avaient tout intérêt à se marier. Cependant, il n'était pas bête au point d'aborder le sujet en un moment pareil… Elle avait besoin d'un peu de temps pour se rendre compte qu'il s'agissait là de la solution idéale.

— Alors je vais devoir rester cachée ici pendant encore quelques jours avant de pouvoir apporter le reste de mes affaires ? demanda-t-elle, sans se douter des pensées qui l'assaillaient.

— Je pense que nous serons obligés d'attendre le milieu de la semaine pour finir le déménagement.

Il haussa les épaules avec une désinvolture feinte.

— Si tu as envie de sortir un peu de la maison, nous pourrions toujours retourner à l'aquarium. Ça t'avait plu…

Elle secoua la tête.

— C'est gentil de me le proposer, mais je crois que je préférerais rester ici et finir de ranger mes affaires. Et ne te sens pas obligé de me tenir compagnie… J'ai trouvé un petit escabeau à la cave, je m'en servirai si j'ai besoin de mettre quelque chose en hauteur.

— Certainement pas !

Il posa ses mains sur ses épaules pour la forcer à se tourner vers lui et, ignorant son expression interloquée, la regarda droit dans les yeux.

— Tu ne t'approcheras pas de cet escabeau, c'est compris ?

— Vraiment ?

Elle plissa les yeux d'un air courroucé.

— Qu'est-ce qui te fait croire que tu as le droit de me donner des ordres ?

— Je suis le premier à admettre que je ne connais presque rien aux choses à faire et à ne pas faire pendant une grossesse, mais crois-tu vraiment que faire une chute soit bon pour toi ou pour le bébé ?

Il savait que si elle y réfléchissait posément, elle reconnaîtrait qu'elle ne ferait jamais rien qui risque de représenter un danger pour leur enfant et, à en juger par son ton vif lorsqu'elle répondit, elle était encore en colère contre lui.

— Je n'y avais pas pensé, admit-elle à contrecœur, mais ne te sens pas obligé de rester pour autant. Je suis sûre que tu as mieux à faire.

Agacé, il poussa un profond soupir.

— Je n'irai nulle part, Lily, ni maintenant, ni plus tard. Comme je suis sorti, j'en ai profité pour passer chez moi prendre des vêtements...

Elle lui lança un regard furibond.

— Ne crois-tu pas que c'était un peu présomptueux de ta part ?

— Quand je t'ai demandé ce matin de m'épouser, j'étais très sérieux, dit-il, sans tenir compte de ses protestations.

Il n'allait pas la contrarier encore davantage en lui disant qu'il n'envisagerait de la laisser seule la nuit que lorsque le meurtrier de son père aurait été arrêté...

D'ailleurs, l'idée de la laisser seule pendant la journée

pour aller travailler ne l'enchantait pas non plus, mais hélas, il ne pouvait pas faire autrement. Sa seule consolation était que, dans la journée, il y avait trop de monde dans le parc, de l'autre côté de la rue, pour que quelqu'un essaie d'entrer par effraction dans le manoir.

— Et moi, je t'ai dit...

— Chut, l'interrompit-il en l'attirant vers lui pour l'embrasser.

Au début, elle essaya de le repousser, mais quand il posa ses lèvres sur les siennes, elle se détendit, lâcha son carnet de croquis et se laissa aller entre ses bras. L'embrassant alors avec plus de fougue, il s'émerveilla de sa réaction passionnée et du désir manifeste qu'elle éprouvait pour lui.

Peut-être était-elle encore en colère contre lui, mais elle ne pouvait pas plus lui résister que lui ne pouvait résister à elle...

Cette pensée le troubla instantanément. Il n'était pas sûr de pouvoir se retenir de lui faire l'amour sur-le-champ, dans la coupole, s'il ne mettait pas un peu de distance entre eux. A contrecœur, il détacha ses lèvres.

Il releva la tête et recula pour regarder son beau visage levé vers lui. Il n'avait jamais rien vu d'aussi charmant : ses joues étaient roses, une lueur ardente brillait dans ses yeux... Il dut faire un effort de volonté considérable pour ne pas la prendre de nouveau dans ses bras.

Cherchant une distraction, il se pencha pour ramasser le carnet de croquis à leurs pieds. Son regard tomba sur un dessin de l'intérieur de la coupole qui éveilla sa curiosité.

— Qu'est-ce que c'est ?

Elle cilla, comme si elle sortait d'une transe, puis elle montra du doigt le dessin.

— Je me suis dit que ce serait beau d'avoir une banquette circulaire tout autour de la pièce. Je pourrais m'asseoir ici pour dessiner, ou simplement pour regarder les bateaux dans le port.

Il jeta un coup d'œil au dessin, puis promena son regard sur la coupole.

— Il y aura assez de place, si la banquette n'est pas trop large, dit-il en hochant la tête. Quand penses-tu la faire installer ?

Elle haussa les épaules et commença à descendre l'escalier.

— Probablement pas avant le printemps.

Une idée commença à germer dans sa tête tandis qu'il la suivait jusqu'au rez-de-chaussée. Les travaux pour réaliser ce projet ne devraient pas prendre plus d'une journée... S'il parvenait à l'éloigner de la maison assez longtemps, il pourrait faire construire la banquette circulaire dont elle rêvait. Ce serait une belle surprise, et peut-être aussi un moyen de regagner sa faveur.

Il avait justement un ami artisan, auquel il avait rendu service et qui lui devait maintenant une fière chandelle !

— As-tu quelque chose de prévu samedi prochain ?

— J'expose certains de mes dessins à la librairie du centre commercial, cet après-midi-là, répondit-elle alors qu'ils entraient dans la cuisine, mais je ne dois être sur place qu'une heure ou deux.

Elle sortit de quoi faire des sandwichs du réfrigérateur et demanda :

— Pourquoi ?

Il réfléchit à toute vitesse.

— Je me disais que ce serait amusant de prendre une journée pour voir quelques-uns des sites touristiques du coin. Nous pourrions faire l'excursion jusqu'au Fort Sumter le matin et visiter le musée de Charleston l'après-midi.

— Je n'y suis pas allée depuis des années, répondit-elle d'un air pensif. Cela pourrait être agréable de faire ça avant l'été, pendant qu'il n'y a pas trop de touristes.

— Pourquoi ne pas prévoir une petite sortie la semaine prochaine, alors ?

Il lui en coûterait probablement cher de faire ainsi appel à son ami artisan à la dernière minute, mais Lily serait tellement heureuse du résultat... Le jeu en valait la chandelle.

Elle était en train de faire un sandwich, mais elle s'arrêta pour le regarder droit dans les yeux.

— Cela ne marchera pas, Daniel.

— Quoi donc ?

— Si tu crois qu'emménager ici et m'emmener visiter des lieux touristiques me fera changer d'avis et me persuadera de t'épouser, tu te trompes.

Elle secoua la tête.

— Je sais ce que je veux, et c'est quelque chose que tu ne peux pas ou que tu ne veux pas me donner. Quoi qu'il en soit, je refuse de me contenter de quelque chose de médiocre.

— Allons-y simplement pour passer un bon moment... Je te promets de ne pas faire pression sur toi pour que tu fasses quelque chose que tu n'as pas envie de faire.

Tandis qu'ils déjeunaient, Daniel repensa à ce que Lily lui avait dit. Il savait qu'elle voulait de l'amour, mais comment aurait-il pu lui donner une chose à laquelle il ne croyait pas vraiment lui-même ?

Il n'avait jamais reçu beaucoup d'amour, et certainement pas au cours de son désastreux mariage.

Sa mère devait l'aimer, dans la mesure où elle était capable d'aimer, mais quand il était petit, ses marques d'affection se résumaient à une petite tape sur la tête et un peu d'argent de poche de temps en temps. Son père avait eu encore plus de mal à manifester ses sentiments. Les rares fois où George Addison avait essayé de se montrer tendre, ses gestes avaient été gauches et empruntés. La cuisinière, Rosemary, lui avait toujours montré qu'elle l'adorait, mais elle ne le lui avait jamais dit.

Il observa Lily, assise en face de lui. Il tenait beaucoup à elle, il la désirait de toutes ses forces, c'était indéniable... Mais est-ce qu'il l'aimait ?

— Tu m'écoutes, Daniel ? demanda-t-elle soudain, l'arrachant à ses pensées troublantes.

— Je suis désolé, je pensais à mon travail, mentit-il. Tu disais ?

— Je te demandais si tu voudrais venir avec moi chez mon frère jeudi soir, pour garder mon neveu… Il a trois ans, dit-elle avant de boire une gorgée de lait.

La question le mettait moins mal à l'aise que ses propres pensées. Il profita donc de l'occasion pour les chasser de son esprit.

— Tu crois que cela ne dérangera pas ton frère si je t'accompagne ?

Elle secoua la tête.

— Je suis sûre qu'il n'y verra aucun inconvénient. Et puis, cela te donnera un aperçu de ce que c'est de s'occuper d'un enfant, et tu verras si tu es à l'aise.

Il savait qu'elle s'attendait à ce qu'il décline l'invitation, et il l'aurait probablement fait avant d'apprendre qu'elle était enceinte, mais il voulait lui faire comprendre qu'il était bien décidé à être un bon père. D'ailleurs, cela ne pourrait pas lui faire de mal de savoir à quoi s'attendre quand leur enfant serait là.

Il sourit et hocha la tête.

— Bonne idée ! Je viendrai avec plaisir.

Lily regardait Daniel s'accroupir pour aider Flynn à construire un gratte-ciel avec des briques de Lego géantes. Elle ne put s'empêcher de s'émerveiller de la façon dont il s'occupait de son neveu.

Dès qu'ils étaient entrés chez Matt, Flynn avait fait un grand numéro de charme à Daniel, qui semblait ravi de jouer avec le petit garçon. Pour un homme qui n'avait jamais passé beaucoup de temps en compagnie d'enfants, il avait l'air très à l'aise.

— C'est presque l'heure d'aller se coucher ! annonça-t-elle en jetant un coup d'œil à sa montre. Pendant que je te prépare un petit en-cas et un verre de lait chaud, Flynn, pourquoi ne pas montrer à Daniel comment tu ranges tes jouets ?

Toujours sage et obéissant, Flynn hocha la tête et commença à ranger ses Lego dans leur boîte.

— Aide-moi à les ramasser, s'il te plaît, Dannel, dit-il, faisant de son mieux pour prononcer le prénom de Daniel.

Le vocabulaire de Flynn était excellent pour un garçon de son âge, mais certains mots étaient encore un peu difficiles pour lui.

Elle alla préparer l'en-cas et, quand elle revint quelques instants plus tard, elle resta sur le pas de la porte et observa en souriant l'échange entre son neveu et Daniel.

— Tiens, dit Daniel en ramassant le dernier bloc de Lego.

Il se leva et s'étira.

— Viens, Dannel, dit le petit en lui tendant la main. C'est l'heure de mon en-cas.

Il passa devant elle et entraîna Daniel dans la cuisine.

— Je partage, dit Flynn quand ils furent tous assis à table.

Il prit sa cuillère et la plongea dans son petit pot de compote.

— Je partage bien.

— C'est très gentil, Flynn, mais je n'ai pas très faim, dit Daniel en lui ébouriffant les cheveux... Mais la prochaine fois, je te promets de manger un dessert avec toi. Ça te va ?

Flynn prit une grosse cuillerée de compote et hocha énergiquement la tête.

Pendant que son neveu continuait à manger, Lily regarda Daniel.

— J'ai l'impression que tu t'es bien amusé.

Daniel jeta un coup d'œil à Flynn, qui engloutissait toujours sa compote.

— On ne peut que s'amuser, avec ce petit gars... Merci de m'avoir invité ce soir, ajouta-t-il en la regardant avec un grand sourire qui lui fit chaud au cœur.

— Je t'en prie, dit-elle en souriant à son tour.

Elle essuya la bouche de Flynn, l'aida à sortir de son rehausseur, le prit dans ses bras et déposa un baiser sur sa petite joue toute douce.

— On va prendre le bain et se mettre en pyjama ? Après, je te lirai une histoire.

Flynn lui passa les bras autour du cou et, se serrant contre elle, s'écria avec enthousiasme :

— Ton livre, tante Lily !

Quand elle le posa par terre, il se dirigea vers Daniel, toujours assis à table, et, avec une expression grave, lui dit :

— Tu restes pour l'histoire ?

— Je reste aussi longtemps que ta tante Lily, le rassura Daniel.

— Viens, tante Lily, dit Flynn en la tirant par la main. Dannel veut écouter l'histoire.

Elle était stupéfaite de voir qu'il s'était attaché à lui aussi vite.

— Nous n'en avons pas pour longtemps, dit-elle avant d'emmener Flynn faire sa toilette.

Une dizaine de minutes plus tard, elle regagna le salon avec Flynn, qui était maintenant en pyjama et avait à la main le livre qu'il avait choisi. Elle le regarda grimper sur les genoux de Daniel.

— Tu veux que ce soit Daniel qui lise l'histoire ce soir ? demanda-t-elle.

— Non, toi, répondit-il en appuyant la tête en arrière sur l'épaule de Daniel.

Daniel avait passé un bras autour du petit garçon, et elle fut soudain émue par le spectacle. Pourquoi trouvait-elle si séduisant un homme qui se montrait attentionné et si gentil avec un enfant ?

Elle arriva à la conclusion que ses hormones devaient être déréglées à cause de la grossesse. Elle trouvait tout ce que Daniel disait à Flynn adorable et avait hâte de le voir avec leur propre enfant.

Tout en lisant l'histoire, elle jetait des coups d'œil à Flynn régulièrement et constata que ses yeux commençaient à se fermer. Quand elle fut sûre qu'il dormait profondément, elle referma le livre et se leva.

— Que se passe-t-il ensuite ? demanda Daniel en souriant. Le chiot finit par retrouver son chemin ?

Elle rit.

— Bien sûr. Les histoires pour enfants se terminent toujours bien… Pourquoi veux-tu connaître la fin ? Tu étais à ce point captivé ?

— Je veux pouvoir lui répondre s'il me pose des questions la prochaine fois que nous viendrons le garder !

Il se leva, avec Flynn dans les bras.

— Si tu me montres le chemin, je le porte jusqu'à son lit.

Avait-il vraiment l'intention de l'accompagner la prochaine fois qu'elle viendrait garder son neveu ? Elle secoua la tête, perplexe, et remonta le couloir devant lui.

Apparemment, il était très sérieux quand il lui avait dit qu'il voulait apprendre à s'occuper d'un enfant, et elle en était ravie. Elle voulait qu'il aime leur enfant, même s'il ne pouvait pas l'aimer, elle.

Après avoir bordé Flynn, ils retournèrent dans le salon. Daniel s'assit dans un fauteuil, et elle s'installa sur le canapé.

— Alors, quelles sont tes premières impressions ? Te sens-tu un peu plus à l'aise en compagnie d'un enfant ?

— Beaucoup plus, répondit-il avec un grand sourire. Je m'étais inquiété au début, mais j'ai vraiment passé une bonne soirée ! Flynn est un gamin adorable…

— C'est aussi mon avis, mais je sais que je ne suis pas objective parce que c'est mon neveu et que je l'adore.

Il y eut un silence, puis Daniel demanda :

— Où est sa mère ?

— Grace est morte dans un accident d'avion il y a environ un an, répondit-elle avec tristesse. Elle allait passer le week-end chez ses parents quand son charter s'est écrasé. Cela me brise le cœur, pour elle et pour Flynn… Elle voulait tellement avoir cet enfant, et elle ne le verra même pas grandir ! Matt fait tout pour la maintenir en vie dans son souvenir, mais Flynn ne connaîtra sa mère qu'en photo ou en vidéo.

— C'est horrible…

Le ton de Daniel était empreint de compassion.

Il fronça les sourcils, songeur.

— A t'entendre, ils ont eu du mal à avoir Flynn, reprit-il. Avait-elle des difficultés à avoir un enfant ?

— Je pense, oui, mais je n'en sais pas plus.

Elle bâilla et se pelotonna à une extrémité du canapé. Il se leva et contourna la table basse, puis vint s'asseoir à côté d'elle et passa un bras autour de ses épaules.

— Cela a dû être terrible pour ton frère de perdre sa femme, et être père célibataire avec tout ce qui se passe en ce moment ne doit vraiment pas être facile.

— C'est très dur pour lui, je me fais beaucoup de soucis à son sujet. Il était dévasté à la mort de Grace, et maintenant, il est obligé de travailler pratiquement jour et nuit pour rédiger ces rapports…

Elle s'interrompit, s'efforçant d'étouffer un autre bâillement.

— … pour Jack Sinclair.

— Pourquoi est-ce que tu ne ferais pas une petite sieste ? suggéra Daniel.

— Je ne peux pas, je suis ici pour veiller sur Flynn, répondit-elle, incapable de résister à l'envie de poser sa tête sur son épaule.

Il lui déposa un baiser sur le front.

— Je suis bien réveillé, s'il y a le moindre problème, je te préviendrai, ma chérie.

— Je vais peut-être me reposer quelques minutes, alors, dit-elle à contrecœur.

Elle détestait manquer à ses obligations de baby-sitter, mais Daniel était là pour la réveiller si Flynn avait besoin d'elle, et elle avait tellement de mal à garder les yeux ouverts que se reposer lui ferait peut-être un peu de bien.

Daniel sourit. Il savait que Lily allait s'endormir tout de suite. D'après ce qu'il avait lu dans les livres qu'il avait achetés, une femme enceinte avait souvent besoin de beaucoup de sommeil pendant les premiers mois de sa grossesse.

Il regarda avec tendresse la femme qui portait son enfant. Il avait peine à croire à quel point ses opinions avaient changé… Si on lui avait dit une semaine plus tôt qu'il accueillerait avec joie l'idée de devenir père et qu'il ferait tout pour convaincre une femme de l'épouser, il aurait éclaté de rire. Mais maintenant…

Maintenant qu'il avait passé du temps avec le neveu de Lily et qu'il s'était aperçu qu'il savait y faire avec les enfants, il se surprenait à avoir hâte de s'asseoir un jour par terre avec son fils ou sa fille pour construire des gratte-ciel en Lego. Son père n'avait jamais rien fait de la sorte avec lui quand il était petit, et ils y avaient tous deux perdu.

Il posa une main sur le ventre encore plat de Lily, songeant à la mère formidable qu'elle serait. Il l'avait regardée s'occuper de Flynn toute la soirée, émerveillé de voir à quel point elle était gentille et patiente, de voir l'affection qu'elle témoignait à son neveu.

Plusieurs fois au cours des quelques derniers jours, il s'était demandé quel genre de parents ils feraient, mais ce n'était plus le cas. Ils feraient une bonne équipe pour élever leur enfant. Le seul problème dans l'immédiat, c'était de convaincre Lily de l'épouser. Comment y parvenir ?

Il avait tenu parole et n'avait pas fait pression sur elle pour la forcer à faire quelque chose qu'elle ne voulait pas faire lorsqu'il s'était installé au manoir.

Malheureusement, il se rendait compte maintenant qu'il n'était pas des plus patients quand l'enjeu était important. Il voulait que leur bébé ait un père et une mère qui ne se contentaient pas de se mettre d'accord pour l'élever, mais qui étaient mariés et portaient le même nom.

Il avait pris sa décision, même si cela n'avait pas été facile, et il acceptait l'idée de sauter le pas et de se remarier. Maintenant, il ne lui restait plus qu'à trouver un moyen subtil de convaincre Lily de faire le grand saut avec lui.

Et en ce qui le concernait, le plus tôt serait le mieux.

7

— Qui cela peut-il bien être ? marmonna Lily en remontant le couloir en hâte.

Personne, à part sa famille et Daniel, ne savait qu'elle vivait ici, et il était parti travailler voilà déjà une heure.

Elle traversa l'entrée, espérant que ce n'était pas la presse, ou une équipe de télévision… Sans relâche, les reporters tentaient d'obtenir une interview. Sa mère avait même dû annuler le dîner de famille, le dimanche précédent, ainsi que leur rendez-vous hebdomadaire.

Un jour ou deux après la nouvelle du meurtre de leur père, Laurel avait fait publier un communiqué dans lequel elle déclarait que la famille ne savait rien de plus que la police et appelait au respect de leur vie privée. Mais au lieu de calmer les choses, cette déclaration n'avait fait qu'attiser la curiosité des paparazzi.

Lily regarda par le judas, s'attendant à trouver un reporter sur le perron. Mais, à sa plus grande surprise, elle découvrit Charlotte Addison sur le seuil.

L'espace d'un instant, elle fut tentée de faire comme si elle n'était pas là, ou comme si elle n'avait pas entendu la sonnette. Son père l'avait avertie qu'elle risquait d'avoir des ennuis avec la mère de Daniel, à un moment ou à un autre. Dès lors, à quoi bon repousser l'inévitable ?

Elle prit une profonde inspiration et se prépara à la désagréable confrontation.

— Bonjour, madame Addison, dit-elle en ouvrant la porte.

Charlotte sembla décontenancée.

— Que faites-vous là ? demanda-t-elle, haussant un sourcil désapprobateur.

— J'ai emménagé il y a une semaine, répondit Lily, remarquant qu'il n'y avait pas de voiture garée dans l'allée ou le long du trottoir, devant la maison.

Charlotte était-elle venue à pied depuis chez elle ? Elle habitait dans le quartier de l'East Battery, à près d'un kilomètre…

— J'ai vu de la lumière hier soir, en revenant d'une réunion, et j'ai pensé que quelqu'un avait loué…

Elle s'interrompit, secoua la tête.

— Peu importe. Qu'est-ce que votre mère a l'intention de faire de cette maison ?

Lily aurait aimé pouvoir lui répondre que cela ne la regardait absolument pas, mais elle ne pouvait ignorer les bonnes manières que sa mère lui avait inculquées dès son plus jeune âge : il fallait faire preuve de respect envers ses aînés, et toujours se montrer courtois, même quand l'on était en face d'un individu grossier.

— Ce n'est pas ma mère qui est propriétaire du manoir, madame Addison, répondit-elle, s'efforçant de contenir son agacement. C'est moi. Mon père me l'a légué par testament.

A sa grande surprise, Charlotte Addison sourit.

— Dans ce cas, nous ne devrions pas avoir trop de mal à trouver un accord.

Lily n'avait pas la moindre idée de ce à quoi elle faisait allusion.

— Pardon ?

— Cette demeure est celle de mes ancêtres, et je veux la récupérer, déclara Charlotte d'un ton péremptoire, comme si le père de Lily la lui avait volée.

— Elle n'est pas à vendre, madame Addison, répliqua Lily avec fermeté.

Elle s'était peut-être laissé intimider par Charlotte une fois, mais elle n'avait nullement l'intention de renouveler l'expérience.

— J'ai toujours aimé et admiré cette demeure, et mon père souhaitait que j'en hérite.

L'expression de Charlotte s'assombrit.

— Comment pouvez-vous vous soucier d'une propriété qui ne représente rien pour vous ?

— Oh ! mais elle représente quelque chose ! Quand j'étais petite, expliqua Lily en désignant les White Point Gardens de l'autre côté de la rue, mon père m'emmenait me promener dans le parc, et je passais des heures assise sur un banc, à regarder cette maison et à rêver que j'y vivais.

— Un caprice d'enfant, rien de plus ! s'exclama Charlotte d'un ton railleur.

Cependant, Lily remarqua qu'elle avait pâli et semblait avoir perdu un peu de sa belle assurance.

— Tout va bien, madame Addison ? demanda-t-elle, soudain inquiète.

— Je… Je crois que j'ai besoin de m'asseoir quelques instants, répondit Charlotte d'une voix mal assurée.

Elle continuait à la regarder fixement, comme clouée sur place.

— Entrez, je vous en prie… Je vais aller vous chercher quelque chose à boire, dit Lily en lui prenant le bras pour la soutenir.

Quelle que soit la façon dont Charlotte Addison avait pu lui parler par le passé, elle restait la mère de Daniel, et la grand-mère de l'enfant qu'elle portait. Elle semblait se trouver mal, et il était du devoir de Lily de lui porter assistance.

Dès que Charlotte fut confortablement installée sur le canapé du salon, Lily se hâta d'aller lui chercher un verre d'eau. Quand elle revint, Charlotte avait repris quelques couleurs.

— Voulez-vous vous étendre et vous reposer un peu, madame Addison ? demanda-t-elle en lui tendant le verre d'eau. Faut-il que j'appelle Daniel ?

— Non, répondit Charlotte, un peu trop précipitamment.

Il y avait une pointe d'inquiétude dans sa voix, et Lily comprit qu'elle ne tenait pas à ce que son fils apprenne qu'elle lui avait rendu visite.

Charlotte but une gorgée d'eau et ajouta :

— Je dois être en hypoglycémie ou avoir une chute de tension… Ça va aller, je vous assure.

Si elle était bel et bien en hypoglycémie, il fallait qu'elle mange quelque chose.

— J'étais justement en train de me faire un sandwich à la dinde, dit Lily. Pourquoi ne m'accompagneriez-vous pas dans la cuisine ? Je vous en préparerai un.

Pour la première fois depuis qu'elle la connaissait, Charlotte parut un peu hésitante.

— Je… Je ne voudrais pas m'imposer.

— Mais non, voyons ! Cela ne me dérange pas du tout.

Elle l'aida à se lever et l'entraîna dans le couloir, en se demandant toutefois comment elle se débrouillait pour se retrouver constamment dans des situations délicates… Pourtant, elle ne pouvait décemment pas mettre Charlotte Addison à la porte, sans s'assurer au préalable qu'elle allait bien.

Pendant qu'elle préparait les sandwichs, elle remarqua que la mère de Daniel, bien que silencieuse, prenait note des travaux réalisés dans le manoir depuis qu'elle n'en était plus propriétaire.

— Que pensez-vous des rénovations réalisées par mon père ? demanda Lily en servant à Charlotte son sandwich.

— C'est… étonnamment réussi, répondit-elle de mauvaise grâce.

— Si vous voulez, quand nous aurons fini de manger, je vous ferai faire le tour de la maison.

Elle ne savait pas vraiment elle-même pourquoi cela lui importait tant, mais elle voulait que Charlotte voie que l'homme qu'elle avait accusé à demi-mot d'avoir volé sa demeure y avait suffisamment tenu pour lui redonner sa splendeur d'autrefois.

Etant donné la rancœur que Charlotte Addison nourrissait envers son père, elle s'attendait à ce que la mère de Daniel décline la proposition.

A sa grande surprise, cependant, elle accepta.
— Oui, répondit-elle, avec grand plaisir.

Quand Daniel entra dans la maison, par la porte de derrière, il crut avoir une hallucination. Sa mère était assise avec Lily à la table de la cuisine.

Que manigançait-elle, cette fois ?

— Bonjour, Daniel, dit-elle.

Son ton agréable le surprit.

— Charlotte, dit-il avec un bref hochement de tête.

Que se passait-il ? Il jeta un coup d'œil à Lily, essayant de deviner dans quel état d'esprit elle était. Sa mère avait le chic pour prendre les gens à rebrousse-poil... Sachant ce qu'elle pensait de Lily et de sa famille, cela ne l'aurait pas étonné qu'elle se montre encore plus condescendante maintenant qu'elle savait qu'une Kincaid vivait au manoir Beauchamp.

Cependant, Lily ne semblait pas le moins du monde bouleversée. A vrai dire, c'était l'inverse... Elle paraissait détendue et plutôt à l'aise avec sa mère.

— Lily, puis-je te voir dans l'entrée un moment ?

Il se tourna vers sa mère et ajouta :

— Nous n'en aurons que pour une minute.

Lily le suivit dans le couloir. Dès qu'ils furent hors de portée de voix de sa mère, il demanda :

— Que fait-elle ici ?

— Ne t'inquiète pas, Daniel... Ta mère est passée pour se renseigner sur la maison, et je l'ai invitée à entrer parce qu'elle semblait prise de vertige.

— Elle va bien ?

Il n'avait jamais vu sa mère malade, mais elle ne rajeunissait pas et avait peut-être des problèmes de santé.

— Ça va mieux, maintenant, répondit Lily d'un ton rassurant. Je lui ai proposé de déjeuner avec moi, et après manger, je lui ai montré les travaux que papa a fait faire.

Il ne pouvait pas croire que ce fût là le seul but de la visite de sa mère.

— Elle ne t'a rien dit de blessant au sujet de ton père ? Elle n'a pas été désagréable parce que nous nous voyons ?

Lily secoua la tête.

— Pas vraiment... Elle m'a dit qu'elle voulait racheter la maison, mais je lui ai répondu qu'elle n'était pas à vendre.

— Et elle a accepté cette idée ?

Lily haussa les épaules négligemment.

— Pas tout de suite, mais je lui ai dit que j'adorais cette maison, que j'avais toujours rêvé d'y vivre... Je crois qu'elle a compris que j'étais sincère, et quand elle a vu le soin qui avait été consacré aux rénovations, elle a fini par accepter l'idée que je ne revendrai pas le manoir.

Elle jeta un coup d'œil en direction de la cuisine.

— Nous devrions y retourner, c'est grossier de la laisser seule comme ça.

Il secoua la tête, stupéfait, et suivit Lily dans la cuisine. Toujours assise à table, sa mère regardait le jardin derrière la baie vitrée. Qu'est-ce qui avait bien pu provoquer chez elle une transformation aussi radicale ?

Il ne croyait pas un seul instant qu'elle ait sonné chez Lily pour lui demander si la maison était à vendre, et encore moins qu'un simple refus ait suffi à ce qu'elle abandonne son idée. Il ne croyait pas non plus qu'elle ait brusquement changé d'avis au sujet des Kincaid. Tout cela ne lui ressemblait tout simplement pas.

Il déjeuna en silence, écoutant Lily et sa mère échanger des politesses. Il avait l'impression d'avoir basculé dans la quatrième dimension.

Sa mère était très polie, et il la connaissait assez bien pour savoir que son ton aimable était parfaitement sincère. Elle passait vraiment un bon moment... Incroyable !

Quand il eut fini de manger, il jeta un coup d'œil à sa montre.

— Je suis désolé de devoir partir aussi précipitamment,

mais j'ai une réunion dans un peu moins d'une heure, et il faut vraiment que je retourne au bureau, annonça-t-il en se levant.

Il prit sa veste sur le dossier de sa chaise.

— Je passe devant chez toi, Charlotte, si tu veux, je te dépose...

— Oui, volontiers, répondit sa mère en se levant à son tour.

Elle se tourna vers Lily avec un sourire.

— Merci beaucoup pour le déjeuner... C'était un plaisir de discuter avec vous. Vous et Daniel devriez venir dîner à la maison très bientôt.

— Avec plaisir, répondit Lily en souriant.

L'échange entre les deux femmes le laissait profondément perplexe. Il avait hâte de partir avec sa mère. Il y avait forcément quelque chose qui avait provoqué ce changement d'attitude drastique, et il voulait savoir ce que c'était.

Ils se dirigèrent vers la voiture, puis il s'installa au volant.

— Que se passe-t-il, Charlotte ?

Elle ne fit pas semblant de ne pas savoir de quoi il parlait.

— Lily aime vraiment le manoir, n'est-ce pas ?

— Oui, répondit-il en quittant l'allée pour s'engager sur la route. Elle a toujours rêvé d'y vivre.

— Je ne peux décemment pas m'en réjouir, mais je peux m'accommoder du fait qu'elle en soit la propriétaire, puisqu'elle tient autant à la maison, dit sa mère d'un ton résolu.

— Qui êtes-vous et qu'avez-vous fait de ma mère ? demanda-t-il avec ironie. Je m'attendais à ce que l'idée qu'un Kincaid vive au manoir te rende absolument furieuse.

— Je reconnais que je l'ai été quand j'ai appris que la fille de Reginald avait hérité de la propriété, mais c'est aussi la fille d'Elizabeth Winthrop, et cela compte. Les Winthrop sont à Charleston depuis aussi longtemps que les Beauchamp, et avant qu'Elizabeth n'épouse cette fripouille, leur lignée était irréprochable. Maintenant que Reginald est mort, je suppose que l'on peut fermer les yeux sur l'erreur de jugement d'Elizabeth.

— Et cela te suffit à accepter l'idée que Lily vive ici ? s'étonna-t-il, stupéfait par le raisonnement de sa mère. Reginald est mort, alors cela rend à Elizabeth son statut social ?

Charlotte haussa les épaules négligemment.

— Cela, et le fait que Lily porte un descendant Beauchamp, qui vivra au manoir avec elle.

Abasourdi d'apprendre que sa mère savait que Lily était enceinte, il se gara le long du trottoir et se tourna vers elle.

— Lily t'a dit qu'elle attendait un enfant ?

Sa mère secoua la tête.

— Oh ! non ! Elle ne m'a rien dit du tout, mais ce n'était pas nécessaire.

— Alors comment...

— As-tu déjà entendu parler des modifications du teint des femmes pendant la grossesse ? l'interrompit sa mère.

Il la regarda avec des yeux ronds.

— Non...

— C'est plus prononcé chez certaines femmes que chez d'autres, expliqua Charlotte avec le plus grand sérieux. C'est dû à un bouleversement hormonal... Le teint change. C'est très voyant, chez Lily.

Il avait l'impression d'être en train de rêver... Il n'aurait jamais cru écouter un jour sa mère lui parler des changements provoqués par la grossesse.

— Quand puis-je espérer voir mon premier petit-enfant venir au monde ?

— Fin août, répondit-il machinalement, comme dans un état second.

Toute cette conversation était tellement surréaliste... Il n'était pas sûr d'être bien réveillé.

— Et quand vas-tu épouser Lily ? lui demanda sa mère aussi calmement que s'ils parlaient de la pluie et du beau temps.

— C'est difficile à dire, répondit-il en redémarrant. Tu as fait beaucoup de dégâts en t'immisçant dans notre relation, et l'idée ne l'enchante pas outre mesure pour l'instant, mais j'y travaille.

Sa mère le surprit de nouveau en lui demandant :

— Puis-je faire quoi que ce soit pour faire avancer les choses ?

— Surtout pas !

L'intervention de sa mère était le dernier recours dont il avait besoin.

— Cet enfant sera peut-être mon seul petit-fils ou ma seule petite-fille, Daniel, insista-t-elle d'un air résolu. Je ne veux pas que ce soit un enfant illégitime, et je ne veux pas non plus être une étrangère pour lui.

— Tu es sincère, n'est-ce pas ?

Elle hocha la tête.

— Quand Charisma et toi avez divorcé, j'ai pensé que je ne serais jamais grand-mère.

Elle se tourna sur son siège pour lui faire face :

— Quoi que tu puisses penser de moi, je tiens vraiment à toi, et je veux faire partie de la vie de ton enfant.

— Je suis ravi de l'entendre, Charlotte, mais tout cela est entre Lily et moi… C'est à nous de décider si nous allons ou non nous marier, et je ne veux surtout pas que tu t'en mêles. En revanche, je te promets que tu feras partie de la vie de cet enfant.

Il se gara devant chez sa mère et descendit de voiture pour lui ouvrir la portière.

— Nous n'avons pas envie de crier sur tous les toits que Lily est enceinte, reprit-il, et j'apprécierais que tu n'en parles à personne tant que nous n'avons rien annoncé nous-mêmes.

— Tu as ma parole. Elizabeth est-elle au courant ? demanda-t-elle, haussant un sourcil interrogateur.

— Pas que je sache.

Tandis qu'il l'escortait sur le vaste perron, il remarqua son air de suffisance. Il réprima un gémissement plaintif.

— Que se passe-t-il dans ta tête cette fois-ci ?

— Si je comprends bien, je suis la première grand-mère à être au courant, dit-elle, rayonnante.

Il secoua la tête d'un air résigné et regagna sa voiture.

Certaines choses ne changeraient jamais… Il aurait dû se douter que sa mère trouverait un moyen de se sentir supérieure à Elizabeth Kincaid.

Cependant, pour l'instant, les petits jeux de sa mère étaient bien le cadet de ses soucis. Il devait passer voir son ami artisan et lui donner une clé du manoir Beauchamp pour que les ouvriers puissent s'occuper de la banquette circulaire, dans la coupole. Ensuite, il avait rendez-vous avec la sœur de Lily.

Kara Kincaid avait la réputation d'être une extraordinaire organisatrice de réceptions en tous genres, et il avait désespérément besoin d e son aide. Il lui serait éternellement reconnaissant si elle pouvait l'aider à préparer une surprise qui convaincrait peut-être Lily d'accepter sa demande en mariage. Il mesurait un peu plus chaque jour à quel point il était important pour lui de l'épouser.

— Tu as vu ça, Daniel ? demanda Lily alors qu'ils traversaient le muséum d'histoire naturelle. Je ne savais pas qu'il y avait tant d'animaux préhistoriques à Charleston !

— Oui, il y a environ vingt-huit millions d'années ! dit-il en riant. Tu n'avais encore jamais vu cette aile du musée ?

Elle secoua la tête.

— Quand j'étais petite, tous ces squelettes me fichaient une trouille bleue.

— Les petits garçons doivent être très différents des petites filles, remarqua-t-il, pensif. Quand j'étais enfant, les os de dinosaures étaient toujours ce que je préférais quand nous venions au musée. Je voulais même devenir paléontologue.

Elle ne put réprimer un sourire.

— Les salles que je préfère sont celles où l'on expose les vêtements et les bijoux… J'adore voir ce que les femmes portaient autrefois. Tu imagines comme cela devait être merveilleux de visualiser toutes ces belles robes tournoyer sur la piste de danse lors des bals, tous les bijoux étincelant à la lueur des bougies ?

— Non, répondit-il, pas vraiment...

Son air perplexe la fit sourire.

— Oui, je présume que les garçons ne se soucient pas vraiment des robes à paniers et des colliers de pierres précieuses !

— Tu es sûre que tu n'as vraiment pas le temps d'écrire des livres pour enfants ? demanda-t-il avec un grand sourire. Parce que tu as assez d'imagination pour inventer des histoires qui plairaient à n'importe quelle petite fille !

Il prit sa main et la porta à ses lèvres pour y déposer un baiser.

— Si nous avons une fille, je te laisserai lui apprendre tout ce qu'il y a à savoir sur les robes et les bijoux, et je me chargerai de lui apprendre à jouer au base-ball.

— Et si c'est un garçon ?

Son sourire lui fit chaud au cœur.

— Nous ne te forcerons pas à observer les os d'un crocodile de six mètres de long ou le squelette d'un cétacé à dents.

— C'est très gentil de ta part... Marché conclu ! Je crois pouvoir affirmer sans trop m'avancer que je ne changerai pas d'avis sur ce point.

Tout en flânant dans le musée avec Daniel, elle ne pouvait s'empêcher de se répéter à quel point c'était merveilleux depuis qu'il s'était installé avec elle au manoir. Il avait tenu parole et n'avait pas cherché à se faire inviter dans sa chambre, ou à la persuader de l'épouser, leur laissant ainsi à tous deux le temps de se connaître davantage.

Cependant, les instants qu'ils passaient ensemble avaient aussi un effet néfaste sur elle : elle l'aimait, et cela lui serrait le cœur quand il l'embrassait pour lui dire bonne nuit et qu'elle devait ensuite le regarder disparaître dans l'une des chambres d'amis.

Elle soupira. Pendant combien de temps encore pourrait-elle endurer d'être si proche de lui sans qu'il la touche jamais, sans qu'il l'aime ?

Elle avait traversé plusieurs salles du musée sans prêter véritablement attention à leur contenu, et s'aperçut soudain qu'ils venaient d'entrer dans une salle où étaient exposées des armes anciennes.

— Voilà encore un domaine auquel tu dois t'intéresser plus que moi, déclara-t-elle en frissonnant. Si cela ne te dérange pas, je crois que je vais poursuivre la visite et t'attendre à la sortie.

— Alors comme ça, tu n'aimes pas les épées et les mousquets?

— Pas particulièrement.

Il fut soudain pris de remords. Il la saisit par le bras et l'entraîna hors de la pièce.

— Je suis désolé, Lily... J'aurais dû me rendre compte que cette exposition allait probablement raviver en toi des émotions douloureuses.

— Je suppose que les pistolets anciens ne me rappelleront pas éternellement la mort de mon père, dit-elle, soulagée d'avoir quitté la salle des armes, mais là, c'est un peu trop pour moi...

Passant d'une vitrine à l'autre dans la salle des vêtements anciens, elle se força à oublier les armes et à se concentrer sur les robes de bal sophistiquées.

Comme il serait amusant de faire un jour cette même visite avec sa fille... Elle ne pouvait s'empêcher de se demander s'ils allaient avoir une petite fille ou un petit garçon. Pourtant, cela n'avait pas d'importance. Elle n'avait pas de préférence, du moment que leur enfant était en bonne santé.

— Tu espères que nous aurons un garçon? demanda-t-elle à Daniel tandis qu'ils se dirigeaient vers la sortie.

Il haussa les épaules négligemment.

— Je crois que tous les hommes veulent avoir un garçon...

Ils sortirent dans la lumière déclinante de la fin d'après-midi, et il la prit dans ses bras.

— ... mais je serai très heureux d'avoir une petite fille aux cheveux roux, qui aurait les yeux bleus de sa maman.

— Excellente réponse, monsieur Addison. Vous ferez un très bon père!

Elle ne put résister à l'envie de se hisser sur la pointe des pieds pour l'embrasser. Elle plongea ensuite ses yeux dans les siens, et sut qu'elle avait perdu le combat qu'elle menait intérieurement depuis une semaine. Elle désirait Daniel, n'avait jamais cessé de le désirer, et savait que cela ne changerait jamais.

Elle se mordilla la lèvre inférieure, un peu gênée, et murmura :

— Cela m'a manqué d'être dans tes bras...

A en juger par la lueur ardente dans son regard, il avait très bien compris ce qu'elle sous-entendait.

— Moi aussi, cela m'a manqué de te faire l'amour... Mais pourquoi me dire une chose pareille maintenant ? demanda-t-il avec un gémissement plaintif, appuyant son front contre le sien. Je vais être obligé d'expédier le dîner pour rentrer le plus vite possible !

— Pourquoi ? demanda-t-elle d'un ton faussement innocent. Je croyais que tu avais réservé une table dans ce magnifique restaurant que tu voulais tester...

Il hocha la tête, lui passa un bras autour de la taille et l'entraîna vers la voiture.

— Même si ce que l'on y sert est délicieux, j'aurai du mal à apprécier le repas !

Elle rit.

— Vraiment ? Et pourquoi donc ?

Il ouvrit la portière côté passager et s'écarta pour la laisser s'installer, puis il se pencha et l'embrassa.

— Parce que je n'arriverai à penser à rien d'autre qu'à te serrer dans mes bras et à te faire l'amour toute la nuit.

Pendant le dîner, Daniel saisit toutes les occasions de lui toucher la main, de lui lancer des regards éloquents, de lui répéter combien il la désirait.

Quand ils quittèrent enfin l'élégant restaurant français, elle n'était pas sûre de savoir qui était le plus pressé de rentrer, elle ou lui...

Dès qu'ils furent arrivés au manoir, au lieu de l'emmener dans la chambre comme elle s'y était attendue, il lui prit la main et l'entraîna au dernier étage.

— Où m'emmènes-tu ? demanda-t-elle en le suivant.

— Tu verras...

Il ouvrit la porte qui donnait sur l'escalier menant à la coupole.

— Ferme les yeux, reprit-il, j'ai une surprise pour toi.

Elle n'avait pas la moindre idée de ce qu'il manigançait, mais elle devinait à son ton qu'il était surexcité. Elle ferma les yeux, l'entendit appuyer sur un interrupteur, puis il lui prit la main pour l'aider à monter les dernières marches.

— Ouvre les yeux, Lily.

Elle obtempéra et eut le souffle coupé en voyant la superbe banquette qui faisait le tour de la pièce.

— Oh ! Daniel... C'est magnifique !

Elle passa la main sur le tissu turquoise qui recouvrait les somptueux coussins.

— C'est exactement ce que j'avais imaginé !

Elle se retourna pour lui passer les bras autour du cou et l'embrasser.

— C'est pour ça que tu insistais pour que nous passions toute la journée dehors ?

— Je voulais être sûr que les ouvriers auraient le temps de tout finir !

Il la prit dans ses bras et la serra contre lui. Elle aurait aimé rester toujours ainsi...

— J'adore ! J'adore... que tu aies eu l'idée de faire ça pour moi.

Elle plongea ses yeux dans les siens, et il eut un sourire irrésistible.

— Je suis content que cela te plaise, chérie.

Elle avait envie de lui dire qu'elle l'aimait, mais hélas, ce n'était pas ce qu'il voulait entendre.

— Embrasse-moi, Daniel, je t'en prie...

— Chérie, je commençais à croire que tu ne me le demanderais jamais !

Il fit un pas en arrière pour éteindre la lumière, puis s'approcha de nouveau et posa ses lèvres sur les siennes. Elle s'abandonna entre ses bras, à son étreinte torride.

Daniel ne l'aimait peut-être pas, il ne ressentirait peut-être jamais le tourbillon d'émotions qui la submergeait, mais cela ne l'empêchait pas, elle, de l'aimer.

Elle savait qu'elle jouait avec le feu au risque de s'y brûler, mais elle ne parvenait pas à se maîtriser. Elle avait beau vouloir se protéger, pour ne pas avoir le cœur brisé, Daniel était et serait probablement toujours sa plus grande faiblesse.

Leur baiser se fit plus profond, et toute sa raison l'abandonna. Il émit un gémissement rauque, et elle sentit le désir irradier dans tout son corps. Elle voulait qu'il sache ce qu'elle ressentait, qu'il perçoive la violence de ses émotions sans qu'elle ait besoin de les exprimer… Elle était sienne, ne serait jamais à aucun autre homme, et elle voulait qu'il le sache.

Il glissa ses mains le long de son buste et tira sur son chemisier, rentré dans sa jupe. Elle l'aida, puis posa une main sur sa ceinture pour la lui enlever.

— Une seconde, chérie, murmura-t-il en détachant ses lèvres.

Il s'écarta juste assez pour défaire sa ceinture et tirer sa chemise de son pantalon, puis il la prit de nouveau dans ses bras, passa une main sous son chemisier et la referma sur son sein. Aussitôt, son cœur fit un bond dans sa poitrine, et elle eut l'impression que ses genoux allaient se dérober sous elle.

Soudain, sans cesser de caresser son sein avec douceur, il la souleva et s'assit avec elle sur la banquette circulaire, la prenant sur ses genoux. Elle sentait son sexe en érection contre sa hanche. La tête lui tournait… Le désir qu'elle éprouvait pour lui était irrépressible. Elle avait envie de lui, avait besoin de lui, tout de suite.

— Hé ! Qu'est-ce que tu fais ? demanda-t-il lorsqu'elle se dégagea de son étreinte pour se lever.

Elle jeta un coup d'œil à travers la fenêtre. La nuit était si noire que l'on n'y voyait pas à un mètre. Rassurée de constater qu'ils étaient à l'abri des regards indiscrets, elle s'agenouilla devant lui en souriant et défit le bouton de son pantalon.

— Lily… Tu es… sûre de toi ?

Sa voix était haletante, comme s'il venait de courir un

marathon. Elle hocha la tête, effleurant du bout du doigt la fermeture Eclair de son pantalon. Il y avait beaucoup de choses dont elle n'était pas sûre, mais elle savait qu'elle l'aimait et, puisqu'elle ne pouvait pas le lui dire, elle allait le lui montrer.

— Parfaitement sûre, monsieur Addison, répondit-elle.

Daniel retint son souffle tandis que Lily défaisait lentement la fermeture Eclair de son pantalon.

L'une des nombreuses choses qu'il aimait chez elle était sa spontanéité, mais même dans ses rêves les plus fous, il n'aurait jamais imaginé les circonstances dans lesquelles il se trouvait maintenant. Il avait ses fantasmes, mais ils étaient dérisoires par rapport à ce qui lui arrivait à cet instant précis...

Quand Lily eut enfin défait la fermeture Eclair, elle passa son index sur son sexe en érection, à travers son boxer. Il eut aussitôt l'impression qu'il allait devenir fou... Il n'avait jamais rien vécu d'aussi érotique de sa vie.

Enfin, elle glissa les doigts sous l'élastique de son boxer pour le lui enlever, et il souleva le bassin pour lui faciliter la tâche.

Il tendit les bras vers elle, mais elle le surprit en faisant non de la tête.

— Pas encore...

Il se consumait de désir mais, apparemment, elle avait l'intention d'attiser encore la flamme.

— Ma chérie, je te préviens... Tu joues avec le feu, dit-il entre ses dents.

Sentir ses mains sur son corps brûlant lui faisait tourner la tête, mais le premier contact de ses lèvres sur son sexe s'avéra encore plus intense. Il ferma les yeux et essaya de se maîtriser, mais le fait que Lily faisait tout pour le rendre fou ne l'aidait pas...

Incapable de rester passif plus longtemps, il lui prit les mains pour la faire lever.

— Allons dans ta chambre...

Elle le surprit de nouveau en secouant la tête.

— Je te veux ici, maintenant.

Elle glissa ses mains sous sa jupe pour retirer sa petite culotte dans un mouvement fluide, puis elle s'assit sur lui à califourchon. Il crut mourir d'extase…

— Ne… Ne bouge pas, murmura-t-il.

— Pourquoi ?

Son souffle chaud sur son oreille le fit frissonner de plaisir.

— Parce que si tu ne restes pas parfaitement immobile, il y a de grandes chances pour que ce soit très, très court.

Il savait qu'il allait devoir prendre sur lui pour réussir à se contrôler. Dès qu'il se sentit capable de se maîtriser suffisamment pour lui donner du plaisir, il l'embrassa et, la prenant par les hanches, commença à bouger en elle.

Il n'avait éprouvé une telle passion, un désir aussi ardent, aussi insatiable, avec aucune autre femme que Lily. Avec elle, et pour la première fois de sa vie, il avait l'impression d'être à sa place.

Décidant de ne pas chercher à comprendre ce que cela signifiait, il se concentra sur le corps de Lily, sur ses muscles qui commençaient à se contracter autour de lui… Elle était proche de l'orgasme, il le sentait.

Au moment même où il se disait qu'il ne pourrait plus se retenir bien longtemps, elle gémit de plaisir, se cambra, et tout son corps fut secoué de spasmes. Aussitôt, il poussa un gémissement rauque et, la serrant étroitement contre lui, jouit avec elle.

Faire l'amour n'avait jamais été aussi intense, aussi puissant. Au fond de lui-même, il savait qu'il ne ressentirait cela qu'avec elle.

Soudain, la vérité lui apparut : il éprouvait enfin l'émotion qu'il n'avait jamais ressentie, le sentiment dont il avait mis en doute l'existence même.

Il était éperdument amoureux de Lily Kincaid.

8

Le lundi, Lily attendait qu'on l'interroge au poste de police du centre-ville de Charleston.

— Veuillez décliner vos nom, âge et liens de parenté avec le défunt, s'il vous plaît, Miss Kincaid.

— Je m'appelle Lily Kincaid, j'ai vingt-cinq ans et je suis la plus jeune des filles de Reginald Kincaid.

Elle fut surprise de constater que sa voix était assez ferme… Elle était pourtant passablement nerveuse.

— Où étiez-vous le soir du trente décembre, le soir du meurtre de votre père ? lui demanda l'inspecteur McDonough.

En tant qu'inspecteur principal, Charles McDonough lui avait expliqué au préalable que l'interrogatoire serait enregistré et que ses questions seraient franches et sans détour. Il lui avait dit qu'il attendait des réponses tout aussi concises.

Cependant, elle ne s'était pas attendue à ce qu'il soit si brusque. L'entendre employer le mot « meurtre » pour qualifier la mort de son père lui fut extrêmement pénible. Parfois, elle avait encore du mal à accepter qu'il était mort, et encore plus à croire que quelqu'un l'avait assassiné.

Elle fut parcourue d'un frisson à la pensée qu'il devait connaître son tueur, et qu'il avait très probablement laissé entrer cette personne dans l'immeuble des bureaux, ce soir-là… Les agents de sécurité du groupe Kincaid étaient trop rigoureux pour faire entrer un visiteur qui n'était pas attendu. Il se pouvait aussi que le meurtrier ait accès aux codes du système d'alarme et connaisse les horaires de ronde des gardes. Quoi qu'il en soit, c'était épouvantable et terrorisant. Se pouvait-il qu'elle connaisse l'assassin ?

Elle se força à s'arracher à ses sombres pensées, et répondit enfin :

— J'étais à la librairie du centre commercial de Charleston.

— A quelle heure y étiez-vous ? demanda l'inspecteur McDonough.

— Je suis arrivée au centre commercial vers 18 heures, et je ne suis repartie qu'à la fermeture, à 21 heures.

Elle se rappelait exactement à quelle heure elle était partie, car la libraire et elle s'étaient dirigées vers leurs voitures ensemble.

— Est-ce que quelqu'un peut corroborer votre version des faits ?

— Oui, la propriétaire de la librairie, Mona Peterson, et plusieurs de ses employés, présents ce soir-là.

Comment cet inspecteur pouvait-il mettre en doute ses propos, alors qu'elle n'avait absolument rien à cacher ?

Il hocha la tête.

— Que faisiez-vous dans cette librairie ?

Elle ne voyait vraiment pas ce que cela avait à voir avec la mort de son père, mais l'inspecteur McDonough ne faisait probablement que suivre la procédure normale.

— Je suis illustratrice de livres pour enfants, j'aidais la libraire à organiser une exposition de mon travail, qui se terminera samedi prochain, quand l'auteur des livres et moi retournerons à la librairie pour une séance de dédicaces.

Elle avait envisagé d'annuler l'événement, mais comme Daniel le lui avait fait remarquer, c'était la vie de son père qui avait pris fin, pas la sienne. Sa vie à elle devait continuer.

— Connaissez-vous quelqu'un susceptible d'avoir menacé votre père de le tuer ou d'avoir un mobile ? demanda l'inspecteur, stoïque.

Elle secoua la tête.

— Non... Mon père ne parlait jamais affaires avec moi, et je ne vois vraiment pas qui aurait pu lui vouloir du mal.

— Et dans votre famille ? insista McDonough. Avait-il des relations tendues, des différends avec quelqu'un ?

— Non.

Il y eut un bref silence, puis il lui demanda :

— Et sa maîtresse et ses deux fils, à Greenville ?

Elle s'était attendue à ce que l'interrogatoire soit une expérience désagréable, mais pas à ce qu'on lui pose des questions sur la double vie de son père.

— Je ne sais absolument rien d'eux, répondit-elle honnêtement. J'ai appris leur existence à l'enterrement de mon père.

L'inspecteur la regarda fixement pendant un long moment, comme s'il essayait de juger si elle disait la vérité.

— Eh bien, je pense que c'est tout, dit-il enfin, en refermant le dossier qu'il avait sous les yeux.

Il lui lança un regard lourd de sous-entendus et ajouta :

— Nous vérifierons vos propos, cela va sans dire. Dès lors, si vous voulez changer quelque chose à votre déposition, c'est le moment de le faire.

Soulagée que l'interrogatoire soit enfin terminé, elle secoua la tête :

— Non. Tout ce que je vous ai dit est exact.

— Merci d'être venue, Miss Kincaid.

Elle se leva pour partir et il lui ouvrit la porte.

— Nous vous contacterons si nous avons d'autres questions à vous poser.

Il sembla réfléchir un instant, puis ajouta :

— N'hésitez pas à m'appeler si vous pensez à quoi que ce soit qui puisse nous aider dans notre enquête.

Tandis qu'elle quittait le poste de police et prenait la route du manoir, elle se sentit soulagée. Dieu merci, cette phase de l'enquête était terminée. L'inspecteur lui avait dit qu'il interrogerait tous les membres de sa famille séparément. Apparemment, il avait commencé par elle.

Elle n'avait vraiment rien dit qui puisse faire progresser l'enquête, mais au moins, l'inspecteur savait qu'elle avait un alibi solide, et il pouvait l'éliminer de la liste des suspects. Une fois qu'ils auraient affiné le nombre de personnes qui avaient pu être en contact avec son père au cours des quelques heures précédant sa mort, ils pourraient peut-être enfin identifier le monstre qui l'avait tué.

Elle s'engagea dans l'allée du manoir et fut surprise de voir Charlotte Addison sur le perron, assise dans un fauteuil en rotin. Apparemment, elle attendait son retour.

— Bonjour, madame Addison ! dit Lily en descendant de voiture. Je ne savais pas que vous passiez aujourd'hui... J'espère que vous n'avez pas attendu trop longtemps.

— Non, je viens d'arriver, répondit Charlotte.

Elle la surprit en lui adressant un sourire qui semblait sincère. Lily n'avait pas la moindre idée de ce qui avait pu provoquer le changement radical d'attitude de Charlotte Addison à son égard, mais quoi qu'il en soit, cela avait commencé le jour où elle était passée la voir pour lui demander si elle avait l'intention de vendre le manoir. Cependant, elle n'allait sûrement pas se plaindre de ce brusque revirement de situation ! Charlotte était la mère de l'homme qu'elle aimait, et tout valait mieux que l'hostilité qu'elle lui avait témoignée jusque-là.

Ne sachant pas vraiment quoi dire pour briser le silence, Lily proposa :

— Voulez-vous entrer ?

— Eh bien, seulement quelques minutes, alors...

Lily ouvrit la porte et s'écarta pour la laisser passer.

— J'aimerais vous parler de quelque chose, annonça Charlotte, une fois entrée.

— Voulez-vous une tasse de thé ? demanda Lily tandis qu'elles pénétraient dans le grand salon.

— Non merci, répondit Charlotte en s'asseyant au bord du canapé.

Elle la regarda droit dans les yeux.

— Je sais que, par le passé, j'ai peut-être porté un jugement un peu... hâtif, dirons-nous, sur vous et votre famille, dit-elle, choisissant ses mots avec soin. Mais il me semble que tout cela est derrière nous, maintenant, et je crois que nous devrions tout oublier et tourner la page.

Evoquer le problème était, semble-t-il, sa façon à elle de reconnaître ses torts. Elle ne présenterait jamais d'excuses. Venant d'elle, Lily n'en espérait pas tant...

— Effectivement, ce serait préférable.

Elle pensait qu'elles avaient tourné la page quand Charlotte était venue la voir, la semaine précédente, mais la mère de Daniel se sentait manifestement obligée d'expliquer son soudain changement de comportement.

— Je suis venue aujourd'hui pour vous demander un service, dit Charlotte, en arrivant enfin à la raison de sa visite. Je crois vous avoir dit l'autre jour que je faisais partie du comité chargé de l'organisation de la soirée caritative Lire et Ecrire... ?

— Oui, vous me l'avez dit.

Charlotte tapota ses cheveux parfaitement coiffés, comme pour les remettre en place.

— Notre but est de promouvoir l'alphabétisation pour tous, et cette année, nous avons décidé d'organiser une vente aux enchères de célibataires, afin de collecter des fonds pour réaliser nos projets.

Elle fronça les sourcils, l'air vaguement contrarié, et continua :

— L'idée de vendre des hommes dans le but de rassembler des fonds pour une si noble cause ne m'enchante pas, mais le montant total des recettes sera versé à l'association, alors je présume que cela rend la chose acceptable...

Elle secoua la tête, comme pour s'arracher à ses pensées, et reprit :

— Mais je ne suis pas venue vous voir pour vous confier à quel point notre façon de collecter des fonds manque de dignité, cette année. Je voulais vous demander si vous accepteriez de nous aider.

— Je trouve qu'une vente de célibataires est une excellente idée, madame Addison, et un bon moyen d'obtenir de l'argent.

Lily approuvait toute mesure visant à encourager l'alphabétisation, et les ventes aux enchères de célibataires avaient toujours beaucoup de succès.

— Que puis-je faire pour vous aider ?

— Nous aimerions nous servir de cette maison.

Le sourire de Charlotte s'épanouit comme elle expliquait :

— Nous aimons organiser nos soirées les plus élégantes dans des demeures historiques et, maintenant qu'il a été rénové, le manoir du colonel Samuel Beauchamp serait le cadre idéal. Le balcon du salon serait un endroit charmant pour présenter nos célibataires sous les projecteurs lors des enchères. Tout le monde les verrait, et il y aurait bien assez de place dans le jardin pour tous les invités.

Lily hocha la tête. Cela ne lui prendrait qu'une soirée, et la cause lui tenait à cœur.

— Cela ne poserait pas de problème, madame Addison. Puis-je faire quoi que ce soit d'autre pour vous aider ?

— Non, c'est parfait ! Et ne vous inquiétez pas, nous nous occuperons de tout le reste, dit Charlotte en se levant. Nous installerons une tente sous laquelle nous offrirons des rafraîchissements, nous n'aurons donc pas besoin d'utiliser la cuisine.

Elle se dirigea vers l'entrée, mais se retourna pour lui demander :

— Au fait, comment vous sentez-vous ?

— Très bien, répondit Lily, se demandant ce qui motivait la question de Charlotte. Pourquoi ?

— Oh ! sans raison particulière…

Elle lui sourit comme si elles partageaient un secret.

— L'autre jour, reprit-elle, vous sembliez un peu… fatiguée.

Elle avait un air entendu, et Lily se demanda si Daniel avait dit à sa mère qu'elle attendait un bébé. Se pouvait-il que ce soit pour cette raison que Charlotte s'inquiétait de sa santé ?

Tant qu'elle n'aurait pas parlé à Daniel pour s'en assurer, elle ne discuterait pas de sa grossesse avec Charlotte.

— Je vais très bien, je vous assure. Et vous ? Vous n'avez plus de vertiges ?

L'espace d'un instant, Charlotte sembla déconcertée, puis elle secoua la tête comme s'il n'y avait pas matière à discussion.

— Je me porte comme un charme !

— Je suis ravie de l'entendre, madame Addison.

— Appelez-moi Charlotte, je vous en prie...

La mère de Daniel la surprit encore davantage en lui tapotant le bras affectueusement, et ajouta :

— Après tout, vous êtes...

Elle s'interrompit, essayant visiblement de trouver une formulation adéquate.

— ... avec mon fils, maintenant.

Lily resta là, les bras ballants, à la regarder descendre les marches du perron.

Charlotte Addison était vraiment incroyable ! A peine un mois plus tôt, elle lui faisait comprendre qu'elle n'était absolument pas faite pour Daniel. Maintenant, elle lui donnait pour ainsi dire son approbation !

Il y avait forcément une explication à son étonnant revirement, et Lily avait bien l'intention de la découvrir dès le retour de Daniel. Elle ne lui avait pas demandé expressément de ne parler à personne de sa grossesse, mais elle s'était attendue à ce qu'il la laisse décider à qui ils annonceraient la nouvelle et quand. Elle ne tarderait d'ailleurs pas à prendre cette décision...

Songeuse, elle referma la porte et se dirigea vers la cuisine pour se préparer une légère collation avant sa sieste.

Samedi, toute sa famille serait réunie à la librairie pour la soutenir, et ils avaient décidé de se retrouver au manoir après la séance de dédicaces. Ce serait l'occasion idéale pour leur annoncer qu'elle allait avoir un bébé.

Elle posa une main sur son ventre en souriant.

— Tu as une grande famille, qui va être ravie d'apprendre ton arrivée…

Elle rit quand une autre pensée lui traversa l'esprit.

— … et apparemment, ta grand-mère paternelle, elle aussi, va être très contente de faire ta connaissance !

Assis dans le hall du groupe Kincaid, Daniel feuilleta distraitement un magazine, puis le reposa sur la table basse devant lui.

Il attendait RJ et Matt Kincaid, avec qui il avait rendez-vous. Il était en mission et, dès qu'il aurait parlé aux frères de Lily, son plan pour le samedi suivant prendrait forme.

La semaine précédente, son rendez-vous avec Kara, la sœur de Lily, avait été annulé à la dernière minute, et à vrai dire, il s'en réjouissait. A ce moment-là, il n'avait encore aucune idée de ce qu'il avait l'intention de faire pour convaincre Lily de l'épouser, et il comptait sur l'inventivité de Kara. Mais dès qu'il s'était avoué ce qu'il éprouvait vraiment pour Lily, tout était devenu clair pour lui. Il avait contacté Kara, et elle lui avait promis qu'elle ferait tout pour l'aider à réaliser son projet.

— Monsieur Addison, RJ et Matt Kincaid vont vous recevoir, lui annonça la secrétaire, l'arrachant à ses pensées.

Il se leva et la suivit jusqu'au bureau où les frères de Lily l'attendaient.

— Merci d'avoir bien voulu me recevoir aussi rapidement, dit-il en leur serrant la main.

RJ et Matt restèrent silencieux, et Daniel comprit qu'ils se méfiaient de lui. Il ne pouvait pas le leur reprocher… Addison Industries était leur principal concurrent, et ils avaient probablement le sentiment que l'ennemi s'infiltrait sur leur territoire. Ils ne se doutaient pas qu'il n'était absolument pas là pour affaires…

— Je présume que vous vous demandez pourquoi je voulais vous voir, dit-il en s'asseyant dans un fauteuil, en face du bureau de RJ.

— Effectivement, répondit celui-ci d'un ton sec en s'asseyant à son tour.

RJ, l'aîné de la fratrie, était sensiblement du même âge que Daniel.

— Que pouvons-nous faire pour vous, monsieur Addison ? demanda Matt, debout à côté de son frère.

Ils avaient tous deux desserré leur cravate et déboutonné le col de leur chemise. Ils paraissaient extrêmement fatigués. Daniel imaginait la pression qu'ils devaient subir depuis la lecture du testament de leur père. Conscient qu'ils étaient surmenés et que le temps leur était précieux car ils devaient satisfaire aux desiderata de Jack Sinclair, il décida d'aller droit au but.

— Vous savez tous les deux que je vois votre sœur depuis quelques mois, et que je me suis installé avec elle au manoir Beauchamp. Depuis la mort de votre père, j'ai l'intention de vous demander si vous verriez un inconvénient à ce que je demande à Lily de m'épouser.

A en juger par leur expression abasourdie, il les avait pris au dépourvu, mais comme Kara le lui avait fait remarquer, le plan aurait plus de chances de marcher si toute la famille était au courant.

Un sourire se dessina lentement sur les lèvres de Matt.

— Personnellement, je n'y vois aucun inconvénient, et je sais déjà que Flynn n'aura pas non plus d'objection... Mon fils ne parle plus que de vous depuis que vous êtes venu le garder avec Lily, l'autre soir !

— C'est un gosse adorable, dit Daniel avec sincérité. Vous pouvez être fier de lui.

— Je le suis, répondit Matt, rayonnant.

— Du moment que Lily veut se marier avec vous et qu'elle est heureuse, je n'ai pas d'objection non plus, renchérit RJ avec un grand sourire.

Daniel expliqua alors brièvement à Matt et à RJ ce que Kara et lui avaient prévu, et leur demanda de participer. Ils acceptèrent tout de suite.

— A samedi, alors, dit-il lorsqu'il se leva pour partir.

— Bonne chance ! lui crièrent les deux frères d'une seule voix tandis qu'il sortait du bureau.

Il avait soigneusement évité de dire aux frères et sœurs de Lily qu'elle était enceinte. C'était à elle de décider quand et comment elle annoncerait la nouvelle à sa famille. De plus, il ne voulait pas qu'elle s'imagine qu'il se servait du bébé comme d'un moyen de pression pour inciter ses proches à la persuader de se marier avec lui. Il fallait qu'elle sache qu'il voulait l'épouser parce qu'il l'aimait, et non parce qu'elle attendait un enfant de lui.

Tandis qu'il prenait la route du manoir, il repassa son plan dans sa tête. Il espérait de tout cœur qu'il n'allait pas se ridiculiser, non seulement devant toute la famille de Lily, mais aussi devant une bonne partie des habitants de Charleston...

En lui déclarant sa flamme, d'une façon telle qu'elle ne pourrait que le croire, en lui offrant son cœur et en lui demandant sa main, il prenait de grands risques : le risque d'être humilié et celui d'avoir le cœur brisé.

Il avait rejeté l'idée de l'amour pendant si longtemps... Il savait que Lily ne le croirait vraiment amoureux que s'il trouvait un moyen de la convaincre qu'il était sincère et prêt à s'engager pour la vie. C'était pour cette raison qu'il remuait ciel et terre pour réaliser son rêve...

Il arriva au manoir content de lui. Il entra d'un pas allègre, mais s'arrêta net en voyant Lily debout sur une chaise, vêtue d'une longue robe blanche bordée d'or et de pourpre. Elle ressemblait à une princesse. Sa sœur Kara était à genoux devant elle et ajustait l'ourlet à l'aide d'épingles.

Tout cela ne lui disait rien qui vaille...

— Que se passe-t-il ? demanda-t-il, mécontent.

Il ne pouvait s'empêcher de se demander si l'un de ses frères et sœurs avait vendu la mèche et parlé à Lily de son plan. Il tenait à la surprendre et espérait que ce n'était pas trop tard...

Elle sourit.

— La libraire nous a demandé, à l'auteur et à moi, si cela nous dérangerait de nous habiller comme les personnages du livre, pour la séance de signatures !

Elle rit.

— Comme il risquerait d'avoir l'air bête en costume de princesse, c'est moi qui jouerai ce rôle... J'ai appelé Kara pour savoir si elle pouvait me trouver une robe à la dernière minute et, par chance, elle en avait une à la boutique !

Soulagé de constater qu'elle n'était pas au courant de ses projets, il eut un large sourire.

— Alors l'auteur sera déguisé en crapaud ?

— J'ai posé la même question, dit Kara.

— Ça m'étonnerait, il n'y a pas de crapaud dans l'histoire. Il aura probablement le déguisement du vieux sorcier ou de l'un des canards.

Lily tourna sur elle-même pendant que sa sœur continuait à épingler le bas de la robe. Il s'approcha de la chaise et lui prit la main pour s'assurer qu'elle était solide sur ses jambes. Il n'avait jamais été du genre à s'inquiéter pour un rien, mais il avait de plus en plus de mal à refréner son envie de surprotéger Lily.

— A sa place, je choisirais le vieux sorcier ! C'est plus digne...

— Eh bien, je crois que ça y est ! déclara Kara en se relevant.

Elle rangea les épingles qui restaient dans une petite boîte en plastique.

— Dès que tu te seras changée, ajouta-t-elle, j'emporterai la robe et je la donnerai à la couturière pour qu'elle fasse l'ourlet. Elle devrait être prête d'ici samedi.

Lily descendit de la chaise et se dirigea vers l'escalier. Il attendit d'être sûr qu'elle soit à l'étage pour demander à Kara :

— Cette histoire de déguisement est vraiment pour la librairie ?

— Maintenant, oui ! répondit-elle avec un pétillement malicieux dans les yeux. J'ai téléphoné à la libraire et je lui ai tout expliqué... Elle était ravie de demander à Lily et à l'auteur de se déguiser.

— Excellente idée ! Merci…

Il comprenait mieux comment Kara s'était bâti une solide réputation dans son domaine. Elle était extrêmement créative et avait le sens du détail.

Elle mit la boîte d'épingles dans son sac à main et s'écria soudain :

— Oh ! J'ai failli oublier… J'ai fait ce que tu m'avais demandé et exposé ton plan à maman. Elle sera là, elle aussi.

— Parfait !

Il entendit Lily descendre l'escalier et s'empressa de changer de sujet.

— Comment va votre mère ?

— Etonnamment bien… Je suis fière de sa réaction face à la mort de papa, bien sûr, mais j'ai peur qu'elle ne se soit pas encore vraiment rendu compte de ce qui s'est passé.

— Je vois très bien ce que tu veux dire, dit Lily en lui tendant la robe. Je ne sais pas ce que tu en penses, mais personnellement, j'ai trouvé qu'elle n'avait pas l'air si étonné que cela quand Angela Sinclair et ses deux fils se sont présentés.

Kara secoua la tête.

— Tu n'es pas la seule, Lily… Nous l'avons remarqué aussi, Laurel et moi.

Elle jeta un coup d'œil à sa montre.

— Je suis désolée de devoir écourter cette conversation, mais il faut vraiment que j'y aille. J'ai juste le temps d'apporter la robe à la couturière avant la fermeture de la boutique, et ensuite, je dois veiller au bon déroulement d'un dîner sur Sullivan Island.

— Merci de m'avoir aidée à trouver un costume, dit Lily en embrassant sa sœur.

Kara lui rendit son étreinte.

— C'était un plaisir ! On se voit samedi, à la librairie…

Daniel regarda l'échange entre les deux sœurs avec intérêt. Etant fils unique, il s'était souvent demandé à quoi pouvaient bien ressembler les rapports entre frères et sœurs. Quand il voyait Lily avec sa famille, il se disait que la vie n'aurait sûrement pas été aussi morne chez les Addison s'il n'avait pas été enfant unique.

— Ta mère est encore passée me voir, aujourd'hui, annonça Lily après avoir refermé la porte derrière Kara.

Il eut un gémissement plaintif.

— Pour quoi, cette fois-ci ? grommela-t-il.

Elle lui expliqua que sa mère lui avait demandé si elle pouvait organiser une soirée caritative au manoir, puis, le regardant d'un air curieux, elle ajouta :

— Elle a été très agréable… Lui aurais-tu dit que j'attendais un enfant, par hasard ?

— Je n'ai pas eu besoin de le faire, c'est elle qui me l'a dit !

Il secoua la tête, toujours aussi incrédule, et demanda :

— Pourquoi ? Est-ce qu'elle t'a dit quelque chose de spécial ?

— Pas vraiment… Mais elle n'arrêtait pas de sourire, et elle m'a demandé comment je me sentais.

Lily fronça les sourcils, perplexe elle aussi.

— Comment a-t-elle pu deviner ?

— Quand je l'ai raccompagnée, l'autre jour, elle m'a dit que tu rayonnais.

Il la prit dans ses bras et la serra contre lui.

— Je ne croyais pas que c'était possible, mais j'ai regardé sur internet, et elle a raison…

Il haussa les épaules.

— C'est une question d'hormones, elles ont une influence sur le teint. Apparemment, ma mère s'est tout de suite aperçue que tu étais enceinte parce que ton teint est rayonnant.

Lily paraissait un peu inquiète.

— Je pensais que c'était une légende… Tu crois que ta mère en a parlé à quelqu'un ? Je préférerais que ma famille apprenne que j'attends un enfant par moi, plutôt que par le bouche-à-oreille !

— Je lui ai demandé de ne rien dire à personne, répondit-il d'un ton rassurant. Elle est peut-être pénible, voire parfois franchement odieuse, mais elle a toujours respecté ma vie privée.

— C'est bon à savoir, dit Lily en se laissant aller dans ses bras.

Il aimait sentir ses courbes généreuses tout contre son corps... A vrai dire, il s'apercevait maintenant qu'il aimait tout chez elle !

Il aurait aimé le lui dire, mais il savait qu'elle ne le croirait pas. Elle croirait qu'il lui disait ce qu'elle voulait entendre. Il devait lui prouver sa sincérité et son amour, bien réels.

Il espérait de tout cœur que ce qu'il avait prévu pour samedi suffirait à l'en convaincre.

Un peu plus tard, ce soir-là, après avoir fait l'amour avec Daniel, Lily se blottit entre ses bras et lui demanda :

— Je t'ai dit que ma famille viendrait à la librairie, samedi, et que nous nous retrouverions tous ici ensuite, pour le café et le dessert ?

— Non, je ne crois pas, répondit-il d'une voix endormie.

— Comme maman a dû annuler les deux derniers repas de famille du dimanche à cause des journalistes, elle a suggéré que nous nous réunissions ce week-end.

Elle lui déposa un baiser sur l'épaule et ajouta :

— Je me suis dit que ce serait peut-être le bon moment pour leur annoncer que j'attends un bébé.

Il y eut un silence. L'espace d'un instant, elle crut qu'il s'était endormi, mais il finit par répondre :

— Je suis désolé de ne pas pouvoir être là quand tu le leur diras.

— Tu ne seras pas là ?

Il secoua la tête.

— Je ne pourrai pas non plus venir à la librairie. Je serai en déplacement, j'ai une réunion.

Un sentiment d'angoisse l'envahit soudain.

— Combien de temps seras-tu parti ?

— Probablement...

Il s'interrompit pour bâiller.

— ... jusqu'à lundi.

Daniel n'était encore jamais parti en déplacement, et il n'avait jamais eu de réunion le week-end.

— Ce n'était pas prévu ?

— J'ai croisé un ancien ami d'université que je n'avais pas vu depuis des années, et nous allons profiter du week-end pour rattraper le temps perdu.

Se libérant de son étreinte, elle s'assit et repoussa les couvertures.

— Hé ! Où vas-tu ? demanda-t-il lorsqu'elle se leva.

Elle enfila sa robe de chambre.

— Je, euh... J'ai un peu faim, mentit-elle.

Il s'apprêtait à se lever, mais elle secoua la tête.

— Tu te lèves tôt, demain... Dors, ne t'inquiète pas pour moi.

— Tu es sûre ? demanda-t-il en bâillant.

Elle fit un nœud à la ceinture de sa robe de chambre et acquiesça.

— Sûre et certaine.

Elle descendit l'escalier. Son cœur martelait dans sa poitrine, et l'angoisse lui nouait le ventre. Les raisons que Daniel avait invoquées pour ne pas passer le samedi avec elle lui rappelaient les excuses de son père quand il se rendait à Greenville.

Les larmes lui montèrent aux yeux. Daniel savait à quel point cette séance de dédicaces était importante pour elle, il savait qu'elle aurait aimé qu'il l'accompagne... Pourquoi n'avait-il pas reporté son rendez-vous avec son ami au week-end suivant ?

Elle n'avait aucune raison de croire qu'il lui mentait. A sa connaissance, il ne l'avait jamais fait. Il s'était toujours montré digne de confiance... Cependant, comment pouvait-elle être sûre qu'il disait la vérité ? Sa mère avait fait confiance à son mari pendant trente ans ; or, ce dernier en avait honteusement profité...

Elle se demanda si le fait d'apprendre que son père avait eu une double vie pendant toutes ces années l'avait affectée plus qu'elle ne l'avait cru au départ.

Peut-être réagissait-elle de façon excessive...

Assise à la table de la cuisine, les yeux fixés sur ses mains, elle ne savait plus que penser. Elle avait besoin de conseils. Soudain, elle sut qui pourrait l'aider à y voir plus clair.

Elle jeta un coup d'œil à l'horloge et se rendit compte qu'il était trop tard pour qu'elle l'appelle ce soir, mais, une fois Daniel parti travailler le lendemain matin, elle rendrait visite à celle vers qui elle s'était toujours tournée quand elle avait besoin de conseils : sa mère.

9

— Bonjour maman ! Est-ce qu'on peut discuter un moment ? demanda Lily lorsqu'elle arriva chez sa mère.

Celle-ci était assise dans le salon et lisait.

— Bien sûr, Lily.

Son sourire chaleureux et son étreinte aidèrent Lily à se sentir déjà un peu mieux.

— Qu'y a-t-il, ma chérie ? On dirait que tu portes toute la misère du monde sur tes épaules.

Lily n'était pas surprise que sa mère se rende immédiatement compte que quelque chose n'allait pas. Elle le sentait toujours, quand ses enfants n'allaient pas bien, quand ils avaient besoin de réconfort ou de conseils.

Elle s'assit à côté d'elle sur le canapé, ne sachant pas trop comment lui poser les questions qu'elle avait en tête sans se montrer trop indiscrète.

Après un silence, elle rassembla tout son courage.

— Maman, est-ce que tu soupçonnais papa d'avoir une double vie ?

Sa mère ne répondit pas tout de suite. Elle referma son livre, prit ses mains dans les siennes et dit :

— Lily, je crois qu'au fond j'ai toujours su que le cœur de ton père ne m'appartenait pas complètement, mais je crois aussi qu'il tenait vraiment à moi, et je sais qu'il vous aimait tous énormément.

Elle lui pressa les mains tendrement.

— Pourquoi me poses-tu la question ?

— Je suis amoureuse de Daniel Addison, répondit Lily, ne sachant par où commencer.

Sa mère eut un sourire bienveillant.

— Je sais, ma chérie. C'est peut-être l'intuition maternelle, mais je sais depuis un bon moment que Daniel est l'homme qu'il te faut.

Lily secoua la tête.

— J'aimerais en être aussi sûre que toi...

— Qu'est-ce qui te fait penser le contraire ? lui demanda sa mère avec douceur.

— Il trouve que nous devrions nous marier, mais il ne m'aime pas...

Lily se mordit la lèvre inférieure pour l'empêcher de trembler.

— Oh ! Je suis sûre que tu te trompes, ma chérie, dit sa mère en lui passant un bras autour des épaules.

Décidant de tout lui dire, Lily avoua :

— Je suis enceinte.

— C'est merveilleux ! dit sa mère en la serrant dans ses bras. Je suis ravie de savoir que je vais de nouveau être grand-mère.

Lily savait qu'elle serait heureuse d'apprendre la nouvelle. Pour Elizabeth, la famille était ce qu'il y avait de plus important au monde.

— Je pensais que Daniel et moi l'annoncerions à tout le monde samedi, après la séance de signatures, mais il ne viendra pas... Il a prévu autre chose.

Sa mère lui déposa un baiser sur la joue.

— Où sera-t-il ?

— Il m'a dit qu'il allait retrouver un vieil ami, mais...

Elle sentit les larmes lui monter aux yeux.

— ... cela m'a fait penser au genre de choses que papa t'a dit, nous a dit à tous, pendant des années.

Sa mère secoua lentement la tête.

— Lily, tu ne peux pas faire payer à Daniel les erreurs de ton père. Ce ne serait juste ni pour lui, ni pour toi.

Etait-ce vraiment ce qu'elle faisait ? Avait-elle brusquement commencé à douter de Daniel à cause de la façon dont son père s'était comporté vis-à-vis de sa mère ?

— C'est uniquement parce que j'attends un enfant que Daniel m'a demandé de l'épouser…

Elle secoua la tête, dépitée.

— … et d'ailleurs, il ne m'en a pas reparlé depuis deux semaines.

— Daniel Addison ne m'a jamais donné l'impression d'être un homme qui change facilement d'avis, rétorqua sa mère. Je suis sûre qu'il veut toujours t'épouser. Il te donne peut-être simplement le temps dont tu as besoin pour savoir si c'est vraiment ce que tu veux, toi aussi.

— C'est vraiment ce que je veux !

Incapable de rester immobile, Lily se leva et s'approcha de la fenêtre pour admirer le jardin.

— Est-ce que j'en demande trop en souhaitant qu'il m'aime ?

— Je suis sûre que tu te trompes, il t'aime, c'est évident…

Sa mère sourit.

— J'ai bien remarqué la façon dont il te regardait quand il t'a invitée à danser, le soir du bal. Je sais que cela a été le coup de foudre, pour lui.

Lily avait tellement peur que sa mère se trompe…

— J'aimerais pouvoir te croire, maman, mais c'est impossible. Il ne croit même pas en l'amour, et moi, je ne peux pas me marier avec lui s'il ne m'aime pas !

— Il s'imagine peut-être qu'il ne croit pas en l'amour, répondit sa mère en souriant.

Elle se leva pour la rejoindre à la fenêtre.

— Crois-moi, une mère sent ces choses-là… Daniel t'aime de tout son cœur.

Elle la prit dans ses bras dans une étreinte réconfortante.

— Mais…

— Laisse-lui un peu de temps. Tu verras que j'ai raison…

Lily passa le samedi après-midi à sourire : tous les enfants voulaient être pris en photo avec la Princesse des canards. Elle en avait mal aux joues !

Même l'auteur du livre, qui s'était finalement déguisé en sorcier, ne fut pas autant sollicité.

— Tu es prête à partir ? demanda Kara quand le dernier enfant rejoignit sa mère.

— Plus que prête ! répondit Lily.

Elle se massa les tempes du bout des doigts.

— J'ai des crampes à force de sourire, comme ça !

— Tu fais une très belle princesse, lui dit sa mère en s'approchant.

— Merci, maman, répondit-elle en l'embrassant, mais tu n'es peut-être pas objective.

Matt et Flynn se joignirent à elles.

— Tante Lily est une princesse ! s'écria fièrement Flynn.

Lily se pencha pour serrer son neveu dans ses bras.

— Tu es content de venir chez moi manger de la glace et du gâteau ?

— Je ne sais pas s'il est content, dit Matt avec un grand sourire, mais moi, je le suis ! RJ et moi avons travaillé comme des fous, nous ne nous sommes même pas arrêtés pour déjeuner… Je meurs de faim.

— Vous avez rassemblé toutes les informations dont Jack Sinclair a besoin ? demanda Lily, soucieuse.

Ses frères avaient l'air fatigué ; elle savait qu'ils étaient terriblement stressés depuis qu'ils travaillaient à ces rapports, et malgré tout, ils avaient réussi à trouver le temps de venir pour lui faire plaisir, tandis que Daniel s'était défilé, prétextant une piètre excuse…

— Nous avons bientôt fini, il ne nous manque pas grand-chose, répondit Matt. Ensuite, il nous faudra encore attendre le verdict de Sinclair.

— Ne parlons pas de travail aujourd'hui, suggéra leur mère. Aujourd'hui, nous fêtons le talent de Lily et son succès !

Lily comprenait que sa mère n'ait pas spécialement envie d'entendre parler de Jack Sinclair. Cela lui rappelait sans aucun doute la trahison de son mari... Le fait qu'il ait donné une participation majoritaire dans l'entreprise familiale à son fils illégitime, tandis que ses autres enfants devaient se partager le reste, ne pouvait que la blesser profondément, probablement plus qu'on ne pouvait l'imaginer.

Laurel et RJ les rejoignirent à leur tour.

— Tu rentres avec Kara ? demanda Laurel.

Lily s'arracha à ses pensées et hocha la tête.

— Oui, nous sommes venues ensemble...

Elle rit et ajouta :

— Alors à moins qu'elle n'ait l'intention de me laisser rentrer à pied, elle est obligée de me raccompagner !

Elle ne comprenait toujours pas pourquoi sa sœur avait à tout prix voulu l'emmener à la librairie. Dès que Kara avait appris que Daniel n'assisterait pas à l'événement, elle avait insisté pour passer la prendre.

Sur le parking de la librairie, tandis que le reste de la famille s'éloignait, Kara sortit son téléphone portable, apparemment pour écrire un texto.

— Quelqu'un veut t'engager pour organiser un événement ? demanda Lily.

— On peut dire ça, lui répondit sa sœur d'un air évasif.

Tandis qu'elle démarrait et sortait du parking, Lily ne put s'empêcher d'éprouver une pointe de tristesse. Elle était ravie que sa famille ait assisté à la séance de signatures, mais la personne dont la présence lui aurait fait le plus plaisir n'était pas venue. Daniel était parti tôt le matin même, et il ne reviendrait pas avant deux jours.

— Tu ne dis pas grand-chose, remarqua Kara en prenant la direction du manoir. Quelque chose ne va pas ?

— Je me disais que c'était merveilleux que tout le monde soit venu, aujourd'hui.

Elle appréciait sincèrement le soutien de ses proches, mais

hélas, l'absence de Daniel assombrissait un peu ce qui aurait dû être un moment de joie.

— Cela aurait été encore mieux si Daniel avait été là, n'est-ce pas ? devina Kara.

— Oui…

Apparemment, elle ne dissimulait pas sa déception aussi bien qu'elle le croyait.

Quand sa sœur se gara dans l'allée du manoir, elle regarda autour d'elle, perplexe.

— Où sont les autres ? Ils sont partis avant nous…

Kara haussa les épaules négligemment et la suivit à l'intérieur.

— Ils se sont peut-être arrêtés en route pour acheter quelque chose pour ce soir.

Lily secoua la tête.

— Ils sont tous partis séparément… Pourquoi se seraient-ils tous arrêtés en même temps ?

— Je ne sais pas… Peut-être qu'ils ont pris une autre route que nous et qu'ils sont coincés dans les embouteillages.

Kara indiqua l'escalier d'un geste vague.

— Je n'ai encore jamais visité la maison, je n'ai pas pu quand je suis passée, l'autre jour… Et si tu me faisais visiter pendant que nous les attendons ?

Elles commencèrent à monter l'escalier.

— Bien sûr ! répondit Lily. Laisse-moi juste le temps d'aller me changer.

Sa sœur secoua la tête.

— Je préférerais que tu n'enlèves pas ta robe tout de suite, je voudrais faire une photo de toute la famille assemblée autour de toi dans ton costume.

Lily fronça les sourcils.

— Pourquoi ?

— Pour mon album de scrapbooking.

Kara la regarda d'un air suppliant et ajouta :

— S'il te plaît…

— Bon, d'accord ! Alors, par où aimerais-tu commencer la visite ?

— Pourquoi ne pas commencer par la coupole ? J'aimerais voir la nouvelle banquette !

— Comment sais-tu qu'il y a une banquette ?

Elle n'avait parlé à personne de la surprise que Daniel lui avait faite. L'espace d'un instant, Kara sembla un peu décontenancée, puis elle répondit :

— Daniel m'en a parlé, l'autre jour, quand tu es allée te changer.

Son portable sonna, indiquant qu'elle avait reçu un message. Elle sourit en le lisant.

— Passe devant, je te suis… J'ai hâte de voir la vue depuis la coupole !

— Tu ne veux pas répondre, d'abord ? s'étonna Lily en montant l'escalier qui conduisait au dernier étage.

— Non, c'est juste un client qui me dit que tout se déroule comme prévu, répondit Kara en remettant son téléphone dans sa poche.

— Que fais-tu ici s'il y a une soirée en cours ?

D'habitude, Kara assistait aux réceptions qu'elle organisait, pour veiller à ce que tout se passe sans accroc.

Elle ne répondit pas à la question.

— C'est absolument magnifique ! s'écria-t-elle. On voit tous les bateaux dans le port…

Lily hocha la tête, observant les voiliers et les navires de haute mer.

— J'imagine qu'au printemps et en été, il y aura plus de voiliers…

— Oh ! regarde ! s'exclama Kara, désignant le port. Il y a quelque chose d'écrit sur la grand-voile de ce bateau, là-bas…

Lily regarda dans la direction que sa sœur lui indiquait, les yeux plissés pour essayer de distinguer ce qu'elle lui montrait.

— Comment peux-tu voir aussi loin ? Tu as de nouvelles lunettes ?

— Tiens…

Avec un sourire entendu, sa sœur sortit une paire de jumelles de son sac à main et la lui tendit.

— Sers-toi de ça !

Lily fronça les sourcils, abasourdie.

— Depuis quand te promènes-tu avec des jumelles dans ton sac ?

— Peux-tu arrêter de poser des questions et te contenter de regarder ? suggéra Kara avec un grand sourire.

Lily éprouva soudain une pointe d'espoir. Elle avait vu cette expression sur le visage de sa sœur suffisamment de fois pour savoir qu'elle manigançait quelque chose…

D'une main tremblante, elle prit les jumelles et chercha le bateau que Kara avait montré du doigt. Enfin, elle le trouva… Aussitôt, son cœur se mit à battre la chamade, et elle eut l'impression que ses genoux allaient se dérober sous elle.

Daniel, vêtu d'un smoking, se tenait sur le pont. Sur la grand-voile blanche, un message était écrit en lettres majuscules : *JE T'AIME, PRINCESSE LILY.*

Elle laissa tomber les jumelles sur la banquette rembourrée. Incapable de s'arrêter de trembler, elle sentit les larmes lui monter aux yeux.

— Daniel… m'aime ?

Kara lui passa un bras autour des épaules.

— Oui.

— Il n'aime pas faire du bateau, dit-elle en reprenant les jumelles pour regarder de nouveau.

— Apparemment, son amour pour toi est plus grand que son aversion pour la voile !

Sa sœur lui prit les jumelles des mains et l'entraîna vers l'escalier.

— Allons au port pour accueillir ton prince quand son navire accostera.

Pendant le trajet jusqu'à la marina, Lily eut l'impression que son cœur allait exploser. Il débordait de tant d'émotions…

— Quand avez-vous réussi à... Enfin, quand vous êtes-vous... ?

— Daniel m'a contactée il y a environ une semaine, dit Kara en se garant près du port. Il avait une idée bien précise de ce qu'il voulait, et il m'a demandé de l'aider à mettre son plan à exécution.

— Je ne savais pas...

Lily avait peine à croire qu'ils aient réussi à organiser une mise en scène aussi élaborée en si peu de temps, sans qu'elle ne soupçonne jamais rien.

— C'est toi qui t'es arrangée pour que je sois déguisée en princesse, aujourd'hui ?

— J'avoue ! répondit Kara en riant. J'ai tout expliqué à la libraire... Elle et l'auteur ont trouvé l'idée excellente, et étant donné le succès de la séance de signatures, aujourd'hui, cela ne m'étonnerait pas qu'elle demande à d'autres auteurs et illustrateurs de renouveler l'expérience !

Elles se dirigèrent en hâte vers l'endroit où le bateau amarrerait. Des larmes d'émotion coulèrent sur les joues de Lily lorsqu'elle vit sa famille, aux côtés de Charlotte Addison. Une foule de passants curieux s'assemblait le long de la jetée. Une arche de ballons dorés, blancs et pourpres indiquaient l'endroit où Daniel débarquerait.

Enfin, son bateau approcha. Lorsqu'il en descendit, elle souleva le bas de sa longue robe et courut à sa rencontre. Elle plongea alors ses yeux dans les siens, et l'amour qu'elle y lut lui coupa le souffle.

— Tu es vraiment sincère, n'est-ce pas ?

Daniel hocha la tête.

— Oui...

Il la prit dans ses bras, l'attira vers lui et l'embrassa fougueusement.

— Je t'aime, Lily Kincaid.

Derrière eux, un tonnerre d'applaudissements retentit.

Daniel et Lily remontèrent alors la jetée. Quand ils arrivèrent à la hauteur de sa mère, elle s'arrêta pour la prendre dans ses bras.

— Tu avais raison, maman... Il m'aime !

Elizabeth hocha la tête et se tamponna les yeux avec un mouchoir bordé de dentelle.

— Je sais, ma chérie...

Elle serra Daniel dans ses bras et ajouta :

— Je suis tellement heureuse pour vous !

Pour ne pas être en reste, Charlotte embrassa Lily.

— Je n'avais jamais vu mon fils aussi heureux, murmura-t-elle. Merci !

Elle se tourna ensuite vers lui avec un sourire.

— Tu avais raison, Daniel... Ton égale, en tout point !

— Merci, Charlotte, répondit-il. Cela me va droit au cœur.

— Que voulait dire ta mère ? lui demanda Lily lorsqu'ils s'éloignèrent, se frayant un chemin dans la foule.

Il sourit.

— Je t'expliquerai plus tard... Ce n'est pas fini, d'autres surprises t'attendent !

— C'est vrai ?

Elle avait peine à imaginer quelque chose qui puisse être encore mieux que la déclaration de Daniel sur la grand-voile du bateau...

Quand ils arrivèrent devant Kara, Daniel lui demanda :

— Il est là ?

— Par ici...

Kara leva le bras et agita la main. Aussitôt, un attelage de style victorien arriva devant eux.

— On se retrouve au manoir !

Dès que Daniel et Lily furent confortablement installés, le cheval se mit lentement en route. Elle se tourna vers Daniel et lui déposa un baiser sur la joue.

— Je n'arrive pas à croire que tu aies fait tout ça pour moi...

Il lui passa un bras autour des épaules et la serra contre lui.

— Il le fallait, Lily… Si je t'avais simplement dit que je t'aimais, tu ne m'aurais pas cru.

Elle secoua la tête.

— Tu as probablement raison. J'étais persuadée que tu ne croyais pas en l'amour.

Il lui déposa un baiser sur le front.

— Je ne croyais pas en l'amour, jusqu'à ce que j'invite à danser une belle princesse aux cheveux roux et aux yeux bleus, lors du bal d'automne… Dès que je t'ai prise dans mes bras, je suis tombé amoureux de toi, mais j'étais trop têtu pour le reconnaître.

Il inclina la tête et l'embrassa. Son baiser était tellement tendre qu'elle en eut les larmes aux yeux.

Daniel l'aimait, et elle l'aimait aussi, de toutes les fibres de son être.

L'attelage s'arrêta enfin devant le manoir. Toute sa famille et Charlotte, qui les attendaient là, les escortèrent dans la maison. Daniel passa devant et les emmena dans la salle à manger.

Au milieu de la longue table se dressait un énorme gâteau, au sommet duquel deux petites figurines représentaient un prince et une princesse. Sur le glaçage blanc étaient inscrits, en violet, les mots : *Félicitations, Lily et Daniel !*

— Félicitations ? s'étonna Lily en regardant ses proches, qui souriaient tous.

Daniel lui avait déclaré sa flamme, il ne lui avait pas demandé sa main, du moins, pas vraiment. La demande pragmatique qu'il lui avait faite quelques semaines plus tôt ne comptait pas…

Avant qu'elle n'ait le temps de comprendre ce qui se passait, il mit un genou à terre, prit sa main et, devant sa mère à lui et toute sa famille à elle, dit :

— Lily Kincaid, je t'aime plus que tout au monde… Me feras-tu l'honneur de m'épouser ?

Ce fut seulement à ce moment-là qu'elle remarqua le magnifique solitaire qu'il s'apprêtait à lui passer à l'annulaire.

Des larmes de joie lui coulèrent sur les joues.

— Oui… Je t'aime tant… Oui, Daniel, je veux t'épouser !

Il lui passa au doigt la bague en or blanc, se releva et la prit dans ses bras.

— Tu veux que nous annoncions l'autre nouvelle maintenant ? lui murmura-t-il à l'oreille.

— Tout le monde est là… C'est le moment idéal ! répondit-elle dans un souffle.

Il sourit.

— Lily et moi avons encore une nouvelle à vous annoncer.

— Nous allons avoir un bébé à la fin de l'été, dit-elle, levant les yeux vers l'homme qu'elle aimait.

Tout le monde poussa des cris de joie, et Lily fut agréablement surprise de voir sa mère et Charlotte s'embrasser, les yeux pleins de larmes.

Elles étaient toutes les deux au courant qu'elle était enceinte, mais maintenant, elles pouvaient enfin s'en réjouir ouvertement.

— Je suis tellement heureuse pour toi ! s'écria Kara en la serrant dans ses bras. Je t'en supplie, dis-moi que tu me laisseras organiser ton mariage…

— Bien sûr ! Je n'imagine même pas le mal que tu as dû te donner pour faire en sorte que tout soit parfait, aujourd'hui…

— Oui, intervint Daniel, merci pour tout, Kara.

Il semblait profondément reconnaissant.

— Quand je t'ai appelée l'autre jour pour te faire part de mon idée, reprit-il en souriant, tu as pris le temps de m'écouter et tu as laissé parler ton imagination… Tu t'es vraiment surpassée. Notre mise en scène a dépassé toutes mes espérances !

Kara paraissait ravie.

— Cela a été un vrai plaisir de t'aider, et je suis enchantée que le résultat te plaise.

Sa sœur se tourna vers elle et ajouta :

— Dès que vous aurez fixé une date, dis-le-moi. Il n'est jamais trop tôt pour commencer à tout organiser.

Bien après le départ de tout le monde, Daniel était assis avec Lily dans ses bras, sur la banquette circulaire, dans la coupole.

— Je t'aime, Lily, dit-il en lui déposant un baiser sur la tempe. Plus que tu ne peux l'imaginer…

Maintenant qu'il avait reconnu ses sentiments pour elle, il ne pouvait plus s'empêcher de les lui dire, mais cela ne semblait pas la déranger… Chaque fois qu'il lui disait qu'il l'aimait, la lueur qui brillait dans ses beaux yeux bleus se faisait un peu plus intense.

— Quand veux-tu te marier ? demanda-t-elle en se blottissant contre lui tandis qu'ils admiraient le ciel étoilé.

— Le plus tôt possible.

Elle hocha la tête.

— Il faudra que je demande à Kara quand elle est disponible.

— Je me disais que nous pourrions nous marier tout de suite, et faire une grande fête cet automne, après la naissance du bébé, dit-il, espérant que l'idée lui plairait.

Elle resta silencieuse un moment, et il se demanda si sa suggestion l'avait contrariée.

— C'est une bonne idée, dit-elle enfin. Cela me plairait de fêter notre mariage vers la mi-octobre, à peu près à la date où nous nous sommes rencontrés l'année dernière…

— Ça me semble parfait ! Le mois d'octobre est mon mois porte-bonheur.

Elle tourna la tête et leva les yeux vers lui, visiblement surprise.

— C'est vrai ? Je ne savais pas que tu avais un mois porte-bonheur !

— Je n'en avais pas avant l'année dernière, répondit-il avec un grand sourire, mais j'en ai un depuis que je t'ai rencontrée et invitée à danser.

Elle lui déposa un baiser sur la joue.

— Bonne réponse, monsieur Addison ! Vous n'auriez pas une idée derrière la tête, par hasard ?

Il rit.

— J'ai plein d'idées, ma chérie, mais tu as eu une longue

journée, et je suis sûr que tu vas t'endormir dès que ta tête aura touché l'oreiller...

— Tu as probablement raison, dit-elle, étouffant justement un bâillement.

Ils restèrent silencieux quelques minutes, puis elle reprit :

— Merci d'avoir réalisé mon rêve.

Il plongea ses yeux dans les siens.

— C'est ton père qui a donné à la princesse son château.

Elle lui posa une main sur la joue avec douceur.

— C'est vrai... mais c'est toi qui m'as donné le prince que j'attendais de voir entrer dans le port de Charleston, l'homme qui vivra avec moi au château et m'aidera à le remplir de joyeux petits princes et princesses.

Elle l'embrassa.

— Je t'aime, Daniel Addison.

— Je t'aime, Lily Kincaid, et je t'aimerai toujours.

JOSS WOOD

Un ardent désir

Traduction française de
ROSA BACHIR

PASSIONS

HARLEQUIN

Titre original :
BACK IN HIS EX'S BED

Ce roman a déjà été publié en 2021.

1

Lorsqu'elle sortit du taxi, Beah Jenkinson se félicita d'avoir pris son long manteau en cachemire. Ignorant la bruine, elle paya sa course, glissa son sac de soirée sous son bras et prit une profonde inspiration.

Tout irait bien. Il le fallait.

Ce n'était qu'un dîner avec l'un des collectionneurs d'art les plus importants et les plus secrets au monde.

Et avec son ex-beau-frère Carrick.

Et son ex-mari, Finn.

Qui se trouvaient aussi être deux de ses trois employeurs. Ce n'était pas si important.

Menteuse. C'était très important.

— Bonsoir, madame.

Beah offrit un sourire distrait au portier en livrée noire puis entra dans le hall du Claridge, splendide hôtel de luxe. Elle faillit regarder son reflet dans les portes vitrées afin de s'assurer que sa robe de cocktail bleu cobalt, avec son épaule dénudée et son bas à volant, était convenable. Mais elle s'abstint. Elle était élégante, elle le savait ; elle l'était toujours, et sa robe était un parfait mélange de chic et de sexy. Comme à son habitude, elle avait coiffé ses boucles rousses en un chignon strict, et couvert ses taches de rousseur honnies par un maquillage savamment appliqué.

Elle avait presque trente ans et ressemblait à ce qu'elle était : une femme sûre d'elle et de son allure. Elle avait une carrière impressionnante, une vie merveilleuse. Ce n'était que lorsqu'elle revoyait Finn Murphy qu'elle redevenait la jeune femme peu sûre d'elle et en quête d'amour qu'elle avait été neuf ans plus tôt.

Ce qui était très agaçant.

Parce qu'elle avait besoin d'une minute pour réguler sa respiration et ralentir son rythme cardiaque, Beah se rendit dans les toilettes où elle s'assit sur un tabouret de velours mauve, rivant son regard à ses escarpins beiges classiques.

Elle appuya la tête contre le mur et ferma les yeux.

Tu peux y arriver, Jenkinson. C'est juste un dîner d'affaires.

Et parce qu'elle avait besoin d'être rassurée, Beah sortit de son sac son téléphone et passa un appel. C'était le début de l'après-midi à Boston mais, si elle avait de la chance, sa meilleure amie répondrait. Beah retint son souffle tandis que les sonneries s'enchaînaient. Mince, Keely était occupée...

— Bonjour, Bee.

Beah se remit à respirer normalement, et son cœur ralentit. La voix de Keely l'avait toujours apaisée. Elle avait rencontré la jolie blonde par l'intermédiaire des frères Murphy et l'avait tout de suite appréciée. Quand Beah et Finn avaient annoncé leur divorce, Keely était venue chez elle avec une bouteille de vin, une pizza et des chocolats.

« Qu'est-ce que tu fais là ? lui avait demandé Beah, en pleurs. Je croyais que les Murphy avaient eu ta garde. »

« Finn a ses frères pour le soutenir. Tu as besoin de quelqu'un. »

Bien qu'elles soient séparées par l'Atlantique à présent, elles étaient aussi proches que jamais.

— Bee ? Parle-moi, trésor.

Beah se redressa et leva les yeux vers le plafond à moulures.

— Je suis assise dans les toilettes du Claridge.

Keely patienta une seconde puis lui demanda :

— Tu veux bien me dire pourquoi ?

Beah tourna la tête et vit son reflet dans le grand miroir. Elle était aussi pâle qu'un fantôme.

— Je suis sur le point de dîner avec Finn, Carrick et Paris Cummings.

— Ah ! Tu es nerveuse ?

Pas exactement.

— Déstabilisée, plutôt. Je suis douée pour mon travail, Keely, et je rencontre des clients tout le temps. De plus, je parle à Carrick et à Ronan au téléphone plusieurs fois par semaine. Finn…

— Finn quoi ? demanda Keely, le ton amusé.

— Finn…

— Attends une seconde, Bee. Mon assistante a une question…

Un répit temporaire, mais qui laissa à Beah le temps de réfléchir. Les souvenirs de sa rencontre avec Finn se bousculèrent dans sa tête. Elle avait alors vingt et un ans et venait de quitter Londres pour New York, ravie à l'idée de travailler dans une nouvelle ville. Diplômée en économie et en histoire de l'art, elle avait décroché un stage chez Murphy International. Après quelques jours, elle avait fait la connaissance de Finn Murphy, un homme brillant et terriblement séduisant.

Comme un papillon attiré par une flamme, elle n'avait pas pu résister à l'attraction qu'avait exercée Finn sur elle. Leur rapprochement avait été inévitable.

Quelques mois plus tard, elle l'avait épousé, grisée par leur alchimie sexuelle phénoménale.

Elle avait très peur qu'en se retrouvant devant lui ce soir l'histoire se répète.

Depuis leur divorce, et bien qu'ils travaillent tous les deux pour Murphy, Finn et elle s'évitaient par accord tacite. Le fait qu'ils vivent sur deux continents différents les y aidait, et lors des rares occasions où Beah avait besoin de l'opinion experte de Finn au sujet d'un tableau ou d'un objet d'art, elle lui envoyait des photos détaillées et, si cela ne suffisait pas, Finn rencontrait le client sans elle.

Ils avaient fait de leur évitement mutuel un art.

Keely reprit la parole.

— Écoute, je sais que tu ne peux pas être nerveuse à cause de ce dîner, parce que tu n'as plus rien à voir avec la jeune femme que tu étais autrefois. Tu es responsable des acquisitions, tu conseilles les riches clients de Murphy sur leurs collections, sur ce qu'ils pourraient acquérir et ce qu'ils devraient vendre. Tu es intelligente, drôle, et d'une beauté renversante.

Voilà pourquoi chaque femme avait besoin d'une meilleure amie. Pour être soutenue quand la façade commençait à se fissurer.

— Pense au chemin que tu as parcouru, et aux choses extraordinaires que tu as accomplies, Bee.

Beah ferma les yeux, laissant volontiers son amie parler.

— Tu as divorcé et, peu après, tu es retournée à Londres pour travailler dans l'agence britannique de Murphy International. Grâce à ton travail acharné, tu es devenue l'une des personnes les plus influentes de cette entreprise. Murphy a de la chance de t'avoir, Bee, et c'est pour ça qu'ils te paient cher, parce qu'ils savent que tes clients sont loyaux envers toi. Tu pourrais même fonder ta propre société de conseil en art et tu aurais une liste de riches clients longue comme le bras.

Oui, à propos de ça...

— Eh bien, ça me rappelle que j'ai quelque chose à te dire, répondit Beah.

Elle demanda à Keely de passer sur FaceTime. Quand la jolie blonde aux yeux noisette apparut sur son écran, Beah lui sourit.

— Te voilà..., dit-elle.

— Qu'est-ce que tu voulais me dire ? Tu as rencontré quelqu'un ? la questionna Keely, curieuse.

— Je n'ai pas le temps de fréquenter quelqu'un !

— Rectification, tu ne prends pas le temps de fréquenter quelqu'un. Tu te sers de ton emploi du temps surchargé comme d'un bouclier. Tu crois que si tu es occupée en permanence, tu n'auras pas le temps de ressentir quoi que ce soit pour quiconque.

C'était un peu trop près de la vérité. Et ce n'était pas un sujet auquel Beah avait envie de songer pour l'instant...

— Tu veux savoir, oui ou non ? rétorqua-t-elle.

Keely lui décocha un sourire narquois.

— Bien sûr, je suis tout ouïe.

— Michael Summers. Tu as entendu parler de lui ?

— Non.

— C'est un marchand d'art et un consultant très réputé. L'un des plus respectés au monde. Il a des années d'expérience, et c'est un véritable gourou dans le milieu de l'art...

Elle marqua un temps, faisant tourner sa bague ancienne en forme de fleur autour de son majeur.

— Il veut prendre une semi-retraite et cherche quelqu'un pour diriger son entreprise et commencer à reprendre sa clientèle.

— Toi ?

— Moi, en effet. C'est une occasion en or, Keels. Michael Summers est une légende, et je suis honorée qu'il veuille travailler avec moi. Mais...

— Mais tu devrais quitter Murphy International, finit Keely, tapotant l'index contre sa joue. Tu pourrais toujours travailler avec Murphy International, ou tu serais *persona non grata* ?

Beah sentit la panique monter en elle. Murphy International était la seule entreprise pour laquelle elle avait travaillé. Elle y avait tout appris.

Elle repoussa ses craintes ; elle avait simplement peur de l'inconnu. Et puis elle n'avait pas passé un pacte de sang ni signé un contrat à vie avec Murphy. Elle avait le droit de tourner la page.

— Ils seraient bêtes de me rejeter, car beaucoup de clients de Michael achètent des œuvres d'art à Murphy International. Ils se tireraient une balle dans le pied en refusant de collaborer avec moi.

— Et je présume que Murphy s'est déjà fait voler d'autres clients par d'anciens employés ?

— Bien sûr, ça arrive tout le temps.

— Et Murphy a survécu. Donc, tu ne réfléchis pas en tant qu'employée mais en tant qu'épouse de Finn.

— Ex-épouse, rectifia Beah, ressentant un pincement au cœur familier.

Elle avait adoré accoler le nom de Finn au sien. Beah Jenkinson-Murphy sonnait fichtrement bien.

Mais c'était Beah Jenkinson à présent…

— Si tu travaillais pour un autre groupe, tu hésiterais ? demanda Keely avec sa franchise coutumière.

— Non, sans doute. C'est une opportunité incroyable. Et je devrai m'investir encore plus. Si j'accepte le poste, je pourrai peut-être dîner avec toi dans cinq ans. Ma vie va devenir un tourbillon.

— Mm, intéressant.

Beah savait que Keely avait beaucoup à dire sur le sujet. Elle consulta sa montre et grimaça.

— Résume tes pensées en deux phrases, Keels, ou je vais être en retard.

— Pourquoi n'as-tu pas accepté tout de suite l'offre de Michael si elle est si géniale, Beah ? À mon avis, c'est parce que tu laisses tes sentiments personnels pour ton ex-mari et sa famille obscurcir ton jugement, ce qui est étrange puisque tu jures avoir tourné la page Finn Murphy.

Beah avait tourné la page, oui. Au bout de presque neuf ans, elle devait l'avoir tournée…

— Et puis, en plus du prestige de travailler avec quelqu'un de cette stature, l'offre de Michael te séduit, parce que tu serais si occupée que tu n'aurais pas le temps de penser, d'éprouver des sentiments, d'avoir des rendez-vous galants. Ce serait une nouvelle excuse pour ne pas t'engager dans la vraie vie.

Keely remettait cela sur le tapis ? Beah l'adorait, vraiment, mais sa meilleure amie était rigide et têtue. Parfois, l'attaque était la meilleure défense.

— Et toi ? rétorqua-t-elle. Tu vois quelqu'un ?

Keely ne cilla pas.

— On ne parle pas de moi mais de toi.

Keely s'éclaircit la voix, et Beah devina que ce que son amie allait ajouter pourrait être blessant. Directe et honnête, Keely prenait rarement des pincettes.

— Bien que cela m'ennuie que Finn et toi ayez souffert à cause de votre divorce, ça a été, sur bien des plans, une bonne chose pour toi, Beah. Tu as appris à te débrouiller seule, à réclamer ce que tu voulais, à poursuivre un but. Mais il m'arrive de penser que tu es devenue un peu trop indépendante.

— Je ne pensais pas qu'on pouvait être trop indépendant.

— Je vais le dire autrement... Ça m'inquiète que tu repousses les gens, que tu ne laisses personne t'approcher.

Ironie du sort, Beah reproduisait le comportement que Finn avait eu avec elle.

— Je suis proche de toi, protesta-t-elle.

— Parce que je m'accroche et que je tambourine à ta porte quand tu me la claques au nez, répliqua Keely.

C'était vrai. Ces neuf dernières années, Keely avait été sa boussole, son roc. Elle serait toujours de son côté, Beah le savait. L'amitié de Keely valait celle de trente femmes.

— Je t'ai, toi, Keels.

— Aussi fabuleuse que je sois, je n'ai pas des grands bras puissants, une voix grave et un point de vue non féminin. Tu as besoin d'amour, Jenkinson, et de sexe. À quand remonte ton dernier rendez-vous galant ? Et pour l'amour du ciel, ne me dis pas que la dernière personne avec laquelle tu as couché est Finn Murphy !

Beah secoua la tête. Elle avait eu des aventures depuis son divorce. Espacées et peu satisfaisantes, mais elles comptaient quand même. Un peu.

Elle vérifia de nouveau l'heure. Si elle ne se dépêchait pas, elle serait en retard, or elle n'était jamais en retard. Une excellente excuse pour mettre un terme à cette conversation pénible. Elle se leva et prit son sac.

— Il faut que j'y aille, Keely. Mes patrons ne seront pas contents si je ne suis pas ponctuelle, et Paris Cummings a horreur des retards.

— Je suppose que je devrais savoir qui est Paris, mais ce n'est pas le cas.

— Collectionneur d'art, issu d'une vieille famille fortunée, promoteur immobilier. Vieux grincheux, vit en reclus, énonça Beah tout en sortant dans le couloir.

Paris Cummings était un collectionneur qu'elle courtisait depuis des années, et elle devait participer à ce dîner pour aider les Murphy à le convaincre de leur faire confiance.

Cela signifiait qu'elle devait être à la même table que son ex-mari, et faire comme s'ils n'avaient pas passé près d'une décennie à s'éviter.

Elle envoya un baiser à Keely et rangea son téléphone dans son sac. Puis elle plaqua un sourire insouciant sur son visage.

Elle n'était plus la jeune fille impulsive qui, une semaine après sa rencontre avec Finn Murphy, avait emménagé chez lui, dans son luxueux appartement, et l'avait épousé après trois mois de relation.

Elle avait une brillante carrière. Elle était sûre d'elle. Elle avait le contrôle de la situation...

À l'entrée du restaurant haut de gamme, Beah sourit au maître d'hôtel et lui confia son manteau. Résistant à l'envie de vérifier qu'aucune boucle rousse ne s'était échappée de son chignon, elle observa la salle à la décoration somptueuse, son attention se portant immédiatement sur la meilleure table.

Comme s'il avait senti qu'elle l'observait, Finn releva la tête et croisa son regard.

Beah eut l'impression d'avoir les pieds collés au sol, et elle ne put s'empêcher d'admirer le visage si masculin et si séduisant de Finn. Il restait encore un peu de l'étudiant brillant qu'il avait été : les lunettes cerclées de métal, le regard vif et intelligent, le sourire hésitant. Une barbe courte et bien taillée recouvrait ses joues et sa mâchoire ; ses cheveux blond foncé étaient un peu plus longs qu'autrefois, et ses épaules, soulignées par un costume sur mesure parfaitement ajusté, encore plus larges.

Il se leva, déroulant son long corps musclé. Il portait une

chemise noire sans cravate, et ses yeux vert pâle la scrutaient avec intensité.

Il la regardait ainsi autrefois quand ils faisaient l'amour, juste avant qu'il ne se glisse en elle. Comme si elle était une énigme qu'il devait absolument résoudre.

— Mademoiselle Jenkinson ? S'il vous plaît ?

Beah entendit vaguement son nom et détacha ses yeux de Finn pour les porter sur le maître d'hôtel.

— Les Murphy vous attendent et, j'en suis sûr, seront ravis que vous vous joigniez à eux.

Il lui fit signe de le précéder.

Beah se força à avancer, arborant un air neutre. Elle était certaine que Finn Murphy n'était pas ravi de la voir.

Et elle non plus n'était pas enchantée par ces retrouvailles.

Quinze minutes plus tôt...

Ce n'était qu'un dîner avec un client dans un restaurant chic, se dit Finn. Même s'il n'était pas friand des dîners d'affaires, il en avait connu beaucoup en tant que copropriétaire de Murphy International.

Il n'avait aucune raison d'être nerveux.

Finn leva la main pour desserrer la cravate qui l'empêchait de respirer et jura en silence quand il se rendit compte qu'il n'en portait pas et que le col de sa chemise était ouvert.

Il n'était pas nerveux. Sous pression, peut-être, mais pas nerveux. Ses frères aînés et lui étaient en pleine préparation de l'une des plus grandes ventes aux enchères des cinquante dernières années, et il devait s'assurer que toutes les pièces mises aux enchères, parmi lesquelles des tableaux de maîtres impressionnistes et cubistes, des négatifs d'Ansel Adams et l'une des plus belles collections de jade au monde, étaient irréprochables. La provenance de chacune des huit cents et quelques œuvres devait être soigneusement vérifiée et précisée.

Si ses nerfs ne s'affolaient pas quand il sautait en parachute de gratte-ciel ou qu'il dévalait des pistes noires sur ses skis, alors il n'avait aucune raison de se sentir fébrile pendant qu'il attendait l'arrivée de l'un des collectionneurs d'art les plus fortunés de la planète.

Ainsi que l'arrivée de sa femme.

Ex-femme, bon sang.

Il prit son verre d'eau, le reposa puis saisit son verre de vin rouge, portant le bord de cristal à ses lèvres. Il ne regarderait pas son frère aîné. Pas encore. Sinon, Carrick pourrait percevoir, sous la façade décontractée, le chaos qui faisait rage en lui.

Il n'avait pas envie d'expliquer qu'à l'idée de revoir Beah, même pour un simple dîner d'affaires, il se sentait nerveux. Un peu tendu, rectifia-t-il. Autrefois, Beah et lui avaient été aussi proches que deux personnes pouvaient légalement l'être ; à présent, ils n'étaient plus que des collaborateurs séparés par un océan, de vagues connaissances.

— Respire à fond, Finn.

Finn adressa un regard irrité à Carrick. Son aîné semblait impassible, mais une lueur amusée brillait dans ses yeux vert pâle. Finn envisagea de faire, aussi subtilement que possible, un doigt d'honneur à son frère. À quinze ans, quand il était le rebelle et le casse-pieds de la famille, il aurait pu réagir ainsi. À trente-trois ans, il ne se comportait plus comme un gamin. Il ne le devrait plus, en tout cas.

Mais l'envie était bien là.

— Je te trouve bien nerveux, ce soir, commenta Carrick, prenant son verre de whisky.

— Ça va, dit Finn entre ses dents. Tu sais que je préfère éviter les dîners avec les clients, d'habitude. Je ne suis pas doué pour faire la conversation.

Ce n'était pas un mensonge. Il n'était vraiment pas doué pour communiquer avec autrui. Carrick et Ronan savaient charmer et convaincre les clients, mais Finn avait tendance à être trop sec, trop abrupt. Sa brusquerie était connue dans toutes les agences de Murphy International. Ce n'était pas pour rien qu'il préférait travailler seul, se consacrant aux livres, aux textes, aux recherches. Il était plus doué avec l'art et avec les objets qu'avec les gens. Car les objets inanimés ne parlaient pas.

On disait de lui qu'il était l'intellectuel de l'entreprise familiale, le cerveau, le reclus. Il n'avait aucun problème avec ces descriptions. Elles étaient toutes, dans une certaine mesure, vraies.

Carrick l'observait calmement.

— Tu es ici parce que Cummings veut te rencontrer. Apparemment, c'est un grand fan.

Finn ricana.

— Un fan ? Tu parles comme si j'étais le chanteur d'un *boys band*.

— Ça l'a beaucoup impressionné que, bien que toutes les autorités sur d'Arcy te soient tombées dessus, tu aies refusé de céder quand le monde de l'art affirmait que tu avais tort.

Encore cette histoire ? Des années plus tôt, alors qu'il venait de décrocher un doctorat en histoire de l'art, Finn avait publié un article dans lequel il avançait que le tableau *Voleur dans la nuit*, du célèbre artiste français d'Arcy, avait été peint non pas par le maître lui-même mais par l'un de ses apprentis.

On l'avait accusé d'être arriviste, arrogant et pis encore, mais ça ne l'avait pas touché à l'époque, et ça ne le touchait pas aujourd'hui. Il était sûr de ses connaissances et avait rarement tort. Il avait fallu des années et une série de tests menés par des experts pour que le monde de l'art accepte le fait qu'il avait raison. Le propriétaire du tableau, qui avait perdu des millions, n'appréciait pas beaucoup Finn. Mais en tant que responsable mondial de l'art chez Murphy International, Finn se devait d'être loyal envers les œuvres d'art, et non envers leurs propriétaires.

— En tout cas, Paris Cummings a été épaté par tes recherches et par ta ténacité malgré la pression.

Finn fit tourner son vin dans son verre.

— Je ne regrette pas d'avoir campé sur mes positions, mais je déplore la mauvaise publicité générée par cet incident.

Son attitude arrogante n'avait fait qu'empirer les choses. À l'époque, il était particulièrement imbu de sa personne, pensant que ses diplômes en art et en droit ainsi que son polyglottisme faisaient de lui un être à part. Sa réputation de génie avait été mise à mal, ce qui l'avait vexé. Il fallait l'admettre, il avait été imbuvable.

Aujourd'hui, après un mariage raté et presque une décennie passée à mûrir, il n'était plus si prompt à affirmer qu'il était plus malin, plus intelligent, plus vif. Peu à peu, il avait pris conscience de ses limites. Bien qu'il soit brillant dans certains domaines - il excellait dans la recherche et était naturellement sportif - il était terriblement peu doué pour les relations sociales.

À l'inverse de ses frères, il n'avait pas une grande intelligence émotionnelle. Les concepts étaient faciles à appréhender ; les gens, non.

Les êtres humains, avec leur psychisme si complexe, étaient un mystère total pour lui. Il doutait que cela change un jour.

Il s'adossa à sa chaise et jeta un coup d'œil vers son aîné. Carrick avait trouvé l'amour en la personne de Sadie, la détective qu'il avait engagée pour enquêter sur un tableau qui pourrait être un Homer. Ils étaient fiancés et follement épris l'un de l'autre.

Ronan, le cadet des frères Murphy, était aussi amoureux. La nourrice qu'il avait engagée pour s'occuper de ses deux petits garçons allait bientôt devenir sa femme.

Finn était heureux que ses frères soient accaparés par leurs affaires de cœur ; cela détournait leur attention de lui. « Sauter en parachute d'un gratte-ciel, Finn, tu as perdu la tête ? Nager avec des requins ? Tu prends trop de risques ! » Et il se réjouissait de ce répit. Ni Carrick ni Ronan ne comprenaient son besoin d'adrénaline, sa volonté de repousser ses limites.

Lui ne comprenait pas pourquoi ils donnaient une autre chance à l'amour alors que l'un était divorcé et l'autre veuf. Alors, il considérait qu'ils étaient à égalité.

Pour Finn, offrir son cœur était le plus grand risque de tous. Se permettre d'être sentimentalement vulnérable était, à ses yeux, la chose la plus dangereuse que l'on puisse faire.

Il avait expérimenté l'amour autrefois, mais il ne s'était pas autorisé à s'abandonner totalement avec Beah. Sans surprise, leur mariage avait tourné au désastre.

Carrick repoussa la manchette de sa veste pour regarder sa montre.

— Cummings voudra discuter avec toi. C'est un mordu d'histoire et de sciences. Laisse-toi simplement porter. Beah et moi interviendrons si tu montres des signes… d'impatience.

Pour Finn, tenir une conversation intellectuelle avec l'un des collectionneurs d'art les plus riches du monde, devant Beah, la femme qui était encore la star de ses fantasmes, serait un vrai défi.

— J'ai vu le mail dans lequel tu annonces prendre des vacances dans quelques semaines, dit son frère. Où est-ce que tu vas ?

— Dans le Colorado. Escalade sur glace.

Trois, deux, un…

— C'est sans risque ? demanda Carrick, l'air soucieux.

Eh bien, non. Car, si elle était sans danger, Finn ne pratiquerait pas cette activité. La moitié du plaisir dans les sports d'aventure résidait dans le risque. Finn ne pouvait pas et ne voulait pas prendre de risques avec son cœur, mais il n'avait aucun problème à mettre son corps en jeu.

Le danger lui donnait le sentiment d'être vivant. Et, oui, Finn aimait l'excitation que cela lui procurait. La concentration totale que les sports extrêmes requéraient lui permettait aussi de déconnecter son cerveau trop actif. Il cessait de penser, d'analyser, de planifier.

Et l'afflux de dopamine était génial…

— Tu n'as pas peur qu'il t'arrive quelque chose ?

Finn réfléchit à la question. Bien sûr, c'était une possibilité, mais il ne laissait pas la peur l'arrêter.

— Tu sais qu'on ne peut pas contrôler l'avenir, Carrick. Les drames arrivent, quoi qu'on fasse.

Carrick ne répondit pas, et Finn sut que son frère pensait à leur passé, et aux nombreuses tragédies que les Murphy avaient connues. Le monde les voyait comme une famille riche et puissante. Les gens se souvenaient rarement de l'enfer qu'ils avaient traversé.

Ils étaient restés soudés et avaient surmonté les épreuves. Ils étaient marqués, meurtris, mais ils étaient toujours plus forts ensemble que séparés.

Cependant, leur passé les avait marqués. Ses frères avaient leurs difficultés ; Finn, pour sa part, n'aimait pas la vulnérabilité inhérente à l'amour. Selon lui, il était plus facile et moins risqué de rester en retrait que d'aimer quelqu'un totalement.

Il valait mieux garder ses distances plutôt que d'aimer une personne que l'on pouvait perdre.

Redressant les épaules, il adressa à son frère un sourire rassurant.

— Ne t'inquiète pas, Carrick. Rien n'est certain, alors autant vivre le présent et ne pas se soucier de l'avenir. D'ailleurs, je compte être là pendant longtemps, ne serait-ce que pour vous embêter Ronan et toi.

— Cummings est là, annonça Carrick en se levant. Sois poli.

Finn se leva à son tour et boutonna sa veste. Il plaqua sur son visage ce qu'il espérait être un sourire sincère et regarda son client, un homme grand et maigre, traverser la salle. Apercevant un éclair de bleu cobalt derrière lui, Finn reporta son regard sur la rousse flamboyante qui parlait au maître d'hôtel, et dont les boucles sauvages étaient maîtrisées en un chignon impitoyablement strict.

Elle avait caché ses taches de rousseur sous un maquillage parfait, et sa silhouette autrefois pulpeuse s'était affinée.

Finn sentit son ventre se nouer. Beah semblait plus mûre, et elle était élégante et sophistiquée. Elle ressemblait tout à fait à une femme d'affaires londonienne, ce qu'elle était. Follement séduisante, mais froide et distante…

Il ne put s'empêcher de se demander s'il restait quoi que ce soit de son épouse impulsive, au tempérament artiste et à la crinière bouclée.

Ex-épouse. Tu parles six langues, Murphy, tu es donc capable de te rappeler que c'est ton ex-femme.

2

Beah accepta le bref baiser sur la joue de Carrick, l'entendit murmurer « beau travail » et sourit. Un peu plus tôt dans la soirée, Paris Cummings avait donné son accord verbal pour vendre des œuvres d'art de sa collection ou en acheter par l'intermédiaire de Murphy, et Beah avait aidé à convaincre le milliardaire que Murphy International était le bon choix pour se séparer de certaines œuvres mineures, parmi lesquelles un petit Lowry.

Certes, aucun document n'avait été signé, mais dans le milieu de l'art les contrats les plus importants et les plus audacieux étaient scellés par une poignée de main. La confiance était impérative dans le monde au sein duquel ils évoluaient.

Le lendemain, elle se rendrait avec Finn chez Paris, dans sa maison de Hyde Park, afin qu'ils passent en revue sa collection, décident avec lui ce qu'il était prêt à vendre et lui donnent des estimations sur le montant qu'il pouvait espérer. Oui, cela impliquait une autre rencontre avec Finn mais, pour ajouter à sa liste un client aussi important que Paris Cummings, Beah rencontrerait le diable en personne.

Elle regarda Carrick escorter Paris jusqu'à la sortie, très consciente que Finn était à côté d'elle. Le tissu de son costume effleurait son épaule nue. Il sentait toujours aussi bon, songea-t-elle. Son parfum était un mélange de soleil, d'air frais, de sexe et de péché, et Beah sentit la tête lui tourner.

Elle n'aurait peut-être pas dû prendre un second verre de prosecco.

Oh ! mais de qui se moquait-elle ? Ce n'était pas le vin qui lui faisait tourner la tête, c'était son mari au corps parfait… *Ex-mari.*

Se comporter en professionnelle pendant le repas avait failli l'achever. Elle n'avait fait que déplacer les aliments dans son assiette, embarrassée par les yeux verts splendides qui guettaient chacun de ses gestes. Elle avait remarqué les grandes mains de Finn, les reflets dorés dans ses cheveux blonds, la façon dont sa chemise noire épousait ses pectoraux puissants et son ventre ferme.

En sa présence, elle se sentait aussi troublée qu'autrefois, et l'effet qu'il avait sur elle - les pulsations dans son bas-ventre, l'onde de chaleur entre ses jambes - l'irritait. Elle n'était plus la jeune femme enivrée par les talents sexuels de son mari qu'elle était à vingt et un ans. Elle ne devrait rien éprouver pour Finn…

Elle ne le devrait plus.

Beah porta la main à son chignon, vérifiant que ses boucles étaient toujours sous contrôle. Elle détestait ses cheveux. Quand elle les laissait lâchés, elle semblait instantanément sauvage, et plus jeune de dix ans. Et cela lui rappelait qu'autrefois Finn aimait plonger les mains dans sa crinière et y enfouir le visage.

Un souvenir qu'elle détestait. Et qu'elle adorait en même temps.

Désormais, elle attachait systématiquement ses cheveux. Il était plus facile de les maintenir sous contrôle…

Garder le contrôle était très important pour elle.

— Tu es en beauté, Beah.

Surprise par le compliment inattendu, elle releva la tête et plongea le regard dans celui de Finn. En apparence, il semblait détendu, courtois et sûr de lui. Mais elle le connaissait suffisamment bien pour remarquer la tension dans ses épaules raides. Elle savait que Finn détestait les dîners d'affaires, et ces deux dernières heures avaient sans doute été aussi pénibles pour lui que pour elle. Mais pour des raisons tout à fait différentes.

Elle voulut répondre, lui retourner le compliment puis se ravisa. À quoi bon ? Elle dirait quelque chose, il répondrait et, après une minute, ils ne trouveraient plus rien à dire. Faire la conversation n'avait jamais été leur point fort.

Elle posa les doigts sur son front, sentant des pulsations lui marteler les tempes.

— Nous ne sommes pas obligés d'échanger des banalités, dit-elle.

Le regard de Finn s'assombrit. D'irritation, supposa-t-elle.

— Ça fait longtemps qu'on ne s'est pas vus, Beah, mais tu devrais savoir que je ne fais pas dans les banalités.

Elle avait été malpolie, s'avisa-t-elle.

— Merci pour le compliment, concéda-t-elle.

— Allons prendre un verre au bar.

— Pourquoi ? demanda-t-elle, consciente de la main que Finn avait posée au creux de son dos.

Ça ne voulait rien dire. Finn était juste bien élevé, comme à son habitude.

Seulement, ce contact l'électrisait et faisait danser des étincelles sur sa peau. Pourquoi avait-elle toujours des réactions aussi vives avec lui ? Malgré toutes ces années, Finn avait encore la capacité de transformer en moins de dix secondes la femme contrôlée qu'elle était en femme impulsive.

Elle s'écarta pour remettre de la distance entre eux. Leur alchimie intense lui rappelait pourquoi elle avait mis un océan entre eux, pourquoi ils ne pourraient jamais travailler dans la même ville, dans le même immeuble. Sur le même continent…

Finn la troublait, et elle n'aimait pas ça. Elle avait fourni beaucoup d'efforts pour se créer un monde calme et ordonné, mais après un seul dîner et cinq minutes de conversation avec Finn, elle était déstabilisée.

Maudit Finn.

Lorsqu'ils furent hors du restaurant, elle se tourna vers lui.

— Je ne peux pas prendre un verre avec toi. Je suis fatiguée et j'ai encore du travail à faire ce soir.

Finn glissa les mains dans ses poches et l'observa.

— Poule mouillée, murmura-t-il.

Elle plissa les yeux.

— Tu crois que j'ai peur de prendre un verre avec toi ?

Comment osait-il insinuer qu'elle était lâche ? Après leur divorce, elle avait refusé de prendre le moindre centime de sa part, avait regagné son pays d'origine et avait travaillé très dur pour gravir les échelons de l'entreprise. Elle n'avait jamais demandé aucune faveur à son ex-mari ou à ses ex-beaux-frères, et peu de gens chez Murphy savaient qu'elle avait été mariée à l'un des propriétaires.

S'élever dans l'organigramme en utilisant son nom de jeune fille avait requis du cran et beaucoup de travail… Comment Finn osait-il insinuer qu'elle manquait de courage ?

Il l'étudiait toujours.

— Voyons ça de manière logique, dit-il.

Il sous-entendait qu'il était toujours logique et elle non… *Grrr.*

— Dans trois mois, nous allons organiser les ventes de printemps, notamment la collection Mounton-Matthews. Le service des relations publiques va être en surchauffe, et tu vas recevoir une centaine de questions de ma part, concernant les différents objets en vente. Tu sais comme moi que c'est la collection la plus importante mise aux enchères depuis une génération, voire deux. Nous pouvons continuer à échanger des mails froids et brefs, ou nous pouvons nous remettre en question et essayer d'être amis, d'établir une relation de travail qui fonctionne vraiment. Nous nous sommes mariés il y a longtemps. Tu ne crois pas qu'il serait logique que nous tentions de trouver une nouvelle normalité ?

Beah le soupçonnait d'employer le « nous » collectif alors qu'il pensait seulement à elle. Et cela l'agaçait qu'il agisse comme si l'attirance était unilatérale, comme s'il ne posait jamais le regard sur ses lèvres, ses seins… comme s'il n'avait absolument aucun intérêt sexuel pour elle.

Il avait beau être un Murphy et l'un de ses patrons, il avait tout de même besoin de redescendre sur terre.

Elle n'était pas seule sur ces montagnes russes de désir.

Elle se dirigea vers les ascenseurs, appuya sur un bouton d'appel et attendit que les portes s'ouvrent. Elle pourrait dire à Finn ses quatre vérités, ou prendre un verre avec lui et discuter. Ils pourraient parler de la vente aux enchères à venir, d'art, de leurs clients, de l'état du marché ces derniers temps.

Elle choisit la seconde option. Elle ne laisserait pas Finn Murphy soupçonner qu'elle le désirait encore, que son corps d'Apollon lui manquait, que parfois elle se réveillait la nuit en sueur, au bord de l'orgasme, parce qu'elle avait rêvé qu'elle faisait l'amour avec lui.

Son époux peu communicatif et émotionnellement distant ne lui manquait jamais, mais son amant talentueux, très souvent.

Les portes de l'ascenseur s'ouvrirent, et Beah entra dans la cabine, consciente que Finn était juste derrière elle et la dominait de toute sa hauteur. Deux autres couples entrèrent après eux, puis un troisième, et elle se retrouva acculée dans un coin, le corps puissant de Finn la protégeant des autres occupants de ce petit espace. Ses seins effleuraient son torse ferme, et sa robe touchait ses cuisses musclées.

Elle commit l'erreur de lever les yeux, remarquant sa barbe blonde coupée court, sa bouche sensuelle, ses yeux ourlés de longs cils… Elle pourrait le contempler des heures.

Il était l'incarnation de la virilité, du sexe et du désir.

Elle vit son regard s'assombrir, et Finn posa la main sur sa taille, ses doigts la brûlant à travers sa robe. Son regard prit une teinte dorée tandis qu'il serrait sa hanche. Il la désirait.

Beah le voyait dans ses yeux, dans la façon dont il fixait sa bouche. La proéminence dans son pantalon était aussi un bon indicateur.

Il posa la main sur son visage, et elle retint son souffle quand il approcha les lèvres des siennes. Parce qu'elle avait besoin de savoir s'il avait la même saveur qu'autrefois - un mélange de sexe, de soleil, de vent et de chaleur - elle serra les revers de sa veste. S'il ne l'embrassait pas, ce serait elle qui le ferait.

Elle effaça les derniers centimètres qui les séparaient et se mit sur la pointe des pieds. Il effleura ses lèvres, et elle émit un petit gémissement que lui seul pouvait entendre. Elle le sentit sourire contre ses lèvres, respira son parfum. Puis, il posa la bouche sur la sienne, sa barbe courte chatouillant sa peau. Glissant la main au creux de son dos, il l'attira contre lui, et elle sentit son sexe en érection se presser contre son ventre. Enivrée de désir, elle entrouvrit les lèvres, et Finn inséra la langue dans sa bouche, provoquant une onde de chaleur en elle qui se propagea dans tout son corps.

Elle était perdue, dans son parfum, dans les souvenirs, dans la pure masculinité de cet homme qu'elle n'avait jamais réussi à oublier…

Vaguement, Beah entendit les portes de l'ascenseur s'ouvrir et des personnes sortir. Elle devrait interrompre ce baiser. Mais c'était si bon, et cela faisait si longtemps…

Ce fut lui qui mit fin au baiser. Ils étaient seuls dans la cabine, et les portes étaient encore ouvertes, remarqua-t-elle. Elle devrait s'échapper et rentrer chez elle.

Mais elle n'arrivait pas à bouger, et pas seulement parce que Finn lui bloquait le passage. Elle savait que si elle le poussait très légèrement, si elle donnait le moindre indice qu'elle se sentait mal à l'aise, Finn reculerait et la laisserait partir.

Mais elle n'avait envie d'aller nulle part. Pour l'heure, être dans les bras de Finn était exactement ce dont elle avait besoin.

Finn appuya sur un bouton, et les portes de l'ascenseur se refermèrent aussitôt.

— Tu as trois choix, Bee, dit-il. Je peux rouvrir ces portes, et tu peux rejoindre le hall, ou nous pouvons aller au bar et prendre un verre.

— Et le troisième choix ?

— Ma chambre. Et dès l'instant où tu passeras la porte

de ma suite, je t'enlève ça, ajouta-t-il en tirant sur sa robe. Je t'enlève tout.

Elle ne devrait pas céder, car c'était une très mauvaise idée. Seulement, elle était sage depuis trop longtemps…

— Tu me le promets ? demanda-t-elle, glissant la main sous sa veste pour la poser sur sa taille.

Elle souleva sa chemise et soupira de plaisir lorsqu'elle sentit ses muscles fermes et chauds sous ses doigts.

— Ta chambre, Finn. À condition que tu sois nu aussi.

Elle vit un éclair de soulagement jaillir dans ses yeux. Il appuya sur le bouton de son étage puis se remit à l'embrasser.

C'était la manière dont ils communiquaient le mieux. La seule manière qui fonctionnait pour eux.

Keely Matthews sortit de sa salle de bains, observa l'homme extrêmement séduisant allongé dans son lit et poussa un soupir agacé. Dare Seymour, son amant aux épaules puissantes et au fessier parfait, était endormi.

Elle rêvait de se pelotonner contre lui, d'appuyer la tête sur son épaule et de fermer les yeux.

Elle aussi était fatiguée. Agréablement fatiguée. Après deux séances d'ébats prodigieux, elle se sentait détendue et affectueuse. Le premier sentiment ne la dérangeait pas ; le second était inacceptable.

Car elle refusait d'avoir des sentiments pour Dare Seymour, qui était son amant mais aussi son avocat. Il était trop viril, trop attirant, trop renversant, et Keely n'était pas du genre à se pâmer devant les hommes.

Surtout ceux qu'elle ne pensait pas apprécier.

Ou ceux qu'elle appréciait trop.

Mince.

Elle s'appuya contre le chambranle de la porte et se frotta les tempes. Elle n'aurait jamais dû commencer une liaison avec Dare, mais il lui avait été impossible de résister. Cet homme savait embrasser comme personne. Son talent pour les *french kiss* n'était surpassé que par ses talents entre les draps.

Et, parce que le sexe était une bonne manière de développer des sentiments, Keely se surprenait souvent à penser à lui à des moments inopportuns et passait bien trop de temps à se rappeler leurs exploits sexuels.

Elle devait remettre de la distance entre eux. Elle ne voulait pas d'une relation sérieuse, encore moins avec quelqu'un d'aussi têtu, obstiné et autoritaire que Dare.

Dans un couple, il n'y avait de la place que pour une personne autoritaire et, en temps normal, c'était elle qui endossait ce rôle. Elle savait bien qu'elle ne plaisait pas à tout le monde. Son côté dictatorial et sa franchise ne lui valaient pas que des amis. Adolescente, elle avait sincèrement essayé d'être moins rigide, mais ses bonnes intentions s'étaient toujours envolées au bout d'une semaine ou un mois.

Elle n'y pouvait rien si elle voyait les problèmes avec clarté et si les solutions à ces problèmes jaillissaient dans son esprit. Certes, elle pourrait garder ses opinions pour elle, mais pourquoi devrait-elle regarder souffrir les gens qu'elle aimait alors qu'elle avait les réponses ?

Keely savait qu'elle était difficile à vivre ; on le lui avait dit maintes fois, en maintes occasions. Et toutes ses relations sentimentales suivaient le même schéma : ses amants affirmaient qu'ils pouvaient composer avec une forte femme, que son assurance les excitait, et elle les croyait.

Mais après deux ou trois mois, invariablement, ils commençaient à se plaindre, à lui reprocher d'être trop excessive, trop autoritaire, trop tout court.

Au bout du compte, ils faisaient leurs bagages et sortaient de sa vie, laissant son cœur pas si solide en lambeaux.

Après bien des chagrins, elle avait appris à limiter ses liaisons à des aventures superficielles et purement charnelles ; ainsi, elle évitait de souffrir. Dare Seymour, son avocat au physique de bûcheron, ne lui briserait pas le cœur.

Réveille-le et mets-le dehors. Allons, Keely, tu ne peux pas le laisser passer la nuit ici...

— Laisse-moi deviner. Tu es sur le point de me mettre dehors.

Même s'il avait marmonné contre l'oreiller, elle avait entendu l'irritation percer dans la voix de Dare. Il se retourna et s'assit dans le lit, décoiffé et sexy. Keely réprima l'envie de se jeter à son cou et de l'embrasser...

Il passa la main dans ses cheveux et lui décocha un regard aiguisé.

— On couche ensemble depuis six semaines, Keely. Je peux quand même passer toute la nuit chez toi sans que le ciel nous tombe sur la tête ?

Elle baissa les yeux. Bien sûr, il pouvait rester, mais dormir ensemble, c'était ce que faisaient les vrais couples, pas les amants occasionnels. Et Dare devait rester un amant très occasionnel.

Elle leva le menton et soutint son regard bleu azur.

— Je n'aime pas avoir des gens dans mon espace.

— Ce n'est qu'un prétexte. Tu as peur, c'est tout.

Elle haussa un sourcil arrogant.

— Rien chez toi ne me fait peur, Seymour.

— Oh ! chérie, tout chez moi te fait peur, répliqua-t-il en souriant.

Elle inclina la tête sur le côté et ignora les battements affolés de son cœur.

— Qu'est-ce qui t'arrive ? Une petite attaque cérébrale ? ironisa-t-elle. Une rupture d'anévrisme ? Parce que tu te comportes de manière étrange.

— Tu te sers de sarcasmes pour éviter le sujet. Tu as peur de moi parce que je suis assez fort pour composer avec ta langue bien pendue et ta personnalité autoritaire.

C'était ce qu'ils disaient tous. Elle avait cru ses précédents amants. Mais ils avaient pris la tangente. Les hommes prenaient toujours la tangente.

Elle n'était pas assez stupide pour croire que Dare serait l'exception à la règle.

— Ce n'est que du sexe, Dare, affirma-t-elle en désignant le lit. Tu imagines des choses qui n'existent pas.

Il écarta les draps et se leva avec grâce. Il avança vers elle, l'air confiant, et elle soutint son regard avec tout autant d'assurance.

— Tu peux te raconter des salades, Keely, mais n'essaie pas de me les servir. Je vois ton expression quand je te touche. J'entends tes gémissements, la façon dont ta voix s'adoucit quand tu me susurres des mots doux.

— C'est ce que font les femmes dans le feu de l'action. Ne prends pas ça au sérieux.

— Arrête de mentir.

Il prit son visage entre ses mains, et Keely plissa les yeux.

— Je peux lire en toi, Keely, et tu n'as pas le cuir aussi dur que tu le penses. Il y a quelque chose entre nous, et c'est plus que de l'attirance physique.

Ses paroles la troublaient.

Non, s'avisa-t-elle. Elle ne pouvait pas répéter les mêmes erreurs.

— Il n'y a que le sexe entre nous, Seymour. Tu confonds le charnel et l'émotionnel.

— Mais bien sûr, marmonna-t-il en laissant retomber ses mains.

Il afficha un sourire sarcastique.

— Parfait, dit-il. Alors trouve quelqu'un d'autre qui soit capable de te procurer le même frisson.

La terreur qui la saisit se voyait sans doute dans ses yeux, car Dare arbora un air satisfait.

— Pas très fan de cette idée, hein ? pavoisa-t-il.

Elle prit un air implacable. Elle ne laisserait pas Dare remporter ce débat. Il en gagnait la plupart, en général grâce à son raisonnement logique. C'était très agaçant, d'ailleurs.

— Cette conversation est ridicule, et il est temps qu'elle se termine, décréta-t-elle.

Elle traversa la pièce pour ramasser le pantalon de Dare sur le sol. Elle le lança sur le lit puis prit sa chemise sur une chaise, résistant à l'envie de porter le vêtement à son visage pour en respirer le parfum.

Il enfila son caleçon puis son pantalon. Keely n'aimait pas cet air songeur sur son visage, car elle savait que son esprit si vif était en train de tourner à plein régime. Oui, il mijotait quelque chose, et elle n'était guère rassurée…

De plus, elle avait horreur d'attendre.

— Crache le morceau, tu veux ? lâcha-t-elle.

Il mit sa chemise mais ne la boutonna pas. Glissant les mains dans ses poches, il soutint son regard.

— Tu veux arrêter notre liaison ? demanda-t-il.

— Non ! Bien sûr que non !

Mince. Elle n'aurait pas dû répondre si vite. Elle aurait dû paraître plus froide, feindre l'indifférence.

— C'est bon à savoir, répondit-il avec un petit sourire. Le problème, Keely, c'est que je veux davantage.

Davantage ? Jusqu'à quel point ? Elle posa la main sur sa gorge soudain serrée.

— Eh bien… que… Hum…

— Je t'ai coupé le sifflet. Je n'en reviens pas, commenta-t-il.

Elle le fusilla du regard, et il leva la main en signe d'apaisement.

— D'accord, voilà le topo…, commença-t-il.

Son air déterminé, la tension qu'elle percevait en lui ne lui disaient rien qui vaille.

— Je suis un homme, donc, évidemment, je ne veux pas cesser de partager ton lit et d'explorer ton corps splendide…

— Mais ?

— Mais si tu veux coucher avec moi, tu vas devoir me donner quelque chose en échange.

Comme quoi ? Et avait-elle vraiment envie de le savoir ? Elle n'en était pas sûre, car elle était prête à presque tout pour coucher avec Dare.

Maudit soit-il.

— Si tu veux une nuit de sexe, je veux d'abord un rendez-vous galant.

Un rendez-vous galant… Quoi ?

— Mais de quoi parles-tu ? lui demanda-t-elle, un peu perdue.

Il inséra les pans de sa chemise dans son pantalon et boucla sa ceinture en cuir d'autruche.

— Pour chaque heure que nous passerons au lit, je veux deux heures pendant lesquelles nous parlerons, nous danserons, nous interagirons.

— Tu sais danser ? s'étonna-t-elle.

— Je me débrouille.

Il la rejoignit et lui prit la main, effleurant ses phalanges avec ses lèvres.

— On dirait que je viens de te proposer d'essayer les fouets, les chaînes et les combinaisons de cuir, plaisanta-t-il.

— Je… je…

Bon sang, pourquoi ne trouvait-elle pas les mots ? Elle n'était jamais à court de mots, d'habitude.

— Tu tiens à ce que notre relation reste purement physique, Keely. Je tiens à la faire évoluer

— Jusqu'à quel point ?

— Je veux que tu m'épouses et que tu portes mes enfants.

Elle parut sans doute choquée car Dare se mit à rire.

— Si tu voyais ta tête ! Je plaisantais, Killer.

Elle se renfrogna, car elle n'aimait pas qu'il l'appelle par ce surnom. Et elle se détourna rapidement, espérant cacher sa déception maintenant qu'il avait retiré son offre mariage et enfants. Se marier et fonder une famille avait toujours été le véritable désir de Keely, son rêve le plus cher.

Dare roula des épaules, l'air pensif.

— Nous ne sommes plus des gamins, Keely, et cette histoire d'ennemis amants commence à me lasser. Je veux juste voir si l'étincelle entre nous peut se transformer en feu.

Elle avait connu beaucoup d'étincelles, et quelques feux rapidement étouffés ou éteints par sa forte personnalité ou par l'incapacité de son partenaire à s'y adapter.

Non, elle ne pouvait pas accepter ce marché. Pas avec Dare.

Pas avec cet homme qui, elle en était convaincue, briserait son cœur en mille morceaux.

— Ça ne marchera pas, Dare.

Il passa le pouce sur sa lèvre inférieure, la faisant frissonner.

— Bien sûr que si, Keels. Fais-moi confiance.

Elle ne le pouvait pas ; elle avait trop à perdre. Son cœur avait déjà pris bien trop de coups. Il fallait qu'elle se protège.

Elle s'écarta de lui et s'enlaça la taille.

— Non. Je refuse ton offre.

Elle lui offrit une poignée de main.

— Ça a été un plaisir, Dare.

Il eut l'audace de sourire. Il lui serra la main puis l'attira contre lui et lui donna un baiser. Elle était sur le point de s'abandonner à son étreinte quand il recula.

— Trésor, tu veux la même chose que moi, tu es juste trop têtue et effrayée pour l'admettre. Je parie que dans moins de deux semaines, tu m'appelleras pour m'inviter à dîner.

— Je t'appellerai quand les poules auront des dents.

Il l'embrassa sur le nez, l'air toujours amusé.

— C'est toi qui paieras le dîner, et nous discuterons, Keely. Si j'estime que tu as fait suffisamment d'efforts, je te laisserai faire des folies avec mon corps.

Elle eut envie de le gifler.

— Quel mufle tu fais !

— Parce que je n'accepte plus que tu dictes les règles de notre relation ? demanda-t-il, parlant comme l'avocat impitoyable qu'il était. Parce que je veux davantage que ton corps ?

— Parce que tu me pousses à faire ce que je ne veux pas faire.

— Je t'y pousse parce que tu es plus courageuse et que tu mérites mieux que tu ne le crois, ma belle.

Il ramassa ses chaussures et lui adressa un sourire tendu.

— J'attends ton appel, dit-il.

Il se dirigea vers la porte de la chambre.

— Quand il neigera en enfer, lança-t-elle alors qu'il lui tournait le dos.

Il se retourna et afficha un sourire nonchalant et sensuel.

— Ce sera avant ou après que les poules auront des dents ? Je suis impatient de voir ces deux phénomènes se réaliser.

Argh ! Elle prit sa brosse à cheveux sur la table de chevet et la lança en direction de Dare, mais il était déjà sorti de la pièce.

Elle ne lui téléphonerait pas. Elle ne lui paierait pas à dîner, ne passerait pas des heures à lui parler. Il avait perdu la tête s'il la pensait aussi faible...

Néanmoins, l'idée de ne plus le revoir glaçait son cœur.

Mais, au moins, il n'était pas brisé.

3

Beah sentit Finn quitter le lit et, dès qu'elle entendit la porte de la salle de bains se refermer derrière lui, elle se leva et se mit en quête de ses vêtements. Ne trouvant pas sa robe ni ses dessous - ses vêtements avaient volé dans les airs dès qu'elle était entrée dans la suite luxueuse - elle enfila la chemise de Finn. Heureusement, les pans lui arrivaient aux genoux. Prenant un verre d'eau sur la table de chevet, elle laissa le liquide glisser dans sa gorge asséchée.

Elle donnerait n'importe quoi pour un café.

Elle écarta les boucles qui lui barraient le front, se souvenant que, la veille, Finn lui avait retiré ses épingles pour plonger les mains dans sa crinière incontrôlée. Elle savait que l'essentiel de son maquillage avait été effacé par les baisers et les caresses de Finn. Ses taches de rousseur étaient sans doute apparentes, lui donnant l'air d'une jeune fille et non d'une femme.

Son maquillage et ses coiffures strictes comptaient parmi les nombreux boucliers qu'elle dressait entre le monde et elle. Et elle continuerait de les dresser. Elle ne laisserait pas un homme au corps musclé et aux immenses talents sexuels s'infiltrer à nouveau dans son cœur. Elle avait fourni énormément d'efforts pour changer, pour devenir financièrement et émotionnellement indépendante. Finn lui avait appris que la seule personne à qui elle pouvait se fier était elle-même.

Elle devait lui faire comprendre qu'il ne s'agissait que de sexe. Ils avaient partagé une nuit de plaisir, mais cela n'irait pas plus loin. Entre eux, il existait une alchimie physique, pas un lien amoureux.

Quand la porte de la salle de bains s'ouvrit, Beah rassembla sa masse de boucles. Elle aurait aimé avoir des épingles ou un élastique pour les attacher mais, puisque ce n'était pas le cas, elle fit un chignon désordonné. Tout valait mieux que de ressembler à une pauvre orpheline irlandaise.

Sentant le regard de Finn sur le haut de ses cuisses, elle baissa les bras, et la chemise descendit de quelques centimètres. Elle devrait trouver quelque chose d'intelligent à dire, ou, à tout le moins, saluer Finn mais...

Bon sang, comment pouvait-on feindre le détachement lorsqu'on était face à une montagne de muscles sculptés ?

Elle laissa son regard danser sur ses abdominaux en relief, ses pectoraux recouverts par une légère toison blonde, ses bras puissants. Il était encore plus musclé que neuf ans plus tôt, ce qu'elle n'aurait pas cru possible. Il avait enroulé autour de sa taille une serviette blanche, et Beah posa les doigts sur ses lèvres pour vérifier qu'elle n'était pas en train de baver.

Reprends-toi, ma petite.

Finn n'était pas parfait ; il ne l'avait jamais été. Il était solitaire, distant et, bien que brillant, il était peu doué pour communiquer. Dans ce domaine, il avait encore beaucoup de progrès à faire...

Finn alla prendre le téléphone de la chambre. Beah fixa son dos nu, l'entendit commander du café et remercia le ciel que l'un d'eux ait le sens des priorités. Une douche, un café vite avalé, et elle filerait d'ici.

Il reposa le téléphone sur sa base et se tourna vers elle. Son regard vert d'eau, mystérieux et insondable, la figea net.

Il désigna le lit.

— C'était..., commença-t-il.

Il cherchait ses mots, ce qui ne lui ressemblait pas.

— Une expérience amusante ? Intéressante ? Une erreur ? suggéra-t-elle.

Il croisa les bras.

— Une expérience amusante et intéressante, oui. Une erreur ? Cela dépend de nous.

Finn était maître dans l'art de faire des phrases énigmatiques.

— C'est-à-dire ?

— Ce ne sera une erreur que si nous la laissons en être une. Pour moi, c'était une nuit extraordinaire, passée avec une femme que j'adorais autrefois.

Qu'il adorait, pas qu'il aimait, nota-t-elle. Elle ne devrait pas se sentir blessée, mais c'était le cas. Elle redressa les épaules, plus irritée contre elle-même que contre lui. Ils étaient divorcés depuis longtemps, pourtant il avait encore le pouvoir de la contrarier. C'était ridicule. Elle était ridicule.

— Si tu veux aller prendre une douche, je me charge de rassembler tes vêtements pendant que j'attends le *room service*, proposa-t-il.

Manifestement, il avait hâte qu'elle s'en aille. Il adorait peut-être son corps, mais il n'appréciait pas sa compagnie. Peu de chose avait changé en une décennie, à l'évidence.

Mais Beah ne laisserait pas paraître sa déception. Et elle ne verrait rien de plus dans cette nuit que des moments de plaisir partagé.

— Oui, je prendrai volontiers une douche. Et ensuite, un café rapide. Je dois repasser chez moi avant de me rendre chez Paris. Nous avons rendez-vous à 9 heures, rappela-t-elle.

— Je peux m'occuper de Paris seul, si tu veux.

Sûrement pas ! Elle essayait de faire affaire avec Cummings depuis des années et elle ne laisserait pas Finn terminer le travail à sa place. Elle serait présente à cette réunion, et elle convaincrait Paris de signer un contrat officiel avec Murphy International. Ainsi, elle ajouterait un grand collectionneur à sa liste de clients déjà impressionnante.

Tandis qu'elle se dirigeait vers la salle de bains, elle entendit le téléphone de Finn émettre un bip. Elle-même avait sans doute reçu une douzaine de mails et autant de SMS, tous provenant de clients ayant besoin de conseils pour vendre ou pour acheter.

Fermant la porte derrière elle, elle résista à l'envie de prendre son téléphone pour voir ce qu'elle avait manqué. Un quart d'heure de plus ne changerait pas grand-chose. Elle avait le droit de prendre un peu de temps pour profiter de cette douche de luxe et des lotions et crèmes à disposition.

Elle ôta la chemise de Finn puis entra dans la cabine de douche. Elle poussa un soupir de plaisir quand l'eau ruissela sur ses épaules et que la tension au bas de son dos disparut peu à peu. Elle adorait son appartement de Notting Hill, mais la pression de l'eau était épouvantable, et ses douches ressemblaient davantage à des bruines légères qu'à des averses d'été chaudes et drues. Elle pourrait rester sous ce jet éternellement.

Quand elle entendit la porte s'ouvrir, elle regarda par-dessus son épaule et vit Finn s'appuyer contre le plan de toilette, le regard fixé sur son téléphone dernier cri.

— Hé ! protesta Beah, gardant le dos tourné.

Finn lui lança un regard distrait.

— Bee, j'ai vu chaque centimètre de ton corps hier soir. C'est un peu tard pour être pudique.

Exact. Elle se retourna vers lui et remarqua son air soucieux.

— Que se passe-t-il, Finn ?

Il agita son téléphone.

— Tu te souviens de Ben ?

Bien entendu. Ben était le plus vieil ami de Finn. Sa petite amie Piper et lui avaient été les seuls invités de leur mariage à Las Vegas. Puis Ben et Piper avaient rompu et, après son divorce, Beah les avait perdus de vue. Ce qui était regrettable, car elle les appréciait tous les deux.

— J'ai perdu le contact avec eux. Toi, non, apparemment, et je m'en réjouis, dit-elle, versant une généreuse dose de gel douche dans sa main.

— Ben et moi échangeons des coups de fil tous les deux

ou trois mois. Il vit toujours à Hong Kong, où il est banquier d'investissement.

Elle attendit qu'il poursuive, consciente qu'il ne servait à rien de le presser. Finn se confierait à son rythme ou pas du tout.

Il passa la main sur sa nuque.

— Il veut me demander un service, dit-il.

Finn n'était pas le plus sociable des hommes, mais une fois qu'il se liait à quelqu'un, en général, c'était pour la vie. Il s'accrochait à ses amis, mais il l'avait laissée partir aisément, nota-t-elle.

Disparaissez, douleur et désappointement. Il n'y a pas de place pour vous dans ma tête.

— Piper et lui vont se marier. Dans six semaines.

— C'est fantastique ! Quand se sont-ils remis en couple ? Elle est à Hong Kong ?

— Ils ont renoué il y a un an, et Piper a déménagé pour s'installer chez Ben.

Ce n'étaient que des bonnes nouvelles, alors pourquoi Finn était-il dans la salle de bains avec elle ?

— Eh bien, que dit le message ?

Il regarda son écran de téléphone.

— « Nous nous marions. Besoin d'un immense service », lut-il. C'est bizarre, parce que Ben n'est pas du genre à demander des faveurs.

Elle commença à se rincer.

— Quel genre de faveur ? demanda-t-elle. Tu aurais une brosse à dents en plus ?

Finn ouvrit un tiroir et en sortit une brosse à dents encore emballée. Il posa son téléphone le temps de la déballer et d'appliquer du dentifrice sur la tête. Puis il ouvrit la porte de la cabine de douche et lui tendit la brosse.

Tout cela était très normal, très domestique, comme si c'étaient des habitudes bien ancrées. Mais rien dans cette situation n'était normal.

Beah glissa la brosse dans sa bouche et ferma le robinet.

Elle prit la serviette que Finn lui tendait et l'enroula autour d'elle. Du coin de l'œil, elle le vit taper un message et, après une minute, il reçut une réponse.

— Alors ? demanda-t-elle.

— Il veut que je lui téléphone.

Elle acheva de se brosser les dents puis défit son chignon désordonné et laissa ses boucles retomber le long de son dos. Une mèche effleura le poignet de Finn. Il l'attrapa aussitôt et l'enroula autour de son index.

— Ils sont bien plus longs qu'autrefois, lui fit-il remarquer.

— Il faut que je les fasse couper.

Elle les tressa rapidement, une autre manière de les contrôler.

— Quand tu iras chercher mes vêtements, peux-tu aussi trouver mon sac ? demanda-t-elle. Il y a un élastique dans la poche latérale.

Il hocha la tête, son regard passant de ses cheveux à sa bouche. L'espace d'un instant, Beah crut qu'il allait l'embrasser. Elle ne pouvait pas le laisser faire. Sinon, leurs serviettes se retrouveraient au sol, et ils seraient à nouveau dans le lit, ou sous la douche…

Et ils se mettraient en retard.

Leur nuit était terminée ; ils devaient tourner la page.

Parce qu'elle devait rompre le charme, elle lui donna un coup de coude.

— Oublie ça, Murphy, ta chance est passée.

— Mais je pourrais la rattraper, rétorqua-t-il, caressant son bras nu du revers de la main.

Sois forte, Bee. L'un de vous doit être raisonnable.

On frappa à la porte de la chambre, et Finn marmonna un juron.

— Je vais aller chercher le café, dit-il.

— Et mes vêtements. Et mon élastique.

Elle plaqua un sourire insouciant sur son visage, faisant comme si elle n'avait pas été à deux doigts d'arracher la serviette de Finn et de plaquer son corps encore humide contre le sien.

Elle attendit une minute, puis deux. Pourquoi Finn mettait-il autant de temps ? Quand elle fut certaine que le serveur était reparti, elle prit encore dix minutes pour s'enduire le corps de lait corporel. Puis, toujours drapée dans sa serviette, elle alla dans le salon de la suite richement décorée. Finn était assis au bord d'une chaise, les avant-bras sur les genoux, le regard rivé au sol.

Elle s'arrêta net, soudain inquiète.

— Finn ? Qu'y a-t-il ?

Il releva la tête, et la tristesse dans son regard la frappa.

— Je viens de parler à Ben. Comme il l'a dit, Piper et lui se marient aux États-Unis dans six semaines.

C'était une heureuse nouvelle, alors pourquoi Finn semblait-il si abattu ?

— Ben m'a demandé d'organiser le mariage. Piper n'a pas de famille et celle de Ben n'est pas fiable. J'ai accepté de les aider.

Beah ne comprenait toujours pas. On pouvait presque tout faire à distance, de nos jours, grâce à Internet. Mieux, Piper pourrait prendre un avion, passer une semaine à Boston et tout préparer elle-même. Bien que Beah admire la volonté de Finn d'aider ses amis, elle ne voyait pas pourquoi il acceptait d'apporter son concours alors qu'il avait tant à faire. La vente Mounton-Matthews, notamment. Finn jouait un rôle clé dans la vente aux enchères la plus attendue de cette décennie. Et puis, il y avait la réunion avec Paris Cummings, et l'authentification du tableau de Keely, qui était peut-être un Homer.

Pourquoi le mariage d'un ami figurerait-il en haut de la liste ?

— Piper veut se marier, à Boston, dans six semaines, répéta-t-il d'une voix blanche. Elle a un cancer du pancréas de stade quatre. Ben dit qu'elle a, au maximum, six mois à vivre.

Beah se laissa tomber sur le bras du fauteuil le plus proche, avec l'impression que quelqu'un venait de lui décocher un coup de poing en plein ventre. Elle plaqua la main contre sa bouche, et ses yeux s'emplirent de larmes lorsqu'elle songea que Piper, si gaie et si pleine de vie, essayait de donner un sens à son avenir.

Ou plutôt à son manque d'avenir.

Elle se mordilla la lèvre.

— Comment pouvons-nous les aider ? demanda-t-elle. Que peut-on faire ?

— Tu peux aider Piper en m'aidant à organiser un mariage dont tout le monde se souviendra dans cette vie. Et dans celle d'après.

Beah se dirigea vers le plateau de café et versa le breuvage odorant dans une tasse de porcelaine. N'ajoutant ni sucre ni crème, elle porta la tasse à ses lèvres et prit une gorgée.

Elle avait besoin de cette dose de caféine presque autant qu'elle avait besoin de sortir d'ici.

Mais elle ne pourrait pas s'en aller tant qu'elle ne serait pas habillée. Elle parcourut le salon du regard et repéra sa robe sur le sol. Elle la ramassa, la secoua puis prit une autre gorgée de café. Ensuite, elle prit son slip sur le dossier d'une chaise. Elle irait dans la salle de bains pour finir de s'habiller, puis elle partirait.

C'était un plan efficace, et raisonnable. Si elle s'en allait maintenant, elle pourrait avoir une heure ou deux devant elle, pour prendre du recul, et essayer d'analyser ce qui s'était passé hier soir.

— Qu'est-ce que tu fais ? demanda Finn.

Elle l'observa. Il était pâle et semblait encore sous le choc. Découvrir qu'une vieille amie avait très peu de temps à vivre était terrible, et Beah savait que Finn avait besoin de temps pour se faire à cette idée. Quand elle avait appris que sa mère était condamnée, elle s'était effondrée.

Elle compatissait ; c'était une nouvelle horrible, et très triste. Finn étant autonome et distant, elle supposait qu'il préférait être seul.

Elle brandit sa robe.

— Je m'habille et ensuite je m'en vais, répondit-elle.

— Mais il faut qu'on discute du mariage de Ben et Piper.

Elle ouvrit de grands yeux. Certes, il avait lancé l'idée qu'elle l'aide à organiser la noce, mais elle avait cru qu'il avait dit cela sur le moment, sans réfléchir. Pas un instant, elle n'avait cru qu'il était sérieux. Et elle le lui expliqua.

— Je dis rarement des choses que je ne pense pas, Beah, répondit-il, se levant pour se servir une tasse de café.

— Écoute, je suis vraiment triste pour Piper et pour Ben. Je sais à quel point c'est terrible.

Elle passa les mains sur son visage, tentant de repousser les souvenirs de sa mère amaigrie et livide.

— Mais, Finn, je n'ai eu aucun contact avec eux depuis neuf ans. Je n'ai vu Piper que quelques fois après Las Vegas. Je ne la connais pas.

— Mais tu sais organiser un mariage. Tu l'as déjà fait.

— De quoi parles-tu ?

— Tu as organisé le mariage de Nell.

Nell… Elle n'avait pas repensé à elle depuis des années. Elles avaient été stagiaires ensemble chez Murphy International, et Beah l'avait aidée à préparer la réception de son mariage. Elle secoua la tête, impressionnée par la mémoire infaillible de Finn.

— Je n'en reviens pas que tu t'en souviennes !

— Je me souviens de tout, dit-il, soutenant son regard. Écoute, je suis doué pour beaucoup de choses, mais les mariages… Ce n'est pas mon point fort. Ben est mon meilleur ami, et il traverse un enfer, alors, tu veux bien m'aider ?

Elle se mordilla la lèvre, retenant le « non » qui voulait s'échapper de ses lèvres. Elle n'avait pas de temps à consacrer à un mariage. Elle avait des clients à voir, des voyages à effectuer. Rien qu'aujourd'hui elle devait voir Paris Cummings, puis déjeuner avec un autre client au Ritz. Et une princesse koweïtienne l'avait invitée à un spectacle sur West End.

Et, pour être franche, elle avait une autre raison pour refuser d'aider Finn : elle ne pouvait pas se permettre de passer plus de temps avec lui. Car, en sa présence, elle se sentait vulnérable.

Elle avait travaillé très dur pour créer la vie qu'elle souhaitait, or Finn la poussait à reconsidérer ses choix.

Des questions bien trop familières tournaient en ce moment même dans sa tête. Et si elle s'était battue pour garder Finn, pour faire fonctionner leur mariage ? Et s'ils avaient consulté un conseiller conjugal ? Si elle lui avait laissé plus d'espace, si elle avait été un peu moins exigeante ?

Mais elle n'était pas la seule responsable de l'échec de leur union. Et si Finn avait été plus communicatif, plus compréhensif ? S'il l'avait fait passer avant son travail ou son besoin de solitude, seraient-ils encore ensemble aujourd'hui ?

Elle remit ses cheveux en arrière. Les souvenirs de leurs nuits d'amour étaient fantastiques, mais les autres souvenirs, beaucoup moins.

Leur mariage était fini, c'était un fait. La nuit qu'ils venaient de passer ensemble, aussi merveilleuse avait-elle été, était terminée. Ils devaient redevenir des collaborateurs, qui communiquaient par mail.

Elle avait le droit de dire non à la requête de Finn, de ne pas s'impliquer. Cela ne faisait pas d'elle un monstre. Elle essayait juste de se protéger.

— Je n'ai pas le temps, répondit-elle. Et puis, je vis ici, à Londres, pas à Boston. Même si j'acceptais de t'aider, je ne peux pas faire grand-chose d'ici.

C'était la vérité, mais pas toute la vérité. Seulement, Finn n'avait pas besoin de le savoir.

Il prit une grande gorgée de café, puis une autre.

— Nous savons tous les deux que tu pourrais te réinstaller à Boston pendant quelques semaines, si tu le voulais, argua-t-il.

— Mais je ne le veux pas, Finn. Mes clients sont ici. Mon travail est ici.

Je ne peux pas passer plus de temps avec toi, Finn. Je ne peux pas prendre un tel risque.

— Mais je ne connais rien à l'organisation d'un mariage ! s'exclama-t-il.

— Tu as bien réservé deux billets pour que nous allions à Las Vegas, non ?

Presque dix ans et un divorce plus tard, elle se sentait encore flouée, parce qu'elle n'avait pas eu de belle robe de mariée, ni la sensation d'être une princesse. Ce voyage à Las Vegas avait été une décision de dernière minute. Et leur mariage, un coup de tête, une décision impulsive prise par deux jeunes gens inconscients. Elle avait acheté une robe de soirée dans la boutique de l'hôtel et volé quelques roses dans le jardin de la chapelle pour confectionner son bouquet. C'était peut-être pour cela qu'elle avait accepté d'aider Nell par la suite.

Finn reposa sa tasse sur le plateau d'argent.

— Quand es-tu devenue si têtue ? demanda-t-il, contrarié.

Elle prit une grande inspiration, espérant que cela l'aiderait à être patiente.

— J'ai appris à dire non quand j'ai divorcé de toi, Finn. J'ai appris à faire ce qui était bon pour moi, à ne pas me laisser diriger, à ne pas me plier en quatre pour faire plaisir aux gens. Je me sens triste pour Piper, je t'assure. Mais je ne t'aiderai pas à organiser son mariage.

Elle ne le pouvait pas, car Finn lui faisait éprouver des sentiments. Il lui faisait aussi perdre le contrôle, or il fallait qu'elle se ressaisisse.

Elle devait rentrer chez elle, et ils devaient continuer à s'ignorer comme ils le faisaient depuis neuf ans. C'était la seule solution.

Elle retourna dans la chambre immense et jeta ses vêtements sur le lit confortable.

Laissant tomber sa serviette, elle enfila son slip et ravala des larmes traîtresses.

Elle repassa la conversation dans sa tête, pour être certaine d'avoir fait le bon choix. Oui, elle était occupée, surmenée. Elle avait une série de ventes à préparer avec ses clients, à commencer par la très grosse vente Mounton-Matthews au début du printemps. Elle avait aussi des rendez-vous prévus avec son avocat, son comptable, et quand elle aurait repris ses esprits, elle rencontrerait Michael pour discuter de son incroyable proposition.

Elle regarda la porte close et se mordilla la lèvre, tentant d'étouffer sa culpabilité pour avoir dit non à Finn, pour faire faux bond à Piper et, tant qu'elle y était, pour vouloir quitter son poste chez Murphy International.

Ce n'était pas une défection. Elle avait le droit de rejoindre une autre entreprise, de restructurer sa vie professionnelle. Elle avait été mariée à un Murphy, mais elle n'était pas un membre de la famille. Elle n'avait pas à rester avec les Murphy jusqu'à ce que la mort les sépare.

Il lui avait fallu beaucoup de temps pour accepter le fait qu'elle avait le droit de rechercher de nouvelles opportunités, un nouveau défi, et de penser à sa carrière. Les hommes le faisaient sans problème.

Elle avait le droit de penser d'abord à elle, de se protéger. Alors, si tel était le cas, pourquoi luttait-elle non seulement contre ses larmes mais aussi contre l'envie de courir retrouver Finn pour lui dire qu'elle l'aiderait à organiser un mariage inoubliable bien que précipité ?

Beah avait rapidement regagné son appartement de Notting Hill. Après s'être changée, elle se servit son deuxième café de la matinée et alla dans son salon baigné de soleil. Elle adorait son appartement. Il était coloré, confortable, et c'était le seul endroit où elle pouvait pleinement se relaxer.

Elle regarda en souriant une photo de sa mère et elle, sur le manteau de cheminée. Le cliché avait été pris peu avant l'annonce de la maladie. Deux semaines plus tard, leur vie avait été bouleversée à jamais.

Elle soupira en songeant que la vie de Ben et Piper aussi était bouleversée. Elle se demandait comment ils composaient avec la terrible réalité.

Beah n'avait pas de regrets concernant la mort de sa mère… Non, c'était faux. Bien sûr, elle regrettait que sa mère soit décédée ; elle ressentait son absence encore chaque jour, mais elle n'avait pas de remords ni de regrets concernant sa fin de vie. N'ayant que dix-neuf ans à l'époque, elle avait arrêté ses études pendant un semestre afin de prendre soin de sa mère, et si c'était à refaire, elle le referait sans l'ombre d'une hésitation. Durant les derniers mois, elles s'étaient donné beaucoup d'amour.

Sa mère et elle avaient toujours formé une équipe, et bien qu'elles aient eu leurs différends - quel duo mère et fille ne connaissait pas de disputes ? - elles avaient toujours fait preuve d'honnêteté l'une envers l'autre. Quand le père de Beah était parti, elles s'étaient soutenues, toutes deux blessées et stupéfiées par cet abandon.

Elles s'étaient réconfortées mutuellement, chacune étant un roc pour l'autre. Jusqu'à ce que sa mère soit plongée dans le coma, elles avaient ri et pleuré ensemble. Elles avaient créé des souvenirs heureux, à leur manière, et s'étaient dit au revoir. À l'époque, en regardant sa mère s'en aller, Beah avait compris que la vie devait être vécue pleinement, chaque seconde de chaque jour.

C'était pourquoi elle avait sauté à pieds joints dans son histoire d'amour avec Finn. Elle avait emménagé avec lui dès qu'il le lui avait proposé et l'avait épousé à Las Vegas. Pour ne pas laisser passer la moindre seconde de bonheur.

Néanmoins, quelque part entre son divorce et aujourd'hui, elle avait perdu cette volonté de prendre des risques, de se lancer dans de nouvelles aventures. Elle avait eu le cœur meurtri lorsque son mariage s'était effondré, et sa tentative avortée de renouer avec son père après avoir signé les papiers du divorce n'avait rien arrangé. Depuis, elle éprouvait le besoin de se protéger à tout prix.

Elle sursauta quand son téléphone sonna. Elle prit l'appareil et sourit en voyant le numéro affiché sur l'écran.

— Comment se fait-il que tu sois encore debout ? demanda-t-elle à Keely, calculant machinalement le décalage horaire. Tu viens de chasser un amant de ton lit et de le renvoyer chez lui ?

— En gros, oui.

— C'est vrai ! Qui est-ce ?

— C'est une longue histoire, répondit Keely d'un ton détaché.

Ce qui signifiait qu'elle n'était pas prête à en parler, devina Beah.

— Tu ne m'as pas envoyé de message pour me dire comment s'était passé ton dîner. Finn et toi avez résisté à l'envie de vous entre-tuer ?

— Nous nous sommes bien tenus, jusqu'à ce qu'il me déshabille.

Il fallut un instant à Keely pour comprendre.

— J'espère que ça n'est pas arrivé quand vous étiez encore à table, commenta-t-elle d'un ton placide. Donc, tu as couché avec lui ?

— Non, coucher est un mot un peu faible. Disons plutôt que nous avons partagé des ébats époustouflants, répondit Beah, sans parvenir à masquer l'amertume dans sa voix.

— Je ne sais pas quoi dire, ni comment réagir, avoua Keely.

— Nous sommes deux.

Beah prit une grande inspiration puis raconta tout à son amie. Comment Finn lui avait demandé de l'aider à organiser le mariage, ce qu'elle ressentait concernant la maladie de Piper, le flot des souvenirs et les vieilles blessures qui se rouvraient.

— Et parce que je suis masochiste, je me suis même souvenue que mon père n'était pas ravi de me voir quand je suis revenue à Londres après mon divorce, ajouta-t-elle d'une voix émue.

Durant cette conversation gênante avec son père, elle avait appris qu'il avait quitté le foyer conjugal pour aller vivre chez sa maîtresse. Sur le manteau de cheminée, elle avait vu une photo de sa belle-mère et de son père le jour de leur mariage qui avait eu lieu quatre jours après l'enterrement de sa mère.

Pendant que Beah soignait sa mère malade, son père avait

reconstitué une famille heureuse avec sa maîtresse et la fille de celle-ci, une enfant de six ans qui l'appelait papa.

Beah avait senti que quelque chose était mort en elle ce jour-là. Peut-être était-ce sa naïveté, sa croyance innée que les gens étaient pour la plupart bons, que l'amour était censé rendre heureux, que les hommes qu'elle aimait l'aimaient en retour.

Mais ces horribles années lui avaient appris à être forte, indépendante, à ne se fier à personne. Les gens, surtout ceux qui étaient censés vous aimer le plus, finissaient toujours par vous abandonner.

— Je n'arrête pas de penser qu'à Hong Kong deux amoureux arrivent à la fin de leur histoire, qu'une vie approche de son terme, dit-elle, essuyant les larmes qui coulaient sur son visage. J'ai peur de passer du temps avec Finn, Keels, car il me déstabilise. Mais j'ai de la peine pour Ben. Car je sais ce que c'est que de voir quelqu'un que l'on aime s'éteindre peu à peu. Il va osciller entre l'espoir et le désespoir, essayer d'être fort et de rester fort…

— Oh ! trésor !

— Et Piper veut un beau mariage, une célébration de leur amour, de merveilleux souvenirs auxquels s'accrocher. Moi-même, je suis en bonne santé et j'aimerais avoir ce genre de souvenirs ! J'aurais aimé que Finn et moi ayons notre jour parfait.

Piper et Ben avaient besoin de moments de bonheur auxquels ils pourraient se raccrocher quand la maladie progresserait. Et Beah avait refusé de les aider à cause de… Oui, sa réticence à s'impliquer avait tout à voir avec Finn.

Elle ratissa le sable blanc de son petit jardin de méditation posé sur la table basse. Elle avait cru que ses ébats avec Finn seraient juste des moments de plaisir. Mais ils avaient été bien davantage…

Ces instants avaient été à la fois doux et torrides, familiers et surprenants. Et cela, c'était parce que Finn et elle partageaient un lien, qu'ils se connaissaient bien.

Beah ne pouvait pas se permettre d'avoir une relation sérieuse avec Finn Murphy. Dieu merci, elle vivait à Londres. Si elle vivait à New York ou n'importe où sur la côte est américaine, elle devrait voir Finn plus souvent, ce qui augmenterait la probabilité qu'elle se retrouve dans son lit. Et qu'elle retombe amoureuse de lui, ce qui serait une situation intenable.

— Je suis faible et Finn est séduisant, Keely. Je ne veux pas retomber amoureuse de lui.

— Et tu crois que ça arrivera si tu l'aides à organiser ce mariage ? Comment ça pourrait arriver ? Je te rappelle qu'il retourne à Boston et que, hélas, tu restes à Londres. Si tu proposais de l'assister, tu échangerais quelques mails et quelques coups de fil ?

— Oui, des appels brefs, et des mails encore plus brefs. Je serais tout à fait professionnelle.

— Alors où est le problème, et en quoi cela serait-il différent de ce que tu as fait ces neuf dernières années ?

En rien, effectivement.

— Tu te trouves des excuses, Jenkinson. Tu veux aider Ben et Piper, oui ou non ? reprit Keely avec sa franchise habituelle.

— Je ne crois pas que je pourrais me regarder dans une glace si je ne le faisais pas.

— Bien parlé ! Ma mission est terminée. Je t'adore, *bye*.

Décontenancée par cet au revoir abrupt, Beah secoua la tête et posa le téléphone sur la table basse. Oui, elle voulait que Piper ait le mariage qu'elle-même n'avait pas eu, qu'elle vive une journée parfaite, merveilleuse, pleine d'amour.

Et, en vérité, Finn aurait besoin d'aide pour choisir les menus, les fleurs, décider des étapes de la cérémonie. Comment un homme qui avait trouvé génial d'être marié par un sosie d'Elvis Presley dans une chapelle clinquante pourrait-il organiser une noce digne de ce nom ?

Beah ravala sa rancœur, se rappelant qu'elle avait été sacrément heureuse de se marier, malgré tout. Car elle avait eu peur que Finn change d'avis au dernier moment. Elle avait accepté tout ce qu'il voulait, afin qu'il glisse une alliance à son doigt.

Néanmoins, en secret, elle avait rêvé de marcher jusqu'à l'autel dans une robe superbe, en tenant un bouquet de roses et de lis, et d'échanger des vœux avec Finn devant leur famille, leurs amis, et un vrai prêtre.

Malheureusement, elle n'avait pas eu la chance de vivre un mariage de conte de fées. Elle ne voulait pas que Piper manque cette chance. Beah ne pouvait pas faire grand-chose depuis Londres, mais elle pouvait découvrir ce que Piper souhaitait exactement et transmettre ses requêtes à Finn. Si elle lui donnait des instructions détaillées, il ne pourrait pas se tromper. Elle l'espérait, en tout cas.

Elle prit son ordinateur portable et tapa le nom de Ben dans ses comptes de réseaux sociaux. Par le biais d'amis communs, elle découvrit où il travaillait et, après quelques minutes, elle obtint les coordonnées de Piper.

Les réseaux sociaux étaient fantastiques.

Une heure plus tard, elle termina sa conversation téléphonique avec Piper qui l'avait chaleureusement remerciée d'accepter de les aider. Comme elle, Piper doutait de la capacité de Finn et de Ben à organiser un mariage romantique. Les hommes qui ne comprenaient pas l'importance de lancer des fleurs fraîches ne devraient pas se charger des mariages, avait-elle argué.

Deux minutes après que Beah eut raccroché, son téléphone émit un bip. C'était un message de Ronan.

La vente Mounton-Matthews approche, et Carrick et moi pensons qu'il vaut mieux que tu viennes à Boston pour les huit prochaines semaines. On a besoin de toi ici. Au plus vite.

Beah fixa son téléphone, la peur lui nouant la gorge. L'adage se vérifiait : aucune bonne action ne restait impunie.

Finn sortit du taxi et observa la maison ancienne et splendide de Paris Cummings. Géorgienne, peut-être ? Comme il l'avait précisé durant le dîner la veille, Paris avait vue sur la cathédrale Saint-Paul, et on pouvait presque se rendre de chez lui à Hyde Park en marchant. Finn passa les mains dans ses cheveux et roula des épaules pour évacuer la tension puis consulta sa Rolex ancienne. Sa montre avait appartenu à son grand-père et, soixante ans plus tard, elle donnait toujours l'heure exacte.

Il avait dix minutes d'avance, constata-t-il. Il emploierait ce temps à rappeler Ben, qui avait dû écourter leur conversation pour assister à une réunion. Il passa l'appel et s'appuya contre la clôture métallique qui entourait la propriété.

Le visage de Ben apparut sur son écran. Finn expliqua à son ami qu'il ne savait pas quoi dire, ni comment le réconforter. Ben lui sourit avec bienveillance puis prit la parole.

— Elle va vaincre cette maladie, dit-il, essayant de prendre un ton enjoué. Je refuse d'accepter l'idée que le sort m'arrache Piper alors qu'elle vient de revenir dans ma vie.

Finn hocha la tête. Mais d'après ses recherches sur Internet, il savait que les chances de Piper de vaincre son cancer du pancréas étaient minces. Presque inexistantes.

— Piper voulait que je te remercie d'avoir accepté d'organiser le mariage. Elle aura fini la chimiothérapie et la radiothérapie d'ici là, et j'espère qu'elle sera assez en forme pour pouvoir profiter de cette journée. Nous prendrons l'avion quelques jours avant la cérémonie.

Son camarade tapota son écran avec l'extrémité de son stylo.

— Merci de nous aider, Finn. Piper n'a pas de famille, et comme tu le sais, je ne peux pas compter sur la mienne pour faire ce qu'il faut.

Finn acquiesça d'un signe de tête. Il savait que la vie familiale de Ben avait été chaotique. Ses parents avaient alterné entre richesse et pauvreté et, étant donné leur situation financière en dents de scie, Ben avait passé beaucoup de temps dans la maison de Finn, à Beacon Hill.

— Tu peux m'envoyer une liste des souhaits de Piper ?

demanda Finn. Tu sais si elle a des idées sur les fleurs ou le menu ? La musique ? Vous voulez un orchestre ?

Ben hésita.

— Puisque Piper est fragile, nous devrions peut-être nous contenter d'une petite cérémonie. Et parce qu'elle se fatigue facilement, quelque chose de pas trop long ?

Ce serait bien plus facile si Beah avait accepté de l'aider, songea Finn. Elle avait fait un travail formidable pour organiser le mariage de Nell, alors que cette dernière et son fiancé n'avaient pas beaucoup d'argent. Elle s'était beaucoup investie, presque comme s'il s'agissait de son propre mariage.

Était-ce parce que Beah et lui s'étaient mariés à Las Vegas ? Après qu'il lui avait assuré, désinvolte, qu'ils n'avaient pas besoin d'un grand mariage ?

Il n'avait pas souhaité de cérémonie à l'église ni de grande réception. Beah avait-elle partagé sa vision des choses, ou avait-elle rêvé en secret d'un mariage de conte de fées ? C'était drôle, il se rappelait les détails du mariage de Nell, mais pas la réaction de Beah concernant leur propre union.

Mémoire sélective, Murphy ?

Et pourquoi cela le tracassait-il maintenant ? Beah et lui avaient eu un mariage agréable, avec Piper et Ben comme témoins, et avaient passé un week-end génial à Las Vegas. Et leur mariage, comme Beah le lui avait froidement rappelé tout à l'heure, était terminé.

— Je songe à engager une organisatrice de mariages pour m'aider à tout préparer, dit-il.

— J'ai essayé d'en engager une, pensant que ce serait la solution la plus logique, répondit Ben. Mais toutes celles que j'ai contactées sont débordées. Apparemment, le printemps est la saison la plus chargée, et personne n'a le temps ou l'envie d'organiser un mariage précipité. Étant à Hong Kong depuis longtemps, je n'ai plus de contacts à Boston ni aucune relation à faire jouer.

Les Murphy étant la famille la plus célèbre de la ville, Finn avait un immense réseau de relations. Mais il savait aussi que Sadie, la fiancée de Carrick, avait décidé de reporter leur mariage car la plupart des couples se mariaient en mai ou en juin.

— Je sais que je t'en demande beaucoup, Finn, mais j'ai les mains liées. Nous ne pouvons pas quitter Hong Kong pour l'instant. Piper a encore des traitements, et je dois être auprès d'elle.

L'angoisse de Ben transparaissait dans son regard vide.

Finn se débrouillerait. Il ne laisserait pas tomber ses amis. Il n'arriverait peut-être pas à trouver une organisatrice de mariage, mais il restait Beah.

Ben et Piper avaient besoin d'elle, et Finn n'hésiterait pas à faire jouer sa corde sensible pour la convaincre. Beah et lui étaient adultes ; ils pouvaient se comporter comme tels, et mettre de côté leur passé et leur attirance.

— Envoie-moi toutes vos idées, dit-il. Et, Ben… je suis désolé. C'est vraiment terrible, ce qui vous arrive.

Son ami afficha un petit sourire triste.

— Oui, en effet.

Finn raccrocha et poussa le portail de fer forgé. Beah était-elle déjà arrivée ? Tout serait plus facile si elle avait dit oui d'emblée. La Beah de son souvenir, celle qu'il avait épousée, aurait tout suite accepté de l'aider, et aurait été ravie de lui faire plaisir. À l'époque, elle faisait tout ce qu'il disait.

Il marmonna un juron. Bon sang, il avait été un tel goujat !

Aujourd'hui, Beah était sûre d'elle, et très indépendante. Et cela ne la rendait que plus fascinante.

Finn n'avait pas le temps d'être fasciné par une femme. Encore moins quand la femme en question était son ex-épouse.

4

Dare Seymour relut le mail affiché sur son ordinateur et se dit que son client n'avait rien dans la tête. Il était 20 heures passées, bien trop tard pour s'occuper de cet individu qui essayait de contourner la loi. La patience de Dare s'était évaporée depuis des heures.

Cher Monsieur,

Vous vous comportez en crétin. De telles actions vous conduiront droit en prison, et vous aurez un compagnon de cellule nommé…

Il proféra un juron puis effaça son début de réponse et ferma sa messagerie. Il s'occuperait de son idiot de client le lendemain matin, lorsqu'il saurait faire preuve de plus de tact. Quand il se sentait aussi irrité et frustré, cela signifiait qu'il était temps de quitter son bureau. En général, un bon dîner, une séance de sport ou des ébats sexuels exceptionnels suffisaient pour qu'il retrouve son calme.

Il pourrait aisément dîner ou faire du sport. Et il trouverait sans doute une partenaire d'un soir s'il allait dans un bar. Le problème, c'était qu'il n'avait pas envie de coucher avec une inconnue. Il ne voulait que Keely.

Aussi agaçante, exaspérante et obstinée soit-elle.

Il observa son téléphone d'un œil noir. Il n'avait pas eu de nouvelles de Keely depuis des jours et mourait d'envie de l'appeler. Il pourrait être dans sa voiture dans dix minutes. Et nu dans le lit de Keely dans moins de quarante minutes.

Après quelques séances de sexe inoubliable, ils reviendraient à la case départ… Ce qui n'était pas un problème, puisqu'il adorait le sexe et qu'il était plutôt doué dans ce domaine. Simplement, cela ne lui suffisait plus. Pour la première fois de sa vie, il désirait quelque chose de plus profond, de plus tangible qu'une simple liaison charnelle. Avec Keely, il souhaitait une vraie relation.

Mais la jolie blonde aux yeux noisette était plus têtue que dix mules.

Eh bien, lui aussi pouvait avoir la tête dure, et il ne céderait pas. Keely devait comprendre qu'il était le seul être dans sa vie qui ne ploierait pas sous le poids de sa personnalité, qui n'était pas intimidé par son côté autoritaire, qui était de taille face à elle. Elle était déterminée et entêtée, mais lui aussi.

Il voulait davantage d'elle, d'eux. En quoi consistait ce « davantage », il ne le savait pas exactement, mais cela impliquait certainement une sorte d'engagement sentimental. Et il parviendrait à ses fins.

Aucun doute là-dessus.

Il se leva et s'étira. Tandis qu'il refermait son ordinateur portable et le glissait dans sa sacoche, il se demanda si l'un de ses frères ou de ses associés serait partant pour une séance de boxe et un dîner. Il n'avait pas envie de passer la soirée seul.

Alors qu'il prenait son téléphone afin d'envoyer un message sur son groupe de discussion, il entendit quelqu'un frapper doucement à sa porte. Il lança un regard par-dessus son épaule. Keely… Ses longs cheveux blonds tombaient en cascade sur ses épaules, et elle avait un air malicieux.

Eh bien, eh bien… Que lui valait le plaisir de cette visite ?

Quand Keely avança vers lui, Dare le vit dans ses yeux, dans la rougeur sur ses joues. Un désir brûlant.

Oh ! oui, elle avait envie de lui autant qu'il avait envie d'elle. C'était bon à savoir.

Prenant un air impassible, il se percha sur son bureau,

serrant le bord des deux mains. Il fallait qu'il s'accroche à quelque chose, sinon, ce serait Keely qu'il saisirait, et ce bureau serait témoin de choses qui n'avaient rien à voir avec le droit.

— Keely, je ne m'attendais pas à te voir.

Elle avança jusqu'à lui, se plaça entre ses jambes et agrippa sa cravate desserrée pour l'attirer vers elle. Il se laissa faire, car il avait envie de goûter ses lèvres.

— Bonsoir, beau brun.

Il sourit, amusé par son entreprise de séduction. Elle posa les lèvres sur les siennes et suivit le tracé de sa bouche avec sa langue. S'ils commençaient à s'embrasser, à vraiment s'embrasser, il ignorait s'il pourrait lui résister. Or, il devait résister. Il fallait qu'il garde la main.

Au prix d'un effort, il serra les lèvres.

Keely recula. Elle semblait agacée, mais aussi déterminée.

— Cesse de te faire désirer, Wilfred.

C'était drôle, il adorait entendre son prénom de naissance démodé dans sa bouche. Personne ne l'appelait Wilfred. Il était Dare depuis l'enfance mais, quand Keely l'appelait ainsi, cela ressemblait à un terme affectueux. Parfois, cela sonnait aussi comme un juron, mais il préférait ignorer ces moments.

— Je ne suis pas un homme facile, Killer. Tu connais mes conditions...

— La ferme.

Elle posa la main contre son torse et renouvela son assaut sensuel. Il ne la toucherait pas, décida-t-il. Mais sa résolution fut mise à mal quand Keely promena sa main sur ses pectoraux, son ventre, et qu'elle s'arrêta à la proéminence dans son pantalon.

Elle se mit à le caresser, et il serra les dents. Puis elle baissa la fermeture Éclair de son pantalon et tira sur son caleçon pour poser ses doigts chauds et avides sur son sexe en érection. Bon sang, c'était si bon !

— Tu n'as pas envie de ça, Dare ? Tu n'as pas envie de moi ? demanda-t-elle, ponctuant ses mots de petits baisers le long de sa mâchoire.

Bien sûr que si, il avait envie d'elle. Il était un homme, pas une machine.

Keely défit le crochet de son pantalon, puis reprit ses caresses, l'enveloppant de ses deux mains.

Elle le mettait au supplice.

Lorsqu'elle passa le pouce sur le sommet de son sexe, il sentit la sueur perler sur son front.

— J'ai vérifié, les autres bureaux sont vides, dit-elle. Il n'y a plus que toi.

Ce n'était pas inhabituel. Il était souvent le dernier à partir.

— Ça veut dire que nous pouvons faire l'amour ici, ajouta-t-elle. Personne ne viendra nous déranger. J'aime l'idée que tu te souviennes de ce que tu m'as fait quand tu recevras des clients dans ton bureau.

Et si cela se produisait, il serait un avocat bien moins efficace, car son QI baisserait de quinze points.

Il faillit pousser un cri de protestation quand Keely le relâcha. Elle retira son manteau puis, en souriant, se mit déboutonner lentement son chemisier. Sous l'étoffe de soie noire, Dare vit apparaître un soutien-gorge vert émeraude. En dentelle, transparent et sexy.

Keely ne jouait pas à la loyale, se dit-il. Et ça ne l'étonnait guère de sa part.

Mais s'il ne mettait pas un frein à ses ardeurs maintenant, il était fichu. Keely gagnerait leur bras de fer.

Elle lui prit la main et la posa sur son sein. Il ne put s'empêcher de le masser, passant le pouce sur son téton très réactif. Elle avait une poitrine de rêve, généreuse, haute et délicieusement tendre. Il savait qu'il pourrait la faire jouir rien qu'en taquinant ses seins…

Reprends-toi, Seymour, et mets un terme à ce petit jeu. Maintenant, tant que tu le peux encore.

Il la relâcha puis fourra les mains dans ses poches. Son geste fit descendre son pantalon sur ses hanches. Marmonnant un juron, il remonta rapidement la fermeture à glissière et grimaça quand le tissu se referma sur son sexe engorgé.

C'était très inconfortable.

— Et maintenant ? demanda Keely, déroutée.

Sois fort, Seymour. Tu es un adulte ; tu es capable de dire non au sexe.

— Maintenant, tu m'emmènes dîner, nous buvons du vin, et nous discutons. Après cela, selon l'évolution de la soirée, nous pourrons coucher ensemble, ou pas.

Il fallut une bonne minute pour que Keely enregistre ses paroles. S'il n'avait pas été en train de lutter contre son désir de prendre possession d'elle contre le mur, sur le sol ou sur le bureau, il aurait pu s'esclaffer. Il n'avait jamais vu Keely désarçonnée et muette. Il prit un instant pour savourer ce moment rare.

— Je… Tu…

Elle bredouillait maintenant ? De mieux en mieux. Dare s'écarta d'elle - encore une fois, il était un homme et non une machine - et risqua un petit sourire.

— Ça ne te ressemble pas de balbutier, Keely. En temps normal, tu as une meilleure élocution.

Il vit la vague de fureur, rouge et brûlante, monter de sa gorge jusqu'à ses joues.

— Tu me repousses, Dare ? À quoi est-ce que tu joues ? s'exclama-t-elle, plantant les mains sur ses jolies hanches féminines.

Tu pourrais tenir ces hanches, te glisser en elle…

Je ne fais que différer le plaisir.

Mais si tu ne gagnais pas, en fin de compte ?

— Je ne joue à rien, Keely. Je m'en tiens à l'accord que nous avons passé. Si tu veux coucher avec moi, tu vas devoir sortir avec moi.

— Je ne veux pas sortir avec toi ! Ni avec personne !

— Pourquoi ?

— Parce que ça ne marche jamais !

Elle remit ses cheveux en arrière.

— Pourquoi ne peut-on pas s'en tenir à une simple aventure ? demanda-t-elle. Quel est le problème chez toi ?

Il haussa une épaule. Keely semblait effrayée… Par quoi ? Elle semblait si vulnérable à cet instant…

— De quoi as-tu peur, Keels ? De t'engager ? D'être aimée ?

Elle émit un grondement rauque.

— Cette conversation ne rime à rien. Tu ne veux pas de vraie relation avec moi, Dare, pas vraiment.

— Comment le sais-tu ?

— Je ne veux pas de relation !

— Encore une fois, pourquoi ? Parce que tu as peur ? De quoi ? De souffrir ? C'est un risque à courir, Keels.

Elle reprit son manteau d'un geste rageur. Sans prendre la peine de refermer son chemisier, elle enfila le vêtement, en marmonnant que les hommes étaient stupides, qu'elle avait été bête de venir ici, qu'elle trouverait ce dont elle avait besoin ailleurs. Dare savait qu'elle n'en ferait rien.

Car elle ne voulait pas coucher avec quelqu'un. Elle voulait coucher avec lui. Et bien qu'elle soit furieuse, il savait qu'elle était intriguée par cette possibilité d'avoir « davantage ». Elle était juste trop têtue pour se jeter à l'eau.

Mais elle finirait par le faire.

Parce qu'il pouvait être encore plus têtu qu'elle. Ce ne serait pas facile, mais Keely en valait la peine.

Elle empoigna son sac et l'accrocha à son épaule. On aurait dit une guerrière en furie. Conscient qu'il risquait une gifle ou un coup de pied dans les mollets, il approcha et, parce qu'il voulait être le seul à voir ses seins splendides dans ce soutien-gorge si sexy, il boutonna son chemisier.

Quand il eut fini, il afficha un petit sourire.

— Tu es sûre que je ne peux pas te faire changer d'avis ? Je meurs de faim et j'ai très envie d'une pizza.

Il savait que les pizzas du restaurant italien au coin de la rue étaient son point faible. Comme il l'avait prévu, Keely l'observa d'un air soupçonneux.

— Tu essaies de me soudoyer ?

— Ça fonctionne ?

En guise de réponse, elle planta le talon pointu de sa bottine dans son gros orteil. Il fallut à Dare toute sa volonté pour ne pas réagir. Il ne lui donnerait pas cette satisfaction. Quand elle retira son pied, il se força à sourire.

— C'est un non ? demanda-t-il.

— C'est un immense non ! siffla-t-elle avant de faire volte-face. Tu me le paieras, Seymour.

— De quelle manière ?

Elle se retourna vers lui, le regard noir, et il sentit sa bouche s'assécher.

— Je ne sais pas, mais tu me le paieras.

Une vague d'excitation monta en lui, et il sourit.

— Il me tarde, Keely.

Il saisit sa veste, s'efforçant de paraître calme bien que son orteil pulse de douleur.

— Tu ne veux pas de pizza, tu en es sûre ?

Elle leva les mains, les laissa retomber puis sortit en trombe de son bureau.

Oui, Keely était la femme que son cœur désirait. La vie serait bien plus intéressante avec elle.

Et elle partagerait sa vie. C'était certain.

La haute porte de Mounton House s'ouvrit, et Beah sourit quand son amie la serra chaleureusement dans ses bras. Beah ne pouvait pas l'étreindre en retour car elle tenait dans une main une bouteille de champagne - Moët, cadeau de sa princesse koweïtienne - et dans l'autre, des chocolats belges, présents d'un autre client.

Keely finit par la relâcher et la fit entrer dans le grand vestibule.

— Enfin, tu es de retour à Boston !

Beah posa la bouteille de champagne et les chocolats sur la console - XVIIIe siècle, française - et laissa tomber son sac fourre-tout sur le sol.

— C'est temporaire, Keels. Je retourne à Londres à la fin du mois de mai. Merci de m'héberger.

— Je n'allais tout de même pas te laisser séjourner ailleurs ! Et ce n'est pas la place qui manque. D'autant que l'équipe du film a quitté les lieux.

Beah se souvint que Keely et sa sœur adoptive Joa, par ailleurs fiancée avec Ronan Murphy, avaient récemment loué leur maison des années 1900 - quinze chambres, plusieurs salons, deux bibliothèques, deux salles à manger, une salle de bal, une salle de projection et des quartiers pour le personnel - à un réalisateur qui tournait un film d'horreur.

— Tu n'as pas eu de problèmes avec eux ?

— Quelques verres cassés, un vase brisé. Heureusement, aucun objet de valeur.

Keely prit le champagne et les chocolats.

— Allons déguster ça.

— Bonne idée, approuva Beah.

Elle suivit Keely jusqu'à la cuisine, à l'extrémité de la vaste demeure.

Keely prit deux flûtes - en cristal, évidemment - et fit signe à Beah de déboucher le champagne. Ne voulant pas gâcher une seule goutte du millésime exceptionnel, Beah ouvrit la bouteille avec précaution.

Lorsqu'elles eurent porté un toast et bu quelques gorgées, Keely demanda :

— Qu'est-ce que cela te fait d'être de retour à Boston ?

Beah savait ce que Keely voulait vraiment lui demander. Qu'est-ce que cela lui faisait de devoir côtoyer Finn tous les jours ? Beah eut envie de mentir, à son amie et à elle-même, mais elle décida de dire la vérité.

— Ce n'est pas idéal, mais je n'ai pas le choix. Les Murphy veulent que je sois ici, alors je suis là.

— Et la proposition de travail de ce monsieur Winters ?

— Summers. Michael Summers, rectifia Beah. Il veut une réponse bientôt. J'essaie de le faire patienter jusqu'à ta vente.

— Pourquoi ?

Beah sirota son champagne puis répondit :

— En ce moment, c'est le chaos. Les Murphy ont une pression immense sur les épaules. Je ne crois pas que Joa et toi mesuriez vraiment à quel point votre vente est importante, à quel point la collection d'Isabel est exceptionnelle. Le service relations publiques est en ébullition. Nous sommes en contact constant avec nos plus gros clients ainsi qu'avec les agents de tous les clients que nous ne représentons pas directement. Si le monde de l'art apprenait que je quitte le navire, ou simplement que je songe à changer d'emploi, ça ferait des vagues, et ça susciterait des questions auxquelles ni les Murphy ni moi n'avons le temps de répondre maintenant. Les ragots iraient bon train, et cela entacherait notre campagne de communication. Je ne peux pas tout gâcher.

— Tu es si importante que ça ?

Beah n'était pas vexée par la question de Keely. Mais, oui, elle était une personne importante dans l'organigramme de Murphy International, et son départ ferait jaser. Des histoires seraient inventées, colportées, modifiées. Beah ne voulait pas que ce genre de choses éclabousse les ventes de la saison printemps-été, période la plus chargée dans le monde de l'art haut de gamme.

— Oui, je le suis.

Keely hocha la tête d'un air compréhensif.

— Eh bien, ce n'est pas moi qui vendrai la mèche.

Beah le savait. Elle avait une totale confiance en Keely.

— Et Finn et toi ? demanda Keely.

Il n'y avait pas d'histoire entre Finn et elle. Ils avaient couché ensemble ; cela ne se reproduirait pas. Car elle ne pouvait pas se le permettre. Elle avait beaucoup de travail et ne pouvait pas se laisser distraire. Et puis, elle était un peu fâchée contre Finn.

Une semaine plus tôt, elle lui avait envoyé une liste détaillée des choses à faire pour le mariage de Ben et Piper, mais quand elle lui avait demandé où il en était - oui, elle surveillait Finn de près - elle avait découvert qu'il n'avait presque rien fait.

Au sommet de sa propre liste de choses à faire : allumer un feu sous le délicieux postérieur de Finn.

Keely sourit.

— Je te parie cent dollars que tu ne pourras pas t'empêcher de toucher son délicieux postérieur.

Beah gémit.

— Est-ce que j'ai dit ça à voix haute ?

— Oui ! Nous reparlerons de Finn et de son postérieur, mais donne-moi une seconde pour annuler mes projets de ce soir, dit Keely en prenant son téléphone.

Beah la saisit par le poignet.

— Quels projets ? Tu as un rendez-vous galant ?

— Oui. Non... en quelque sorte.

Keely avala d'un coup la moitié de son champagne, ce qui surprit Beah.

— Que se passe-t-il, Keels ?

Son amie se massa les tempes.

— Ce fichu avocat... Wilfred - Dare - Seymour.

— Tu as un rendez-vous avec lui ?

— Pas par choix, marmonna Keely.

Comme Beah fronçait les sourcils, son amie s'empressa d'ajouter :

— Non, il ne me force pas ! En fait, il m'a mise au défi de passer quelques heures avec lui durant lesquelles nous n'avons pas le droit de discuter de quoi que ce soit qui concerne le travail. Ou Isabel. Ou l'art. Ou cette maison.

— Et pourquoi t'a-t-il lancé ce défi ?

— Il prétend que la seule raison pour laquelle je n'arrête pas de m'emporter contre lui, c'est parce que j'ai peur de ne pas pouvoir lui résister.

Beah avala son champagne de travers. Quand elle eut fini

de tousser, elle tâcha de ne pas sourire et posa la question qui lui brûlait les lèvres.

— Et tu peux lui résister ?

Keely lui décocha un regard menaçant. Mais après quelques secondes elle eut l'air dépité, et ses épaules s'affaissèrent.

— Non, sans doute.

— Et pourquoi voudrais-tu lui résister ?

— Nous avons une aventure depuis quelque temps, avoua-t-elle d'un ton embarrassé. Je n'arrête pas de lui dire que c'est juste une liaison charnelle. Lui ne cesse de répéter que c'est plus que ça, et que je suis trop têtue pour admettre qu'il a raison. Il a imposé cette règle ridicule... Bon sang, je n'arrive pas à croire que je te raconte tout ça !

Beah se pencha vers elle.

— Si tu arrêtes maintenant, je te jure que je te gifle. Quelle règle ?

Son amie rougit.

— Si je veux qu'il couche avec moi, je dois d'abord avoir un rendez-vous galant avec lui. Il ne cédera pas tant que je ne l'aurai pas invité à dîner et que je n'aurai pas pris le temps de discuter avec lui.

Beah plaqua la main contre sa bouche pour ne pas éclater de rire.

— Je ne pensais pas qu'il était du genre à refuser une relation sans attaches. Qu'est-ce qu'il cherche ? reprit Keely.

— Je n'en ai pas la moindre idée, répondit Beah.

Mais elle était convaincue que Keely n'était pas prête à entendre que Dare Seymour était manifestement fou d'elle. Et encore moins prête à affronter le fait qu'elle était peut-être folle amoureuse, elle aussi. Ils devaient le découvrir par eux-mêmes ; Beah ne voulait pas leur gâcher ce plaisir.

— Ce type a un sacré toupet, commenta-t-elle, riant en son for intérieur.

Keely pointa sa flûte dans sa direction.

— Pourquoi ai-je l'impression que tu te moques de moi ?

— Je ne me moque pas de toi, rétorqua-t-elle, feignant l'innocence.

— C'est ça, fit Keely.

Elle consulta sa montre et grimaça.

— Je vais être en retard si je ne me dépêche pas.

Apparemment, l'annulation du rendez-vous n'était plus d'actualité. Beah sourit, consciente que Keely avait une longue et délicieuse soirée devant elle.

— D'accord. De mon côté, je vais aller chez Murphy. Je dois discuter avec mes patrons de ta vente aux enchères.

Keely se mordilla la lèvre.

— J'ai encore l'impression qu'Isabel se retourne dans sa tombe en nous voyant vendre sa collection adorée.

— Les morts sont morts, Keels. C'est aux vivants de vivre. Et puis, l'argent que Joa et toi récolterez ira à la fondation d'Isabel. C'est une très bonne chose.

Elle termina son champagne puis se leva.

— Je vais aller me rafraîchir. Et, toi, tu dois te préparer pour ton rendez-vous avec ton bel avocat.

Keely se leva à son tour et lui pinça la taille.

— Tu apprécies un peu trop la situation, Bee.

Beah sourit.

— Mais rappelle-toi, ce n'est pas parce que tu invites un homme à dîner qu'il est obligé de coucher avec toi.

— Je te déteste tellement à cette seconde ! s'exclama Keely, prenant la boîte de chocolats et la plaquant contre sa poitrine. Je les confisque. Ça t'apprendra à te moquer de moi !

Beah l'embrassa sur la joue puis sortit de la cuisine. Même si elle aimait regarder Keely se débattre avec la confusion des sentiments, elle n'avait aucune intention d'en faire autant.

Mais dans ce cas pourquoi l'idée de revoir Finn l'emplissait-elle d'excitation ?

Il était près de 18 heures quand Beah entra dans le hall de Murphy International. L'hôtesse d'accueil, qu'elle ne connaissait pas, s'apprêtait à partir. Quand elle lui montra son badge, l'employée l'informa que Finn était dans son bureau souterrain, un immense espace qu'il avait fait rénover peu après avoir rejoint Murphy, à la fin de ses études.

Beah prit l'ascenseur pour descendre au sous-sol, où se trouvait notamment la salle de stockage, dans laquelle étaient conservées des œuvres d'art dont la valeur totale se chiffrait en millions. Cela l'étonnait encore que les Murphy lui accordent une telle confiance et, oui, elle se sentait coupable d'envisager de les quitter.

Elle gagnait bien sa vie. Très bien, même. Et son envie de travailler avec Michael n'avait rien à voir avec l'argent. Elle voulait avoir la liberté de prendre ses propres décisions, et découvrir si elle pouvait se débrouiller seule dans le monde rude et secret du commerce de l'art.

Quand elle quitterait Murphy, elle n'aurait plus de supérieur hiérarchique et serait totalement indépendante. Elle pourrait enfin prouver sa valeur.

Et se prouver qu'elle n'avait pas besoin d'un père. Ou d'un mari. D'un homme. Elle espérait aussi que ce nouveau défi apaiserait son esprit agité, et cette part d'elle toujours en quête de quelque chose d'autre, quelque chose de plus…

Quelque chose pour emplir les vides dans sa vie qu'elle essayait d'ignorer.

Son existence n'avait pas suivi le cours prévu. Beah avait cru qu'à bientôt trente ans elle aurait un mari et des enfants. Elle aurait continué à travailler, bien sûr, mais elle serait passée aisément du rôle d'épouse à celui de mère ou de femme d'affaires. À l'évidence, sa vie ne ressemblait pas du tout à cela. Et maintenant elle ne pouvait plus s'imaginer avec une famille, parce qu'elle avait compris, à ses dépens, que les gens vous quittaient quand vous aviez le plus besoin d'eux. Les trois êtres qu'elle avait le plus aimés l'avaient tous quittée. À différents moments et de différentes manières, certes. Mais en fin de compte, que ce soit volontaire ou non, tous l'avaient abandonnée.

Elle ne se mettrait plus jamais dans cette position de dépendance.

Et son ex-mari avait beau être séduisant et désirable, elle ne serait pas assez bête pour attendre davantage de lui que ce qu'il pouvait lui donner. D'ailleurs, elle n'avait besoin de rien de sa part ; sa vie était agréable. Elle se sentait comblée.

Non ?

Quelque peu irritée contre elle-même, elle entra en trombe dans le bureau de Finn et laissa la porte claquer derrière elle.

Debout devant les étagères pleines de livres, ce dernier était en train de consulter un ouvrage épais. Ses lunettes à monture noire lui donnaient l'air d'un intellectuel sexy.

Finn avait un cerveau performant et le corps d'un athlète. Un cocktail irrésistible.

Contrariée par le chemin qu'empruntaient ses pensées, Beah les chassa de son esprit et planta les mains sur les hanches.

— Tu as appelé le fleuriste ? Confirmé l'heure de la cérémonie à la chapelle ? Communiqué au traiteur le nombre d'invités ?

Il referma son livre, le replaça sur l'étagère et, lentement, contourna son bureau et le canapé en cuir pour la rejoindre. Tandis qu'il avançait, Beah admira sa démarche, la façon dont son T-shirt épousait ses pectoraux, son ventre plat et ses biceps saillants. Ses longues jambes moulées dans un jean délavé avalèrent l'espace qui les séparait, ses bottes de cuir ne faisant aucun bruit sur le parquet de luxe.

Elle devait rectifier sa pensée précédente : elle n'avait peut-être pas besoin de lui, mais elle avait envie de lui.

Sans dire un mot, Finn prit son visage en coupe, lui releva la tête puis l'embrassa. Beah envisagea, l'espace d'une seconde, de protester. Au lieu de quoi, elle laissa Finn glisser la langue entre ses lèvres et la mêler à la sienne. Bien vite, elle s'abandonna à son baiser ardent et torride.

S'accrochant à ses poignets, elle se cambra, plaquant ses seins contre lui, faisant danser sa langue sur la sienne, accueillant volontiers sa saveur, son parfum. Finn caressa sa joue, son cou, puis s'arrêta sur son sein. Il taquina son téton sensible à travers la dentelle de son soutien-gorge.

Elle avait envie de lui, maintenant. Reculant d'un pas et entraînant Finn avec elle, elle continua de l'embrasser tout en parvenant à verrouiller la porte.

Finn détacha ses lèvres des siennes. Elle vit ses yeux vert pâle briller dans la lumière douce de la pièce.

— Ici ? demanda-t-il. Maintenant ?

— Oui.

Elle noua les bras autour de son cou, impatiente de reprendre leur étreinte. Elle lui mordilla la lèvre inférieure, et il lui fallut une minute pour se rendre compte que Finn ne lui rendait pas son baiser.

Avec l'impression qu'elle venait de plonger dans un étang glacé, elle recula et laissa retomber ses mains.

— Un problème ? demanda-t-elle d'un ton qu'elle espérait détaché.

Finn soutint son regard.

— Ronan a prévu un rendez-vous dans - il consulta sa montre de luxe - dix minutes.

Exact, et c'était la raison de sa présence chez Murphy International. Elle était censée voir ses trois patrons.

Mince.

Elle sentit ses joues s'empourprer et baissa la tête. Il avait suffi qu'elle pose un regard sur Finn pour perdre le sens des convenances. Et la notion du temps.

— Je te fais vraiment beaucoup d'effet, dit-il. Ça me plaît.

Beah eut une furieuse envie de le gifler pour faire disparaître son sourire narquois.

— Tu es sûr que ton ego démesuré pourra passer la porte ?

— Je me débrouillerai.

Il se percha sur le bureau, étendit ses longues jambes devant lui et croisa les chevilles.

— Cela t'arrive souvent d'entrer dans les bureaux et d'embrasser éperdument tes collaborateurs ?

— Cela t'arrive souvent de commencer tes conversations avec tes collaboratrices par un *french kiss* ? répliqua-t-elle.

— Touché.

Elle devait se ressaisir et revenir aux priorités.

— Je suis venue pour te parler du mariage...

— Merci de m'aider, au fait.

— Je fais ça pour Piper et Ben, mais surtout pour Piper. Toutes les femmes méritent un mariage de conte de fées.

— C'est juste.

Il prit une balle de base-ball sur son bureau et la lança d'une main à l'autre.

— Donc, tu débarques ici, quelques heures après ton arrivée à Boston, pour me parler du mariage. Tu es une vraie maniaque du contrôle, Beah.

— Je ne suis pas...

En fait, si, elle l'était. Le contrôle dominait maintenant sa vie ; tout était soigneusement compartimenté. Ce serait bien plus facile si elle se chargeait seule de l'organisation du mariage ; ainsi, elle serait sûre que tout serait fait selon ses critères précis.

Le fait que Finn soit impliqué lui donnait l'impression qu'un enfant de trois ans jetait sur le sol tout le contenu du coffre à jouets qu'elle venait de ranger.

Elle glissa les mains dans les poches de son pantalon fuselé. Elle n'allait pas perdre son calme mais, tout de même, Finn ne se rendait-il pas compte que le mariage devait avoir lieu dans quatre semaines ? Que Piper et Ben seraient à Boston dans trois semaines, et que tout devrait être prêt d'ici là ? Piper n'avait pas besoin de sources d'angoisse supplémentaires ; elle avait juste besoin de savourer chaque seconde de son grand jour. Un grand jour qui devait être parfait...

— Les fleurs ? La chapelle ? Le traiteur ? le questionna-t-elle.

— Pour quelqu'un qui ne voulait pas m'aider, tu t'impliques beaucoup, fit-il valoir, croisant les mains sur ses abdominaux de rêve. Pourquoi ?

— Parce que j'ai peur que tes recherches t'accaparent et que tu fasses les choses à la dernière minute. Ou que tu partes en voyage pour t'adonner à tes sports extrêmes en laissant le mariage en plan.

— Ce n'est pas juste, Beah. J'admets volontiers que je n'étais pas le meilleur des maris, mais je n'ai jamais fui mes responsabilités ni trahi mes promesses.

Si, justement. Il lui avait promis de l'aimer jusqu'à ce que la mort les sépare, mais quand leur mariage était devenu trop compliqué à gérer pour lui, il avait pris la tangente. Son besoin de liberté avait été plus important qu'elle.

Et la blessure était encore vive. Hélas.

Mais Beah ne comptait pas revenir sur le passé ni faire des reproches à Finn. Ils étaient divorcés. Leur mariage était fini depuis longtemps, alors tout cela ne devrait plus compter.

Pourtant…

Non, assez. Tourne la page, Beah. Cesse de perdre ton temps.

Avant qu'elle puisse changer de sujet, Finn reprit la parole.

— Tu essaies d'aider Ben et Piper parce que ça te rappelle ce que tu as vécu avec ta mère ?

Cette fois, elle ne put contenir la vague de colère et de ressentiment qui montait en elle. Finn n'avait pas le droit d'évoquer sa mère. Combien de fois avait-elle essayé de lui parler de ce qu'elle avait traversé en regardant sa mère s'éteindre ? À chaque fois, il avait changé de sujet ou l'avait distraite en ayant recours au sexe.

— Le sujet est clos, Finn.

— Pourquoi ?

Elle lui décocha un regard noir.

— Tu n'arrivais pas à me parler quand j'en avais le plus besoin, Murphy. J'ai surmonté mes difficultés liées au décès de ma mère et au départ de mon père toute seule, sans aide de ta part. Ni de quiconque. Pourquoi voudrais-je en reparler maintenant, et pourquoi voudrais-je le faire avec toi ?

Elle crut voir des regrets dans ses yeux, mais l'émotion était trop fugace et trop subtile pour qu'elle en soit certaine. D'ailleurs, peu importait.

Elle pointa l'index sur lui.

— Nous sommes peut-être attirés l'un par l'autre et, oui, j'étais prête à coucher avec toi il y a quelques minutes. Mais l'attraction sexuelle est la seule chose qui nous lie. Je n'ai pas envie de parler du passé, ni de notre bref mariage.

Au lieu de répondre, Finn se leva, saisit un dossier et alla ouvrir la porte. Il fit signe à Beah de le précéder.

Elle avança, contrariée qu'il n'ait rien répondu et déroutée par son air songeur. Au moins, elle avait dit ce qu'elle avait à dire, dressant ainsi une solide barrière entre eux.

Redressant les épaules, elle sortit de la pièce. Il fallait qu'elle ignore Finn Murphy, car rien de bon ne se produisait quand elle était dans le même espace que lui.

Elle se retourna pour voir pourquoi il ne la suivait pas, et grimaça quand elle le vit prendre le sac et le manteau qu'elle avait laissés dans son bureau.

Finn avait encore la capacité de mettre le chaos dans son esprit, de la désarçonner…

De lui faire perdre le contrôle.

5

Troublé et déconcerté, Finn suivit Beah jusqu'à l'ascenseur. Il n'était pas du genre à regarder en arrière, préférant laisser le passé derrière lui. Bien sûr, il avait pensé à Beah au fil des années, sans doute plus qu'il n'aurait dû. Il se remémorait souvent leurs nuits torrides, les reflets dorés de ses cheveux, le regard plein d'amour qu'elle posait sur lui quand elle se réveillait chaque matin... Mais jusqu'à la récente réapparition de Beah dans sa vie, il n'avait jamais vraiment analysé leur mariage et s'était simplement dit qu'à l'époque, ils étaient trop jeunes et trop bêtes pour prendre un engagement à vie.

Le téléphone de Beah sonna. Elle le sortit de son sac et prit l'appel.

— Votre Altesse, je suis ravie de vous entendre.

Beah n'était pas en train de plaisanter. Plusieurs de ses clients portaient des titres royaux.

— Je suis désolée, je suis à Boston, mais comment puis-je vous aider ?

Tout en écoutant la conversation, Finn admit en son for intérieur qu'il était le principal responsable de l'échec de leur mariage. Oui, Beah avait été dépendante et émotionnellement exigeante, mais s'il avait été un peu plus mûr, un peu moins égoïste, il aurait pris conscience que n'importe quelle femme qui venait de perdre sa mère d'un cancer et d'être abandonnée par son père avait besoin d'être particulièrement rassurée.

— C'est un sculpteur marocain qui travaille sur la glace. Il est phénoménal, dit Beah.

Il ne l'avait jamais vraiment laissée parler lorsqu'elle avait évoqué la maladie de sa mère, ce qu'elle avait traversé adolescente, et il s'en voulait à présent. Les rares fois où il avait essayé de l'écouter, il n'avait pas su quoi dire, comment réagir, comment la réconforter… comment adoucir son chagrin.

La communication et la gestion de ses émotions n'étant pas son fort, il avait choisi de ne pas s'investir du tout. Pourquoi avait-il trouvé si difficile d'écouter Beah ? Parce que l'entendre parler de sa mère lui rappelait ses propres deuils : sa mère, puis sa belle-mère Raeni ? Ou était-ce parce qu'il ne pouvait pas changer le passé de Beah et qu'il avait le sentiment d'être un incapable ?

— Mais aimez-vous son travail, princesse Sofia ? Ou l'achetez-vous en tant qu'investissement ?

Quoi qu'il en soit, il savait qu'il n'avait pas été à la hauteur. Il avait minimisé la peine de Beah, essayant de mettre un pansement sur une blessure béante. S'il le pouvait, il retournerait dans le passé pour se donner un bon coup de pied aux fesses.

Il avait mal agi et il était fautif. Mais que pouvait-il faire ? Que voulait-il faire ? Et surtout, qu'avait-il à offrir à Beah aujourd'hui ?

Malheureusement, il n'avait pas beaucoup changé. Cette pensée le déprimait, car il avait cru que l'âge lui apporterait une sorte de maturité émotionnelle, or il n'était toujours pas à l'aise avec les sentiments. Il aimait toujours avoir son propre espace. Et il pensait encore qu'il valait mieux rester sur la réserve que d'aimer quelqu'un totalement.

Mais il appréciait Beah, ainsi que les moments qu'ils passaient ensemble. Quand il faisait l'amour avec elle, cela provoquait chez lui le même afflux de dopamine que lorsqu'il enfilait une combinaison ailée et sautait d'une falaise.

Avec Beah, il se sentait intensément vivant.

Et cela le terrorisait.

— Il ne produit que quelques sculptures par an, et elles se vendent très vite. Je peux tâter le terrain, lui demander si cela l'intéresserait de réaliser une commande. Je peux aussi contacter quelques collectionneurs pour voir s'ils veulent se séparer de l'une de ses œuvres.

Elle était intelligente, instruite et charmante. Et elle était très douée pour son travail.

Il observa son joli profil, remarquant que sa chevelure spectaculaire était encore domptée en un chignon strict et complexe. Il s'imagina lui retirer ses épingles, sentir ses jolies boucles caresser ses mains, son ventre et ses cuisses…

— D'accord, je vous rappelle bientôt. Merci de m'avoir appelée, et mes amitiés à votre famille, conclut Beah avant de raccrocher.

Il appuya la tête contre la paroi métallique de l'ascenseur. Il aurait besoin de toute sa volonté pour ne pas gâcher leur réunion avec Ronan. Car pour l'instant, il rêvait de retourner dans son bureau et de faire l'amour avec Beah sur le canapé.

Elle le déconcentrait si aisément… Tout à l'heure, il s'était senti coupable d'avoir été un mauvais mari et maintenant il l'imaginait nue…

Ses pensées érotiques n'étaient pas près de disparaître, il en avait bien peur.

Mais il devait tout de même présenter ses excuses à Beah, pour avoir été un goujat égoïste dix ans plus tôt.

— Je suis désolé, se força-t-il à dire, les yeux clos.

— Désolé pour quoi, Finn ?

Il avait entendu la froideur dans sa voix, la pointe d'irritation.

— Pour t'avoir ignorée quand tu voulais me parler de ta mère.

Il s'obligea à ouvrir les yeux et à la regarder.

— J'aurais dû t'écouter davantage, ajouta-t-il.

Elle sembla très surprise. Elle ouvrit la bouche pour répondre, mais aucun son ne sortit. Elle fit une nouvelle tentative, avec le même résultat.

Elle secoua la tête.

— Je..., commença-t-elle.

Avant qu'elle puisse finir sa phrase, les portes de l'ascenseur s'ouvrirent. Carrick apparut devant eux, l'air impatient. Percevant immédiatement la tension ambiante, il posa la main contre une porte pour la maintenir ouverte et déposa un bref baiser sur la joue de Beah.

— Salut, Bee. Content de te revoir.

Ses frères avaient toujours adoré Beah et avaient maintes fois répété à Finn qu'il commettait une erreur en la laissant partir. Mais, comme eux, il était têtu, et il avait sincèrement cru qu'un divorce était la meilleure solution.

Carrick les observa tour à tour, l'air intrigué.

— Je peux prendre un autre ascenseur, si vous devez discuter tous les deux.

— Non, viens, dit Beah, lui faisant signe d'avancer.

Carrick se plaça entre eux, tel un solide bouclier. L'ascenseur reprit sa montée, et Finn jeta un regard furtif vers Beah. Les bras croisés, elle fixait le sol.

Ce silence était très gênant. Dieu merci, ils n'auraient à supporter que vingt secondes de tension supplémentaires. Quand les portes de l'ascenseur s'ouvrirent, Carrick les regarda, Beah et lui, et secoua la tête.

— Ces prochaines semaines vont être très longues, commenta-t-il avant de sortir de la cabine.

Beah s'apprêtait à le suivre, mais Finn la retint par le poignet. Il attendit que Carrick se soit éloigné puis regarda Beah dans les yeux. Elle se dégagea de son emprise et lui décocha un regard réprobateur.

— Oh ! je t'en prie ! fit-il. Tout à l'heure, tu avais la main dans mon pantalon.

Il regretta aussitôt ses paroles. Il n'était vraiment pas doué pour discuter. Marmonnant un juron, il joignit les mains derrière son cou.

— Désolé, encore une fois.

Dans les yeux de Beah, la confusion et l'irritation se mêlaient.

— Contentons-nous d'aller retrouver tes frères, Finn.

Il se risqua à prendre sa main dans la sienne.

— Juste une minute, Beah. Laisse-moi te dire ce que j'ai à dire.

Il chercha les mots justes puis décida de suivre son instinct. Carrick avait raison, les prochaines semaines seraient compliquées si Beah et lui ne trouvaient pas un moyen de s'entendre.

Finn et elle avaient des missions importantes à remplir, un mariage à organiser, des œuvres d'art à vendre.

— Peut-on au moins essayer d'être amis ? lui suggéra-t-il.

— Encore ce refrain ! rétorqua-t-elle en retirant sa main. Tu es sérieux, Finn ? Après tout ce qui s'est passé, tu veux que nous soyons amis ?

Il haussa les épaules.

— Je n'étais pas un très bon ami pour toi quand nous étions mariés, Bee. J'aimerais me rattraper.

Elle sembla sidérée. Il ne pouvait guère lui en vouloir, d'autant que lui-même avait du mal à comprendre sa requête.

— Eh bien, qu'en dis-tu ? insista-t-il.

Elle consulta sa montre puis poussa un soupir.

— D'accord, si tu veux. Fais de ton mieux, lâcha-t-elle d'une voix sceptique.

Elle s'attendait à être déçue, comprit-il tandis qu'il la suivait jusqu'à la salle de conférences.

Une fois devant la porte, elle demanda :

— Et qu'allons-nous faire à propos de notre alchimie sexuelle toujours aussi forte ?

Il sourit.

— Nous pourrions être des amis amants.

Il remarqua aussitôt son air choqué et retint un petit rire. Posant la main au creux de son dos, il ouvrit la porte et lui fit signe de le précéder.

— Après toi.

Carrick leur lança un regard puis sourit à Ronan.

— Et c'est reparti, dit-il.

Finn vit que ses frères affichaient des sourires moqueurs. Qu'est-ce que Carrick voulait dire, au juste ?

Finn se gara devant Mounton House, coupa le moteur de sa Porsche Cayenne et prit un instant pour observer son ex-femme qui descendait les marches du perron. Il lui avait envoyé un SMS tôt le matin pour lui demander si elle pouvait passer une partie de la matinée avec lui afin d'avancer dans l'organisation du mariage. Il s'était attendu à une réponse négative, mais Beah avait accepté sa demande. Lorsqu'elle arriva à la voiture, il se pencha pour ouvrir la portière côté passager. Elle accepta la main qu'il lui tendait et grimpa dans l'habitacle.

Il observa son joli visage.

— Tes taches de rousseur me manquent.

Elle parut surprise.

— Je te demande pardon ?

Il démarra et répondit :

— Tu caches tes taches de rousseur avec du maquillage, et je trouve ça dommage.

— C'est vrai ?

— Tes boucles aussi me manquent.

Elle croisa les jambes.

— Ma chevelure de feu et mes taches de rousseur me donnent l'air d'avoir quinze ans, et ce n'est pas comme ça que je veux que mes clients me voient.

Elle était très séduisante dans son pull irlandais, son jean noir moulant et ses bottes hautes.

Il s'engagea sur la route et baissa la climatisation, songeant que c'était l'une des premières journées ensoleillées à Boston depuis bien longtemps. L'hiver avait été long, et Finn avait hâte que le printemps arrive.

— Qu'y a-t-il au programme aujourd'hui ? demanda-t-elle.

Avant qu'il puisse répondre, le téléphone de Beah sonna, et elle le sortit de son sac. Puisqu'il était arrêté à un feu, il en profita pour la regarder. Elle observait son écran, se demandant manifestement si elle devait répondre ou non.

Il eut envie de jeter un coup d'œil vers son téléphone pour savoir qui suscitait chez elle cette expression à la fois hésitante et enthousiaste.

Elle finit par prendre l'appel.

— Bonjour.

Ce n'était pas par un simple bonjour que Beah saluait ses interlocuteurs en temps normal. Elle ne souhaitait pas qu'il sache qui était à l'autre bout de la ligne, supposa-t-il. Ce qui ne faisait qu'attiser sa curiosité.

Le feu passa au vert, et Finn redémarra.

— Je vais bien, merci. Je suis juste très occupée.

Elle se tut un instant, totalement absorbée par la conversation.

— Je ne sais pas exactement quand je rentrerai à Londres, mais je vous promets d'organiser un rendez-vous dès que je le saurai.

Un rendez-vous ? Avec un autre amant ? Finn sentit la bile monter dans sa gorge. Oui, il était rongé par la jalousie.

— Je ne peux pas répondre à votre question pour l'instant, dit-elle après un long silence. Mais vous savez que j'y réfléchis.

Bon sang, qu'envisageait-elle de faire ? De prendre des vacances ? D'accepter un rendez-vous galant ? De coucher avec quelqu'un ? D'emménager avec quelqu'un ? Finn serra le volant et fixa d'un regard noir la berline devant lui.

Il sentit que Beah l'observait et l'entendit murmurer :

— Je vous rappelle… quand je pourrai parler.

Cette fois, c'était sûr, elle lui cachait quelque chose. Pourquoi éprouvait-elle le besoin d'avoir des secrets ?

Peut-être parce que tous les deux, vous n'êtes plus mariés, et que tu lui as à peine parlé en neuf ans.

Beah raccrocha et rangea son téléphone dans son sac. Il ne poserait pas de questions ; il n'avait pas le droit d'être indiscret. Il avait perdu ce droit quand il avait demandé le divorce.

— Qui est ce type ?

C'était terrible quand votre bouche n'obéissait pas à votre esprit...

— Ce ne sont pas tes affaires, répliqua-t-elle.

Et c'était vrai, ce n'étaient vraiment pas ses affaires.

— Tu couches avec quelqu'un d'autre ? demanda-t-il, tentant de paraître détaché et échouant lamentablement.

— Ça t'ennuierait si c'était le cas ? lui répondit-elle, amusée.

Il n'y avait pourtant rien de drôle là-dedans.

— Bien sûr que oui. Je ne suis pas partageur.

— Je ne suis pas partageuse non plus. Pour ton information, je ne couche avec personne d'autre.

Finn sentit les griffes de la jalousie le lâcher et se détendit un peu.

— D'accord.

Il attendit qu'elle s'explique ou qu'elle ajoute quelque chose. Mais rien ne vint.

Mince. Il n'aimait pas être maintenu dans l'ignorance. Pas quand cela concernait Beah. Et il savait, d'instinct, que la personne qui avait téléphoné à Beah était très importante pour elle.

De qui s'agissait-il ? Pourquoi cet appel ? Que mijotait Beah ?

Avant qu'il puisse poser d'autres questions, elle demanda :

— Où allons-nous en premier ?

Finn savait qu'il n'obtiendrait rien d'elle tant qu'elle ne serait pas prête à parler. Or, elle ne serait peut-être jamais prête. Une pensée qui ne le réjouissait guère.

Il étouffa son agacement et tourna à droite.

Concentre-toi, Murphy. Tu n'as aucun droit de poser des questions indiscrètes.

Comment le prendrais-tu si elle te passait sur le gril ?

Il espéra, juste une seconde, qu'elle le fasse. Ainsi, ils pourraient commencer à abattre les barrières qui se dressaient entre eux.

Mais pourquoi voulait-il que Beah et lui se rapprochent ? Il n'avait aucune intention de retomber amoureux d'elle, alors à quoi bon ?

Beah le plongeait en pleine confusion. Pourtant, il n'était pas facile à déstabiliser.

— Finn ? Le programme ?

Il revint à l'instant présent et passa la main sur son visage.

— Je n'ai pas été totalement inefficace, dit-il. J'ai contacté des prestataires et, hier soir, j'ai envoyé différents mails à différentes personnes : le fleuriste, le pâtissier et le coordinateur pour la chapelle. Nous allons les rencontrer ce matin.

— Ils ont accepté de venir en étant prévenus la veille ?

Il comprenait son étonnement. C'était la saison des mariages en ce moment, et peu de professionnels avaient du temps pour des demandes de dernière minute. Mais être un Murphy avait ses avantages.

— Je suis un Murphy, et notre nom attire l'attention. Sans nul doute, mes questions sur l'organisation d'un mariage ont suscité des rumeurs sur mon union imminente. Quand je vais me montrer avec toi, ces rumeurs vont se répandre comme une traînée de poudre, alors ne t'étonne pas si, demain, des journaux annoncent nos fiançailles. Ce serait un problème pour toi ?

Une façon détournée d'en savoir plus sur le mystérieux coup de fil qu'elle avait reçu. Mais Beah, trop maligne, ne mordit pas à l'hameçon.

— Va-t-on dire aux gens que les mariés sont Piper et Ben, et pas nous ? esquiva-t-elle.

— Si on nous pose la question. Je n'ai pas l'habitude de m'expliquer et je me fiche de ce que les gens disent ou écrivent sur moi. Cependant, c'est une période très sensible pour Murphy en ce moment, et nous ne pouvons nous permettre aucune mauvaise publicité. Nous devrions peut-être préciser que nous organisons ce mariage pour nos amis. Nous dirons qu'ils sont à Hong Kong et que nous faisons le travail de terrain pour eux.

— Vous redoutez vraiment l'attention négative de la presse, tes frères et toi ?

— Tu sais bien que oui, Beah. La vente Mounton-Matthews

est très importante, et nous ne pouvons pas laisser quoi que ce soit gâcher cet événement capital.

Elle hocha la tête et regarda par la vitre. Finn aurait aimé savoir à quoi elle pensait. Car il était sûr qu'elle cogitait.

Elle fit tourner son bracelet ancien en argent autour son poignet. Était-ce celui qu'il lui avait offert pour leur premier Noël ensemble ? Il lui semblait que oui, mais il n'en était pas certain.

— Je suis désolée d'avoir supposé que tu n'avais absolument rien fait pour le mariage. Je suis une maniaque du contrôle, c'est vrai, et je tiens à ce que Piper ait son mariage de conte de fées.

Parce qu'elle-même n'en avait pas eu ? Avant qu'il puisse lui poser la question, elle reprit :

— Ma mère ne voulait pas grand-chose quand elle était mourante, à part être avec moi. Mais elle souhaitait revoir la mer, alors je l'ai emmenée dans ma voiture, avec sa perfusion de morphine, et nous sommes allées dans le Devon. Elle n'a pas pu faire grand-chose à part rester assise dans son fauteuil roulant sur la jetée, elle semblait apaisée. Je me rappelle qu'elle avait levé le visage vers le soleil, en souriant.

La voix de Beah se brisa, et Finn réprima une vague d'émotion inattendue.

— C'est important pour moi que Piper ait sa version d'une journée au bord de la mer, et si c'est un mariage de rêve qu'elle souhaite, alors c'est ce que je lui offrirai. Nous sommes devenues assez proches ces deux dernières semaines, peut-être parce que je sais à quel point le cancer est dévastateur.

Finn avait cru que Piper et elle avaient échangé quelques mails, quelques coups de fil. Il n'aurait jamais cru que Beah s'investirait à ce point, d'autant qu'elle avait accompagné sa mère jusqu'à son dernier souffle. Il l'admirait pour son courage, et pour la compassion dont elle faisait preuve envers Piper.

— Je suis désolé.

Du coin de l'œil, il la vit se raidir. Mais il fallait qu'il s'exprime enfin.

— J'aurais dû t'écouter quand tu me parlais de ta mère, dit-il. Je n'aurais pas dû changer de sujet ou te distraire. C'était mal de ma part.

Elle pivota sur son siège pour lui faire face.

— Pourquoi me repoussais-tu ? demanda-t-elle. Je n'ai jamais compris ton attitude.

Il ne pouvait pas lui avouer qu'elle suscitait trop d'émotions en lui, et qu'être proche d'elle, aussi proche que deux personnes mariées devraient l'être, l'effrayait.

— Je ne suis pas très doué pour communiquer, Bee.

Il regarda par le pare-brise et sentit sa poitrine se serrer.

— Néanmoins, j'aurais dû faire plus d'efforts. Essayer de comprendre. Et, à tout le moins, te laisser parler.

— Tu étais censé être mon meilleur ami, Finn, dit-elle calmement.

Ses paroles lui fendirent le cœur.

— Je sais et je n'ai pas été présent pour toi.

Il posa la main sur la sienne.

— J'en suis vraiment navré.

Il ne savait pas si son aveu changerait quoi que ce soit. Mais au moins il avait réussi à dire ce qu'il avait eu besoin de dire. Beah ne répondit pas, mais elle finit par entrelacer leurs doigts.

— Tes paroles me touchent, Finn. Mais notre mariage remonte à loin, et j'ai tourné la page.

Il savait bien que leur histoire était finie, mais son cœur n'était pas de cet avis.

Et sa libido non plus. Beah demeurait la meilleure amante qu'il ait connue.

— Si nous pouvions dépasser notre envie de nous arracher nos vêtements, nous pourrions être amis, lança-t-elle.

Pourquoi ne pouvaient-ils pas être amis et coucher ensemble ? Tant qu'elle serait à Boston ? Pour lui, c'était une solution gagnant-gagnant. Et il le lui expliqua.

Elle réfléchit un bon moment à sa suggestion puis finit par répondre :

— Je ne sais pas, Finn. Notre alchimie sexuelle nous a poussés à nous marier, et moins d'un an après nous avons divorcé.

— Nous étions jeunes et stupides. Nous sommes plus âgés, plus sages, moins impétueux.

— Nous avons échangé un baiser dans un ascenseur et nous nous sommes retrouvés nus dans ta chambre dix minutes plus tard, fit-elle valoir.

Certes, ils avaient fait preuve d'impulsivité, mais ils avaient le droit de faire un écart, non ?

— Nous ne ferons rien de stupide, Beah.

Ils ne confondraient plus amour et désir, n'échangeraient pas d'alliances ni de vœux.

— Des amis amants, Finn ? lui demanda-t-elle, sceptique. Je croyais que tu plaisantais hier soir.

Il ne plaisantait jamais sur le sexe. Et encore moins avec elle.

— Pourquoi pas ? Nous sommes deux adultes célibataires et consentants, attirés l'un par l'autre.

Très attirés.

— Nous avons l'art et Murphy en commun, ajouta-t-il. Nous sommes tous les deux investis dans la même compagnie et pour notre carrière.

Il s'arrêta à un feu tricolore et se tourna vers elle. Son expression étrange, mélange de culpabilité et de détermination, piqua sa curiosité.

Mais que se passait-il, enfin ?

— Quel est le problème ? la questionna-t-il.

Elle releva la tête, semblant déroutée par sa question.

— Je ne vois pas de quoi tu...

— Qu'est-ce que tu ne me dis pas ? Et ne me réponds pas « rien ». Je ne t'ai peut-être pas beaucoup vue ces dernières années, Bee, mais je sais encore quand tu me caches quelque chose.

Elle afficha un sourire forcé puis désigna le feu qui était passé au vert.

— Avançons, Murphy.

Il savait qu'elle ne parlait pas seulement de leur trajet en voiture mais aussi de leur conversation. Il comprit qu'elle ne se confierait pas à lui, et cela le perturba.

Son ex-femme semblait avoir plus de secrets que le Vatican. Et il n'aimait pas se sentir exclu de sa vie.

Trois heures plus tard, ils avaient visité la chapelle, s'étaient décidés pour un gâteau au chocolat blanc et à la framboise et avaient discuté avec le fleuriste. Ils avaient engagé un quatuor à cordes, et il ne leur restait plus qu'à rencontrer le traiteur pour finaliser le menu. La réception aurait lieu dans la salle de bal de Mounton House, le seul endroit encore libre qui pouvait accueillir plus de cinquante personnes.

Ils avaient bien avancé, songea Beah tout en prenant des notes sur son iPad. Le mariage de Piper et Ben était sur les rails. Tout ce que les fiancés avaient à faire, c'était se montrer et être heureux.

Beah nota une dernière information puis regarda la route et remarqua que Finn ne prenait pas la direction de Murphy International.

— Où allons-nous ? demanda-t-elle.

— Je fais un détour.

— Il faut que je retourne travailler, Finn.

— Il n'est que midi. Nous pourrons retourner au bureau pour 14 ou 15 heures.

Il posa sa main sur son genou.

— Viens chez moi, Bee. Pour une heure ou deux.

Elle se mordilla la lèvre, oscillant entre la tentation et la raison. Si elle acceptait la demande de Finn, leur nuit sans lendemain se transformerait en liaison. Une liaison à laquelle il serait plus difficile de mettre un terme.

Certes, elle ne la laisserait pas se transformer en relation sérieuse, mais ce serait tout de même plus qu'une nuit torride et impulsive.

Elle devait peser le pour et le contre.

Finn se gara sur une place de parking, à environ un kilomètre du chantier naval de Boston. Il possédait un appartement sur le quai Constellation. Elle savait qu'il l'avait acheté peu après leur divorce, réalisant ainsi son désir de vivre au bord de l'eau.

— Si tu hésites, je fais demi-tour et je te reconduis chez Murphy, dit-il, et elle sut au ton de sa voix qu'il était sincère.

Il appuya les avant-bras sur le volant et plongea le regard dans le sien.

— Je ne veux pas que tu te sentes obligée de faire une chose que tu n'as pas envie de faire, Beah.

Elle avait bientôt trente ans, et personne ne la commandait, surtout quand il s'agissait de son corps.

— Je suis parfaitement capable de dire non, Murphy.

— Je sais, Bee.

Il passa la main dans ses cheveux, l'air frustré.

— Tu n'es plus la jeune femme que j'ai épousée, mais tu ne vois pas que j'essaie de ne plus être le crétin que j'étais autrefois ?

Elle réfléchit un instant. L'ancien Finn l'aurait simplement conduite chez lui, sans vraiment lui laisser le choix. Il l'aurait taquinée, charmée, persuadée de faire ce qu'il voulait. Le Finn plus mûr lui laissait le choix, ce qu'elle appréciait.

Mais elle ne savait toujours pas si elle devait l'accompagner chez lui.

— Je ne sais pas quoi faire, Finn. Le sexe pourrait compliquer la situation.

Il soutint son regard.

— Tu réfléchis trop, Bee.

Avait-il raison ? Se posait-elle trop de questions ?

Coucher avec Finn ne signifiait pas que les choses devaient changer ; elle serait toujours la même personne. Simplement, elle aurait une vie sexuelle.

Elle n'aurait pas à faire de compromis ni à changer sa façon de penser. Finn lui demandait de partager son lit, et non sa vie. Ce qui était une bonne chose, car elle ne renoncerait à son indépendance pour personne. Et elle ne ferait plus confiance à un homme. Plus jamais elle ne commettrait ces erreurs.

— Ça t'aidera peut-être à te décider, murmura-t-il.

Sur quoi, il lui donna un baiser étonnamment tendre. Elle émit un son approbateur tandis qu'il explorait doucement sa bouche.

C'était un premier baiser, un baiser pour réapprendre à se connaître, un baiser sans début ni fin. Beah oublia qu'elle était dans la voiture de Finn, à seulement un kilomètre de son appartement. Elle avait l'impression d'être sur une plage des Cyclades, au clair de lune.

Elle avait envie de cela, de Finn...

Avait-elle jamais cessé de le désirer ? Non, pas vraiment.

Sa décision était prise. Elle allait assouvir son désir.

6

Lorsqu'ils arrivèrent dans son appartement avec vue sur le port, Finn ne prit pas la peine de lui faire une visite guidée. Comme à son habitude, il semblait déterminé et concentré. Beah savait bien ce qu'il voulait.

Qu'elle soit nue dans son lit.

Tandis qu'il l'entraînait dans son luxueux triplex, elle aperçut par les baies vitrées les quais du port, les yachts de luxe et les bateaux. Ils montèrent au premier étage, où une cuisine moderne, un salon et une salle à manger occupaient l'espace ouvert. Finn ne lui laissa pas le temps d'apprécier sa collection éclectique d'œuvres d'art et la conduisit au second étage, où il s'arrêta enfin dans un vaste couloir.

— Le bureau est à droite, la chambre principale à gauche, dit-il, le regard rivé à sa bouche. Dernière chance de changer d'avis, Bee.

Elle posa une main sur ses pectoraux et l'autre sur sa joue, passant le pouce sur sa lèvre charnue. Elle n'avait pas besoin de réfléchir. Elle savait exactement ce qu'elle voulait : lui. Au-dessus d'elle, autour d'elle, en elle.

— Emmène-moi dans ta chambre, Finn.

Sans hésiter une seconde, il la prit par la taille et ouvrit la porte de sa suite. Beah remarqua aussitôt la vue splendide. Ce devait être fantastique de pouvoir admirer au réveil les bateaux qui flottaient sur les eaux bleu-vert. Le soleil brillait, et pas un nuage ne barrait le ciel. Beah avait l'impression qu'elle pourrait passer aisément du lit au quai et monter sur un yacht.

— J'adore la vue, Murphy.

Elle se retourna vers lui et vit une lueur de désir dans son regard.

— La vue que j'ai d'ici est encore mieux, commenta-t-il.

Elle sentit une onde de chaleur l'envahir. Elle avait l'impression d'être une jeune mariée, ravie et émue que l'homme qu'elle vénérait la trouve belle.

Attention, Beah. Il n'est plus ton mari, et quelles que soient les sensations qu'il fait naître en toi, ce n'est qu'une aventure charnelle, rien de plus.

Ce n'étaient qu'une heure ou deux passées ensemble, et non un passeport pour une relation sérieuse.

Ne t'avise pas de l'oublier.

Il fallait qu'elle cesse de réfléchir. Elle s'assit au bord du grand lit et retira ses bottes. Finn l'étudia, les bras croisés, tandis qu'elle faisait glisser son jean moulant le long de ses jambes. Son regard était si intense que des picotements la parcoururent.

— Tu vas rester là, sans bouger ? demanda-t-elle, le sourcil arqué.

— Je profite du spectacle.

Il afficha un petit sourire narquois qu'elle trouva très sexy. Puis il agita l'index pour lui enjoindre de continuer.

Ce qu'elle fit. Se sentant sensuelle, enhardie et féminine, elle lui tourna le dos et remonta lentement son pull irlandais. Elle regarda par la vitre et se demanda si elle était en train d'offrir un *strip-tease* gratuit aux plaisanciers. Hésitante, elle lança un regard à Finn, dont les yeux étaient fixés sur son postérieur. Aimait-il son string jaune vif ?

La proéminence dans son pantalon prouvait qu'elle lui faisait de l'effet, en tout cas.

Néanmoins, Beah n'avait aucune intention de partager ce moment très intime avec des inconnus. Elle n'aimait pas les démonstrations d'affection publiques, et l'idée que quelqu'un puisse la voir la pétrifiait.

— Peut-on avoir un peu d'intimité ? demanda-t-elle.

— Nous pouvons voir dehors mais personne ne peut voir dedans. Cela dit, je peux baisser les stores si tu es mal à l'aise.

Faisant confiance à Finn, et à présent vêtue uniquement d'un minuscule soutien-gorge à demi-bonnets et de son string assorti, elle alla se poster devant la baie vitrée et plaqua les mains contre le verre.

— Tu es sûr que personne ne peut voir ce que je fais ? lui demanda-t-elle, mais c'était uniquement pour l'exciter.

Elle l'entendit bouger mais ne se retourna pas. Elle savait qu'il était en train de se déshabiller. Quand elle sentit le torse nu de Finn contre elle, son sexe en érection se pressant contre le bas de son dos à travers l'étoffe de son caleçon, elle fut parcourue d'un frisson. Puis il l'attira contre lui, une main contre son ventre et l'autre s'étalant sur ses seins.

— Tu es terriblement sexy, Beah Murphy.

Elle n'était plus une Murphy, mais elle ne rectifia pas, pour ne pas gâcher ce moment. « Une rose sous un autre nom... », etc. Ce n'était plus le moment de parler. À présent, elle avait besoin que Finn la touche, qu'il la goûte, qu'il la fasse crier de plaisir.

Elle tendit la main derrière elle et saisit son sexe dressé. Elle sentit la bouche de Finn se poser sur son épaule, ses doigts glisser jusqu'à l'un de ses tétons déjà durcis. Elle rejeta la tête en arrière et contempla le ciel bleu. Elle avait l'impression de ne faire qu'un avec l'eau, le ciel et Finn.

Il dégrafa son soutien-gorge et le laissa tomber sur le sol. La faisant pivoter vers lui, il l'entraîna jusqu'au lit et la fit asseoir au bord du matelas. Puis il se plaça entre ses genoux, sans la toucher.

Mais Beah voulait davantage qu'un regard appréciateur et enfiévré.

— J'ai besoin que tu me touches, Finn.

— Dans un instant. Libère ta chevelure, chérie.

Ne songeant même pas à protester, elle retira l'élastique qui retenait ses cheveux. Finn la poussa doucement en arrière, et elle se retrouva étendue sur le lit. Il s'agenouilla à côté d'elle et plongea les mains dans ses boucles, les étalant sur le couvre-lit d'un blanc immaculé.

— Tu n'imagines pas combien de fois je t'ai imaginée ici, comme ça.

Elle le croyait, car elle aussi l'avait imaginé dans son lit, à Londres. Autrefois, ils avaient énormément compté l'un pour l'autre ; il était naturel qu'ils regrettent les meilleurs moments de leur vie à deux.

Néanmoins, les paroles de Finn ne prouvaient rien. Elle ne devait pas s'emballer.

Elle était si lasse de réfléchir, de tout analyser.

Heureusement, quand Finn la toucha, son cerveau en surrégime cessa de fonctionner, ne laissant place qu'à des sensations. De délicieuses sensations. Parce qu'elle avait besoin de se perdre en lui, elle caressa ses épaules musclées, ses pectoraux fermes. S'asseyant sur le lit, elle glissa la main sous l'élastique de son caleçon. Finn ferma les yeux quand elle enroula les doigts autour de son sexe engorgé, si délicieusement, si merveilleusement viril...

Elle savait qu'elle était déjà moite et prête à accueillir Finn en elle.

— Retire ça, maintenant, lui ordonna-t-elle en tirant sur son caleçon.

Il obtempéra puis lui écarta doucement les cuisses et posa le regard sur la partie la plus secrète de son corps. Elle éprouva le besoin de se couvrir, avant de se rappeler que Finn l'avait vue nue à de nombreuses reprises.

Il passa le doigt sur sa toison bouclée, puis explora ses replis intimes.

— Si moite, déjà.

— Finn, murmura-t-elle.

Elle noua les mains autour de son cou et l'embrassa. Il glissa la langue entre ses lèvres tout en appuyant son sexe contre son point le plus sensible. Elle pourrait bien jouir sur-le-champ s'il répétait ce mouvement.

Marmonnant un juron, il se pencha au-dessus d'elle et ouvrit le tiroir du chevet. Elle entendit un livre tomber au sol et rebondir sur le parquet. Finn jura encore puis soupira de soulagement.

Il se rassit sur le lit, déballa le préservatif et le déroula sur lui. Puis, il se caressa. Elle trouvait cela terriblement sexy… Elle gémit de désir, et Finn plongea le regard dans le sien.

— C'est excitant, dit-elle.

— Ça ? demanda-t-il en se caressant encore.

Elle hocha la tête. S'il ne la touchait pas bientôt, elle pourrait bien subir une combustion spontanée.

Ne pouvant s'en empêcher, elle glissa la main entre ses cuisses, mais elle n'eut pas le temps de se donner du plaisir car Finn la souleva, s'enfonçant enfin entre ses replis chauds et humides, jusqu'à la garde.

Elle adorait sentir le poids rassurant de son corps sur elle. Et elle aimait respirer son eau de toilette mêlée au parfum enivrant du sexe. Poussant un soupir de plaisir, elle se cambra afin que ses seins se pressent contre son torse.

Finn, immobile, serrait les dents.

Elle ignorait ce qu'il attendait. Mais, concentrée sur son propre orgasme à venir, elle se mit à onduler des hanches, de manière à intensifier son plaisir.

Elle ne savait pas si elle serait capable d'attendre Finn. Et, à vrai dire, elle s'en souciait peu. Elle sentit les doigts de Finn s'enfoncer dans ses fesses, vit un muscle tressauter dans sa mâchoire. Il ne bougea pas, la laissant établir le rythme des va-et-vient.

Le temps se suspendit, et les galaxies entrèrent en collision quand elle atteignit l'orgasme libérateur, dans une explosion de lumière.

Quand elle revint peu à peu sur terre, elle agrippa les biceps de Finn et plongea le regard dans ses yeux assombris. Il était encore en elle, rigide et lourd.

Il sourit, écartant les boucles qui barraient son visage.

— C'était bon ? lui demanda-t-il.

Incapable de parler, elle hocha la tête en guise de réponse.

Il alla plus loin en elle, et elle ressentit un autre spasme de plaisir, plus lent et plus profond mais non moins exquis.

— Bien, dit-il en souriant. Maintenant, je veux que tu jouisses à nouveau.

C'était l'un des rares ordres auxquels Beah obéissait volontiers.

Dix jours plus tard, Beah essayait de faire en sorte que Finn se concentre sur le mariage de Ben et Piper. Mais Finn, debout derrière la chaise sur laquelle elle était assise, ne cessait de la distraire en lui mordillant le cou ou en jouant avec ses cheveux.

Elle sentit ses doigts experts caresser sa clavicule et repoussa sa main.

— Finn Murphy ! Concentre-toi ! Ces décisions ne vont pas se prendre toutes seules, or le mariage a lieu dans à peine trois semaines.

En guise de réponse, il glissa la main sous son chemisier et caressa son téton à travers son soutien-gorge. Gardant un œil sur la porte et sur les murs de verre, elle appuya la tête contre son avant-bras, prenant un instant pour savourer les ondes de désir qui la parcouraient.

Il se pencha pour lui murmurer à l'oreille :

— Je ne t'ai pas vue depuis dix jours, et tu me demandes de me concentrer sur les fleurs et autres détails. Impossible.

— Quelqu'un pourrait nous voir.

— Détends-toi, chérie. Si quelqu'un arrive dans le couloir, je l'entendrai avant qu'il ne nous voie. Mais il y a une autre solution : viens dans mon bureau. Nous pourrons fermer la porte à clé et nous cacher pendant une heure. Peut-être deux.

Ou mieux, si on oubliait le travail ? Il est plus de 16 heures. Allons chez nous.

Elle était tentée. Très tentée. Mais elle ne pouvait pas céder. Elle avait un rendez-vous avec l'un de ses plus récents clients, un millionnaire du net qui avait pris l'avion spécialement pour la voir. Et puis, chez elle, ce n'était pas chez Finn. Chez elle, c'était son appartement de Notting Hill, même si elle n'était pas retournée à Londres depuis près d'un mois.

Certes, elle pouvait travailler n'importe où.

Son client devait arriver dans - elle vérifia sur sa montre Cartier - cinq minutes. Il était peut-être dans le couloir en ce moment même. Pas le temps de faire quoi que ce soit d'intéressant… Et par intéressant, elle voulait dire filer avec Finn dans son bureau souterrain, le déshabiller et explorer son corps sculpté avec ses lèvres et sa langue.

Elle soupira et retira à contrecœur la main de Finn de son chemisier. Il n'était pas le seul à être follement excité.

Elle se leva et regarda par les murs de verre du bureau. Comme il n'y avait toujours personne dans le couloir, elle déposa un baiser rapide et ferme sur sa bouche sensuelle.

— Plus tard, dit-elle. Maintenant, sois sage !

Elle tenta de ranger sa chaise sous le bureau, mais Finn la maintint devant lui.

— Accorde-moi une minute, trésor. Personne n'a besoin de voir la proéminence dans mon pantalon.

Non, en effet. Beah rougit mais soutint le regard de Finn, car le même désir brillait dans leurs yeux.

— Nous aurons notre récréation privée plus tard, dit-elle. C'est promis.

— Chez moi ? Dès que tu pourras t'échapper ?

Elle ne pouvait pas lui résister et elle ne le souhaitait pas. Car elle avait trop envie de lui. Deux semaines plus tôt, Ronan l'avait envoyée à São Paulo afin qu'elle rencontre le comité directeur d'un musée privé de la ville. Ils songeaient à écouler une partie de leur collection et voulaient l'opinion de Beah sur les pièces qu'ils devraient ou non garder, et discuter d'un éventuel contrat avec Murphy.

Une fois à São Paulo, elle en avait profité pour aller jusqu'à Bariloche, une ville montagneuse pittoresque dans le sud-ouest de l'Argentine. Une habitante de la ville avait envoyé, quelques mois plus tôt, la photo d'un Renoir potentiel via un formulaire de contact, et le tableau avait semblé suffisamment ressemblant pour que Beah juge bon de se déplacer.

Au grand désarroi de la propriétaire, elle avait établi que le tableau était une imitation. Un faux de bonne qualité, mais un faux tout de même. La propriétaire s'était emportée et avait déclaré qu'elle demanderait une seconde opinion. En guise de réaction, Beah avait haussé les épaules et lui avait laissé sa carte.

Ce n'était pas la première fois qu'elle annonçait à des gens pleins d'espoir que leur trésor adoré, transmis de génération en génération, était un faux et ne valait rien. Et ce ne serait pas la dernière.

Pendant son absence, Beah avait pensé à Finn souvent. D'accord, tout le temps. Et il lui avait terriblement manqué. Ses rêves étaient torrides et remplis de souvenirs de leurs nuits de passion…

— Sérieusement, gronda Finn, si tu ne chasses pas cette expression sensuelle de ton visage, je vais te plaquer contre le mur le plus proche et t'embrasser à perdre haleine. Et peu m'importe qu'on nous voie ou non.

Il fallait éviter cela, s'avisa-t-elle. Elle chassa ses pensées érotiques de son esprit, contourna le bureau pour mettre un peu d'espace entre Finn et elle - mieux valait faire preuve de prudence - et désigna la pile de magazines de mariage sur le bureau. Elle prit le premier et l'ouvrit à une page marquée par un Post-it jaune vif.

— Roses blanches et jasmin, ou gerberas gais et colorés ? le questionna-t-elle.

Il regarda les images, fronça les sourcils puis haussa les épaules.

— Je n'en sais rien.

Les hommes !

— C'est pourtant simple, Finn, quel bouquet préfères-tu ?

— Aucun. Les deux. Je suis sûr que Piper aimera les deux. Pourquoi ne pas lui poser la question ?

— Je lui ai envoyé des mails et des SMS mais elle ne m'a pas répondu. Tu as parlé à Ben récemment ?

— Non, pas depuis une semaine environ. Mais j'ai été très occupé.

Étrange, songea-t-elle en se mordillant la lèvre. Mais le temps pressait, et ils ne pouvaient pas attendre que Ben et Piper leur répondent.

— Il faut qu'on se décide aujourd'hui, décréta-t-elle. Le fleuriste doit passer commande.

Finn rangea la chaise sous le bureau.

— Je te fais confiance, Bee. Ben et Piper aussi. Appelle le fleuriste.

Les fleurs étaient un choix très personnel. C'était beaucoup trop de pression.

— Pourquoi tu ne le ferais pas, toi ? geignit-elle.

Il montra d'un geste sa tenue.

— Je porte des hauts noirs et des jeans la plupart du temps parce que ça va ensemble et que ça m'évite de réfléchir. Mon appartement a été rénové par une décoratrice d'intérieur. Je ne suis pas doué pour tout ça. Choisis un bouquet, Bee.

Soit. Beah promena son regard sur les photos du magazine. Les gerberas étaient joyeux, mais les roses et le jasmin étaient romantiques. C'étaient les fleurs qu'elle choisirait s'il s'agissait de son mariage.

— D'accord, jasmin et rose. Ensuite, le dessert.

Il sourit.

— Nous avons opté pour un gâteau à la framboise et au chocolat blanc, dit-il. Trois étages, parce que mes frères seront là et qu'ils mangeront chacun un étage entier.

— Et tu mangeras le troisième, plaisanta-t-elle tout en

prenant des notes sur son agenda. Tu as pu jeter un coup d'œil aux menus que les traiteurs ont envoyés ?

— Oui. Malheureusement, ils n'ont pas le temps de préparer une dégustation.

Cet homme ne pensait qu'à son estomac. Ou au sexe.

— Étant donné les délais courts, nous allons devoir leur faire confiance, dit-elle. Quel menu as-tu choisi ?

— Celui avec du canard rôti. J'aurais juste préféré que nous puissions le goûter avant.

— C'est l'un des meilleurs traiteurs de Boston. Leur cuisine sera exemplaire, lui assura-t-elle. Tu penses avec ton ventre, une fois de plus.

— Quand tu te penches sur le bureau et que tu me montres les bords de ton très joli soutien-gorge rose, ce n'est pas la seule partie de mon corps avec laquelle je pense…

Beah plaqua la main contre son chemisier et plongea le regard dans le sien. Elle vit de l'envie, du désir dans ses yeux… Il fallait qu'elle écourte cette réunion, pour contenir ce feu qui brûlait entre eux.

Sinon, il pourrait embraser toute la ville.

— Bon sang, Finn, cesse de me regarder comme ça !

— Impossible.

Le téléphone de Beah émit un bip, annonçant un message. Eli, l'assistant de Ronan, l'informait qu'il arrivait avec son client. Elle montra le message à Finn qui se remit derrière le dossier de la chaise. En effet, il lui fallait encore un peu de temps pour retrouver son état normal. Elle aussi aurait bien besoin de quelques minutes pour se ressaisir…

Elle devait reprendre le contrôle sur cette attraction qui faisait rage entre eux. Sinon, elle finirait par la consumer.

Mais Beah s'occuperait de ce problème plus tard. Pour l'instant elle avait un client à voir. Des affaires à mener. Et elle avait une décision à prendre. Elle jeta un coup d'œil à son téléphone, songeant au mail qu'elle avait reçu de Michael Summers pendant qu'elle était à São Paulo. Il avait besoin d'une réponse définitive, et il en avait besoin bientôt. Le temps de la réflexion touchait à sa fin.

Entre la vente à venir, ses clients exigeants, Michael, et le mariage à organiser, Beah se sentait dépassée. Et puis, il y avait Finn...

Musclé, sensuel et séduisant. Et, malgré son badinage, aussi émotionnellement distant que jamais.

Quoi qu'il en soit, elle avait une mission à accomplir. Elle prit une profonde inspiration, s'assura que ses boucles étaient sous contrôle et lissa sa jupe. Redressant les épaules, elle plaqua un sourire sur son visage et alla ouvrit la porte.

Elle salua Eli puis offrit une poignée de main à Marshall Ford, son nouveau client. Il était bâti comme un joueur de football américain et ne ressemblait pas du tout à ce qu'elle avait imaginé.

Marshall Ford était, eh bien... Époustouflant.

Si elle n'avait pas un séduisant ex-mari dans son lit, elle serait tentée de flirter. Ou plus...

— Beah, je vous présente M. Ford, dit Eli. Je peux vous apporter du café et des pâtisseries, si vous le souhaitez.

Beah serra la main de Marshall.

— Café et pâtisseries, monsieur Ford ? demanda-t-elle.

— Volontiers, je meurs de faim. Et, je vous en prie, appelez-moi Marsh, répondit-il d'une voix grave et claire.

— Pour moi aussi, Eli, merci, intervint Finn.

Beah fut surprise. Finn comptait rester ? Pourquoi ? Elle le regarda d'un air méfiant quand il approcha d'eux. Finn l'ignora et serra la main de Marshall.

— Finn Murphy, directeur.

Elle se retint de lever les yeux au ciel. En temps normal, Finn se présentait comme le responsable des recherches.

Se pouvait-il que son ex-mari se sente un peu menacé, un peu jaloux ? L'idée l'amusait, car elle ne l'aurait pas cru capable d'éprouver un tel sentiment.

En tout cas, jalousie ou pas, elle ne le laisserait pas gâcher cette entrevue. Finn n'était pas le bienvenu.

— Eli, dit-elle, Finn prendra son café dans son bureau puisqu'il allait partir.

Finn voulut protester, mais elle lui décocha un regard assassin et, sans lui laisser le temps de parler, ajouta :

— Je te verrai plus tard, Finn.

Elle reporta son attention sur Marshall Ford.

— Venez vous asseoir, Marsh. Installez-vous sur le canapé, vous y serez plus à l'aise.

Profitant du fait que Marshall leur tournait le dos, Beah donna une tape sur le bras de Finn et lui fit signe de partir. Il lui envoya un regard agacé mais, Dieu merci, il sortit de la pièce. Elle vit Eli réprimer un sourire.

Elle leva les yeux au plafond puis ferma la porte vitrée. Quand elle se retourna vers Marshall, elle sentit le regard de Finn sur elle.

Une fois installée face à son client, elle vit qu'Eli entraînait Finn dans le couloir. Elle poussa un petit soupir de soulagement.

— Marsh, bienvenue chez Murphy International. Comment puis-je vous aider ?

Finn versa le curry de crevettes thaï - le préféré de Beah - dans une boîte de conservation et ferma le couvercle.

Dieu merci, il n'avait pas encore débouché le champagne. Il avait fait l'effort de cuisiner le plat favori de Beah, et cela l'ennuyait d'avoir gâché de la nourriture et perdu son temps. Mais s'il avait perdu en plus une bouteille de champagne à deux mille dollars - Bollinger Vieilles Vignes Françaises 1996 - sa pression sanguine aurait grimpé en flèche.

Il retira la bouteille du seau à glace et la posa sur le plan de travail en granit.

Puis il prit une bière dans le réfrigérateur et se dirigea vers le balcon, soufflant au passage sur les bougies parfumées qui ornaient la table.

Le dîner romantique qu'il avait prévu pour fêter le retour de Beah était un fiasco.

Une fois sur le balcon, il s'appuya contre la rambarde, sa bière à la main. Une brume s'élevait sur la mer calme, cachant les bateaux. Il faisait bon ce soir ; l'hiver desserrait peut-être enfin ses griffes sur Boston. Finn était impatient d'arriver aux beaux jours, et à l'été. La vente Mounton-Matthews serait passée, et tout le monde pourrait enfin se détendre. Il avait déjà prévu de faire du kayak en eaux vives et du kitesurf.

Sa résidence disposait d'une piscine, dans laquelle il nageait souvent, mais ce n'était pas la même chose que de pêcher au harpon ou de faire de la plongée.

Il avait renoncé à un séjour en montagne car Beah lui avait dit qu'elle serait de retour à Boston cette semaine.

Il était resté parce qu'elle lui manquait. Plus qu'elle ne le devrait.

Il prit une longue gorgée de bière. Comme il avait été bête de concocter un repas romantique pour son ex-épouse… Ils n'avaient fait aucun projet ferme pour ce soir, mais il avait supposé, après leur badinage sensuel plus tôt dans la journée, qu'ils passeraient la nuit ensemble.

La réunion de Beah avec Marshall Ford avait sans doute conduit, comme ses propres réunions, à un verre, puis à un dîner. Divertir les clients faisait partie du travail de Beah, il le comprenait, mais il n'était pas obligé d'apprécier cet aspect.

Et il l'appréciait encore moins quand le client de Beah était un type séduisant, riche comme Crésus, jeune et célibataire. Oui, Finn s'était renseigné sur Ford dès qu'il était retourné dans son bureau…

Sa jalousie était pathétique.

Voilà pourquoi il avait évité Beah toutes ces années, se dit-il. Manifestement et inconsciemment il avait senti que leur attirance était trop forte, et qu'il était plus facile de garder leurs distances que de céder à leur attirance toujours vivace. Le fait qu'il y ait un océan entre eux lui avait facilité la tâche.

Une fois la vente Mounton-Matthews passée, la vie reprendrait son cours normal. Beah rentrerait à Londres, leur liaison serait terminée, et il retrouverait son quotidien.

Il devait l'admettre, quand il était avec Beah, il se sentait plus léger, plus gai, moins sérieux. Elle parvenait toujours à lui changer les idées, à alléger sa charge mentale, à le faire rire. Elle était comme un vent chaud et tropical qui soufflait sur les parts sombres de son être, privées d'air et de lumière depuis très longtemps.

Plus elle resterait, plus il s'appuierait sur elle, et ce serait une mauvaise chose. Car la vie lui avait appris que les femmes sur lesquelles il se reposait et qu'il aimait - sa mère, sa belle-mère, et même Thandi, la défunte épouse de Ronan - l'avaient toutes quitté.

Alfred Tennyson s'était trompé : il valait mieux ne pas avoir aimé que d'avoir aimé et perdu.

Était-ce vrai ? Ou était-il juste un lâche ? Bien sûr, il pouvait sauter d'un hélicoptère à douze mille pieds d'altitude pour atterrir dans la neige, se jeter du haut d'un gratte-ciel avec un parachute, emprunter des pistes raides sur sa moto tout-terrain… mais l'amour et les relations sentimentales requéraient une autre sorte de courage.

Et Beah était la seule femme qui provoquait chez lui des sensations aussi fortes que lorsqu'il dévalait une piste noire ou qu'il sautait d'un avion.

L'excitation, la peur, l'euphorie.

Pas étonnant que Beah l'effraie autant.

Les sports d'aventure pouvaient briser son corps, mais il était toujours prêt à prendre ce risque. En revanche, il n'avait aucune envie de mettre son cœur en jeu.

Il entendit la porte d'entrée s'ouvrir et les talons de Beah marteler le parquet. Il ne s'était pas retourné, pourtant son corps réagissait déjà à sa présence : le désir affluait dans son aine, et son cœur battait à se rompre.

Beah était là.

Elle en avait mis, du temps !

Son parfum exquis l'enveloppa en premier, puis elle noua les bras autour de sa taille et appuya la joue contre son omoplate.

— Désolée d'être en retard, dit-elle.

Il n'allait pas lui poser de questions. Vraiment pas.

— Comment s'est passé ton dîner avec Marsh ? demanda-t-il.

Il n'avait pas pu s'en empêcher.

— Très bien, répondit-elle. Son compagnon Alex nous a rejoints. Il est styliste à Los Angeles, et c'est lui qui a conseillé à Marsh de commencer une collection. Il devait nous rejoindre chez Murphy mais il a été retardé.

Marsh Ford était homosexuel. Finn ne savait pas s'il devait se sentir soulagé ou stupide. Les deux, sans doute. Il se retourna et attira Beah dans ses bras. Elle déposa un baiser sur sa joue.

— Pardon de ne pas t'avoir prévenu, la batterie de mon téléphone était vide.

Il voulut lui répondre que ce n'était pas grave, mais il était encore irrité d'avoir préparé un repas pour rien et de l'avoir attendue en se demandant où elle était.

Elle l'observa.

— Ça va ? demanda-t-elle.

— Oui, pourquoi ?

— Pour rien.

Elle renifla.

— Est-ce que tu as préparé un curry thaï pour le dîner ? reprit-elle.

— Oui.

— Tu m'en as laissé ? S'il n'y en a plus, je serai déçue. Tu sais à quel point j'adore ton curry de crevettes !

Oui, il le savait. C'était pour cela qu'il l'avait cuisiné. Mais elle n'avait pas besoin de savoir qu'il avait fait beaucoup d'efforts pour elle, il se sentait assez idiot comme cela. Pourvu qu'elle n'ait pas remarqué la bouteille de champagne sur le plan de travail et les chandelles sur la table !

Il connaissait un très bon moyen de détourner son attention… Prenant son visage en coupe, il posa les lèvres sur les siennes. Il comptait s'en tenir à un baiser doux, du moins au début. Mais quand Beah se blottit contre lui et entrouvrit la bouche, il sentit le désir monter en lui.

Puis elle fit danser sa langue sur la sienne, et le monde de Finn trembla puis se stabilisa. Tenir Beah dans ses bras lui semblait normal. Et même naturel. Il y avait eu d'autres femmes après elle - il était divorcé, pas moine - mais aucune ne l'avait étreint comme elle le faisait, aucune ne lui avait fait autant d'effet.

Aucune n'avait sa saveur.

Aucune femme ne lui arriverait jamais à la cheville.

Beah continuait de l'embrasser, de mêler sa langue à la sienne. Finn prit le contrôle du baiser, mordillant doucement la lèvre inférieure de Beah avant d'apaiser la douleur par une caresse de sa langue. Et il ne put s'empêcher d'explorer son corps avec ses mains…

Beah avait un dos parfait et un postérieur rebondi. Il se baissa légèrement pour caresser l'arrière de ses cuisses, les fossettes au-dessus de ses fesses, et sourit quand il sentit la marque de son string. Elle portait toujours des dessous sexy, et il adorait cela. Il glissa la main entre eux et effleura son sexe tandis qu'elle gémissait contre ses lèvres. Ils venaient de commencer, et déjà il était au comble de l'excitation.

Dans ses bras, il se sentait heureux. Le sentiment était-il réciproque ?

Beah repoussa sa main le temps de baisser la fermeture Éclair de son pantalon. Le vêtement descendit sur ses hanches rondes et, acceptant cette invitation tacite, Finn passa la main sur le petit triangle de dentelle. Elle s'agita contre lui tandis qu'il glissait le doigt sous la couture, s'insérant entre ses replis chauds et humides pour trouver le cœur de sa féminité.

Elle s'appuya contre lui, comme si ses jambes ne la portaient plus, et il resserra le bras autour de sa taille tandis qu'elle écartait légèrement les jambes. Il enfonça les doigts en elle tout en taquinant son clitoris avec son pouce.

— Beah, tu es tellement sexy, chuchota-t-il contre sa bouche, contemplant ses yeux embrumés par le désir.

— Nous devrions arrêter.

Mais tout en disant cela, elle avait collé les hanches contre lui, l'encourageant à aller plus loin. Finn décida d'écouter ses actes et non ses paroles.

Ils n'avaient pas à arrêter. Ils allaient poursuivre cette étreinte. Ici. Maintenant.

Rien n'était plus important que ces instants…

— Profite du présent, Beah, et laisse-toi porter. Laisse-toi aller.

— Je ne sais pas si j'en suis capable.

Il tapota les doigts contre l'intérieur de son sexe, et elle retint brusquement son souffle. Oui, elle aimait ça.

— Tu peux jouir, Beah. Et tu vas jouir.

Elle était sur le point d'exprimer des doutes, mais il l'empêcha de parler en pressant la bouche sur la sienne. Il augmenta la pression sur son clitoris, et elle se pressa contre lui.

Entravé par le pantalon de Beah, il le lui retira. Puis il la prit par la main et l'entraîna vers la table basse.

Lui relevant la jambe, il plaça son pied sur la table. Ainsi, elle était à sa merci, et offerte à son regard. Elle était si belle dans le clair de lune… Écartant son string sur un côté, il effleura du bout de l'index sa fine toison rousse, pour attiser son plaisir. Beah le regardait faire, comme hypnotisée.

Elle posa la main sur sa mâchoire et fit pivoter son visage vers le sien. Elle l'embrassa fougueusement, exprimant ainsi ce qu'elle attendait de lui. À présent, elle était entièrement absorbée par son propre plaisir ; elle ne pensait pas à lui ni à ce dont il avait besoin. Et il n'y voyait aucun inconvénient.

Car, ce dont il avait le plus besoin, c'était de la voir s'atomiser entre ses bras. Le plaisir de Beah était tout ce qui comptait.

Pour la satisfaire, il se concentra pleinement sur ses gestes, allant et venant en elle à un rythme lent et régulier. Mais elle avait besoin de quelque chose de plus. Il ne savait pas exactement quoi, alors, sans réfléchir, il écarta les pans de son manteau et se mit à déboutonner son chemisier, dévoilant son soutien-gorge couleur ivoire. Il glissa la main sous le bonnet et, aussitôt, sentit son téton se dresser contre sa paume.

Pour lui faire perdre tout contrôle, il continua ses mouvements entre ses cuisses et sur son sein et fut récompensé par le son de sa respiration saccadée, signe qu'elle était tout près du précipice. Elle s'appuya contre lui, languide, et ondula des hanches, en quête d'une libération. Comment était-ce pour les femmes ? se demanda-t-il. Cela commençait-il, comme pour lui, à la base de la colonne vertébrale ? Était-ce comme un éclair intense et violent qui frappait tout le corps ? Ou plutôt comme une vague brûlante ?

En tout cas, il n'avait jamais rien vu de plus sensuel que l'expression de Beah à cet instant. Elle avait les lèvres entrouvertes et les joues empourprées. Son chignon était défait, et son regard avait une teinte dorée, sombre et fascinante. Elle semblait sauvage.

— Tu es tout près, Beah, gronda-t-il contre son oreille. Et tu es sexy, tellement sexy.

Elle appréciait ses mots, il le sentait. Alors il poursuivit :

— Je pourrais jouir rien qu'en te regardant trembler de plaisir.

C'était la vérité. Il était au bord de l'explosion, alors qu'elle ne l'avait pas encore touché.

— Finn, j'ai besoin…

— Tu as besoin que je fasse ça, dit-il, glissant un autre doigt en elle et pressant le pouce sur son clitoris.

Elle gémit. Puis frissonna.

— Jouis pour moi. Maintenant !

Obéissant à son ordre, elle s'atomisa, se cambrant d'instinct tandis qu'elle s'accrochait à chaque sensation de son orgasme. Elle ne remarqua pas qu'il avait retiré sa main de son sein pour la glisser dans son propre pantalon. Il n'eut besoin que de quelques mouvements pour atteindre à son tour le plaisir suprême.

Le souffle court, il ferma les yeux.

Il avait voulu faire perdre le contrôle à Beah mais, au passage, il avait aussi perdu le sien.

7

C'était leur sixième rendez-vous depuis l'ultimatum de Dare, et Keely n'avait toujours pas revu son amant nu. Mais elle ne lui demanderait certainement pas quand et où ils referaient l'amour. Elle n'était pas désespérée à ce point.

En réalité, si, elle était désespérée, mais elle ne l'avouerait pas à Dare. Elle avait sa fierté. Cela dit, puisqu'elle n'obtenait pas les ébats exceptionnels promis, pourquoi avait-elle accepté ce dîner dans le bar préféré de Dare ? Parce qu'elle appréciait sa compagnie, voilà pourquoi ! Dare, maudit soit-il, était intelligent, plein d'esprit, capable de conversations profondes, et Keely adorait discuter avec lui. Et puis elle aimait être courtisée, charmée, couverte d'attentions. Elle aimait les fleurs, les SMS, le fait qu'il lui téléphone juste avant 23 heures pour lui souhaiter une bonne nuit.

Oui, elle appréciait Dare.

Mais il fallait qu'elle reprenne les commandes, qu'ils reviennent à une liaison purement physique. C'était le seul type de relation qui fonctionnerait entre eux.

À la vérité, elle aimait un peu trop ces rendez-vous galants. Et ce n'était pas acceptable. Elle ne tomberait pas amoureuse de Dare. C'était hors de question.

Ce soir, parce qu'elle devait se protéger et protéger son cœur trop tendre, elle lui poserait un ultimatum, elle aussi. Soit ils reprenaient le sexe, soit ils rompaient…

Elle se glissa sur une banquette et soupira quand Dare s'assit non pas face à elle mais à côté d'elle, épaule contre épaule, cuisse contre cuisse. Une serveuse vint à leur table, et Keely ne put lui en vouloir de contempler son compagnon. De contempler Dare, rectifia-t-elle.

Il commanda un verre de chardonnay pour elle et une bière pour lui, et lorsque la serveuse finit par repartir, il lui donna un petit coup de coude et demanda :

— Tu es bien silencieuse. Tout va bien ?

Elle se décala jusqu'au coin de la banquette, pour mettre à distance l'homme qui occupait ses pensées chaque nuit et qui, quand elle parvenait à trouver le sommeil, était la star de ses rêves très érotiques.

Elle pourrait y arriver. Il fallait qu'elle y arrive. Et ce bar sans prétention était l'endroit idéal pour mettre les choses au clair.

— Il faut qu'on parle, déclara-t-elle.

— Je m'attendais à ce que tu dises ça, et la réponse est non. Nous n'allons pas revenir à notre relation d'avant.

Il eut même le toupet de ponctuer sa phrase d'un sourire. Keely sentit la moutarde lui monter au nez.

— Tu n'es pas seul dans cette relation, rétorqua-t-elle.

— Je suis le seul qui ait un peu de jugeote.

Il s'adossa à la banquette, ferma les yeux et secoua la tête.

— Je suis fatigué, Keels. J'ai eu une sale journée. Et je suis en manque de sexe. Reportons cette discussion à une autre fois, d'accord ?

Elle avait remarqué les ombres sous ses yeux, les marques de fatigue autour de ses lèvres. Elle voulait savoir pourquoi il semblait épuisé, et mécontent. Mais elle ne pouvait se permettre d'aller sur ce terrain ; c'était trop dangereux.

— Je peux m'occuper du manque sexuel, susurra-t-elle de sa voix la plus séductrice, posant la main sur sa cuisse.

Le sexe était à sa portée. C'étaient les émotions qui l'effrayaient terriblement.

Il parut déçu, puis fâché.

— Ta réaction est tellement prévisible, Killer. Et ennuyeuse à mourir.

Ennuyeuse à mourir ? Il y allait fort ! Elle retira sa main et lui décocha un regard cinglant.

— Je suis ennuyeuse ?

Il roula des yeux.

— Je n'ai pas dit que tu étais ennuyeuse, j'ai dit que ta réponse l'était.

— Que veux-tu que je te réponde, Wilfred ?

La serveuse apporta leurs boissons et, percevant manifestement la tension ambiante, les observa Dare et elle. Dare l'ignora et se pinça l'arête du nez.

— Tu aurais de l'aspirine ? demanda-t-il.

— Oui, répondit Keely, un peu déroutée.

Pendant que la serveuse s'éloignait, Keely sortit de son sac une petite boîte en métal dans laquelle elle avait toujours quelques cachets. Elle en versa quelques-uns dans sa main.

— Combien t'en faut-il ? demanda-t-elle.

Il prit trois pilules sur sa paume tendue et les avala avec quelques gorgées de bière. Puis il se tourna vers elle.

— J'ai eu une journée calamiteuse. J'ai perdu une affaire au tribunal, et l'un de mes plus anciens clients a été arrêté pour fraude, ce qui me met hors de moi parce que je l'avais prévenu. Mon assistante juridique préférée a quitté mon cabinet pour aller travailler ailleurs, et j'ai un mal de tête terrible, énonça-t-il. Et au lieu de me demander ce qui ne va pas, la personne que j'étais impatient de retrouver, la seule qui améliore toujours mon humeur, réduit immédiatement ce que nous partageons au sexe.

D'accord, il était réellement fâché. Et à en juger par la douleur dans son regard bleu nuit, il était blessé. Elle n'avait pas voulu lui faire de peine ; elle avait simplement peur.

Mais, peur ou pas, elle aurait dû le questionner sur sa journée, essayer de faire comme si cela l'intéressait. Car cela l'intéressait, énormément. Elle but un peu de vin et se demanda ce qui se produirait si elle cessait de mettre de la distance entre Dare et elle, si elle s'autorisait à apprécier sa compagnie, à savourer ces instants excitants et merveilleux.

Mais si elle tombait amoureuse de lui ? Que se passerait-il alors ?

Peut-être que Dare l'aimerait aussi. Et dans ce cas, elle ne finirait pas avec un cœur en miettes. Peut-être que tout irait bien.

Peut-être...

— Tu sais quoi ? Tu as sans doute raison, lâcha-t-il.

Elle recula contre la banquette, soudain en alerte. Elle observa son visage sombre, vit la déception dans ses yeux.

— Nous devrions revenir à avant, mais pas au sexe. Nous devrions remonter jusqu'à la période où nous avions une simple relation avocat-cliente. Quand nous étions juste des connaissances, conclut-il d'une voix froide.

Elle plaqua la main sur son cœur, espérant l'empêcher de se fendre en deux.

— Dare...

Ce n'était pas du tout ce qu'elle voulait.

— J'ai essayé avec toi, Keely, j'ai fait tout ce que je pouvais pour te montrer que nous pourrions être heureux ensemble, que nous pourrions construire quelque chose.

Il se leva et glissa les mains dans les poches de son jean, la mâchoire serrée et les yeux plissés. Il avait son air d'avocat, l'air « ne me cherchez pas ».

Il allait la quitter...

— Mais ce n'est pas une relation à sens unique, et il m'en faut plus. J'ai trente-cinq ans, Keely. Je veux une compagne, une amie, quelqu'un sur qui me reposer. Mais tu es décidée à croire que je vais te faire souffrir. Tu rejettes une relation qui pourrait être fantastique parce que tu as peur.

Bien sûr qu'elle avait peur ! N'en avait-elle pas le droit ?

— J'ai peur, moi aussi, mais j'en ai assez d'être le seul qui se batte pour nous. J'en ai assez d'être le seul à avoir foi en nous. Je ne crois pas aux âmes sœurs. Dans un monde de huit milliards d'êtres humains, il doit bien y avoir plus d'une personne avec qui je peux être heureux. Puisque tu ne veux pas m'accompagner dans ce voyage, je trouverai quelqu'un d'autre.

Ses paroles lui lacéraient le cœur et l'âme. Elle voulut protester, mais aucun mot ne sortit de sa bouche. Après une minute passée à l'observer, Dare sortit son portefeuille de la poche de son jean, prit quelques billets et les posa sur la table.

— D'accord. Merci pour rien, assena-t-il.

Les bras autour de la taille, Keely le regarda partir. Elle aurait aimé avoir assez de courage pour le retenir, pour jeter sa prudence aux orties et s'autoriser à aimer Dare.

Il la quittait, comme ses autres amants. Seulement, cette fois, c'était elle la seule responsable.

Ne trouvant pas le sommeil, Beah sortit de la chambre et alla sur le balcon. Uniquement vêtue d'une chemise empruntée à Finn, elle appuya les bras sur la rambarde et contempla le port. Il faisait frais, mais elle appréciait la sensation de la brise sur ses jambes nues. Elle avait toujours aimé le froid, car il lui donnait l'impression d'être encore plus vivante.

Le sexe avec Finn avait le même effet sur elle. Elle était à Boston depuis plusieurs semaines à présent, et ils avaient partagé de nombreuses nuits, toutes plus fantastiques les unes que les autres. Bien qu'elle ait laissé quelques vêtements à Mounton House, la plupart étaient accrochés dans le placard de Finn, ses chaussures étaient à côté des siennes sur l'étagère, et ses produits de beauté jonchaient le plan de toilette de la salle de bains. Elle s'était installée chez lui, en somme.

Retourner à Londres, dans son appartement vide, serait difficile. Beah n'avait jamais vraiment souffert de la solitude, mais elle craignait que cela ne change quand elle rentrerait chez elle. Ici, à Boston, elle était devenue amie avec la sœur de Finn, Tanna, ainsi qu'avec les compagnes de Carrick et Ronan, Sadie et Joa. Elle avait été invitée à un déjeuner, à une soirée entre filles, et même à un café matinal avant le travail. Toutes ces jeunes femmes étaient intelligentes, drôles, et bien qu'elles soient des personnalités de premier plan dans cette ville, elles avaient su rester simples.

Beah avait des amies… et cela lui plaisait.

En ce moment, son travail aussi était plaisant. Elle aimait travailler dans les bureaux du siège, à quelques pas de son supérieur direct, Ronan. La communication par mail et par téléphone avait fonctionné toutes ces années, mais c'était agréable de pouvoir passer la tête dans le bureau de Ronan, de discuter en face-à-face d'un client ou d'un projet. Ici, elle se sentait moins isolée.

Décidément, le retour à Londres ne serait guère réjouissant. Mais bientôt elle s'installerait dans les bureaux luxueux de Michael à Kensington, et elle aurait un nouveau défi à relever, de nouveaux clients. Elle serait si occupée qu'elle n'aurait pas le temps de réfléchir ni d'éprouver des sentiments.

C'était ce qu'elle souhaitait… Non ?

Elle entendit Finn la rejoindre sur le balcon et sourit quand il enroula les bras autour d'elle et appuya le menton sur le sommet de sa tête. Elle saisit ses poignets et soupira, savourant la chaleur de son corps contre le sien.

Entre ses bras, elle se sentait chérie et protégée. Comme dix ans plus tôt, avant que tout ne s'écroule.

Ne t'y habitue pas, Beah. Ce n'est qu'une liaison temporaire.

— Il fait un froid de canard ici, Bee !

Finn n'avait jamais aimé la fraîcheur.

— Encore quelques minutes, dit-elle.

— Ne viens pas te plaindre si tu récoltes des engelures.

— Cesse de dramatiser, Murphy ! répliqua-t-elle, amusée.

Elle regarda les bateaux de luxe dans le port.

— Tu sais naviguer ? demanda-t-elle. Je ne m'en souviens plus.

— Levi, le fiancé de Tanna, possède une marina et quelques bateaux. Je navigue de temps en temps avec lui, mais je ne suis pas un passionné.

Elle déposa un baiser sur son poignet, sous la manche de son sweat-shirt.

— Et tu aimes toujours les sports à risque ? demanda-t-elle.

Quand il la serra plus fort et frissonna, elle eut pitié de lui. S'extirpant de son étreinte, elle retourna dans la chambre chauffée, où le lit était défait après leurs ébats.

Finn la suivit et referma la baie coulissante derrière lui.

— Oui, je skie toujours et je saute encore en parachute.

Une manière édulcorée de décrire ce qu'il faisait vraiment.

— Pistes noires et sauts du haut des gratte-ciel ?

Beah était contente que ses paroles n'aient pas sonné comme une accusation. Finn et elle avaient eu bien des disputes sur la question. Son besoin de s'échapper, les risques insensés qu'il prenait l'avaient toujours perturbée. Avec le recul, elle se rendait compte qu'elle n'avait pas voulu qu'il abandonne sa quête d'adrénaline. Elle avait simplement souhaité qu'il lui consacre autant d'attention qu'à ses sports. Elle avait rêvé qu'il se repose sur elle, qu'il s'ouvre à elle, qu'il passe une partie de son temps libre avec elle.

Finn la prit par la main et l'emmena dans la cuisine spacieuse et éclairée. Il lui demanda si elle voulait du café, et lorsqu'elle répondit oui, il alluma la machine dernier cri.

— Tu ne vas pas me faire de sermon ? s'étonna-t-il.

— Je ne suis plus ta femme, Finn. Je n'ai pas à commenter la façon dont tu passes ton temps libre.

Une étrange expression passa sur le visage de Finn, que Beah ne parvint pas à déchiffrer. Était-ce de la tristesse ? Du soulagement ? De la confusion ?

Il ouvrit le réfrigérateur.

— Mais je n'ai jamais compris pourquoi tu aimais ça, ajouta-t-elle.

Et pourquoi tu préférais risquer ta vie plutôt que de parler avec moi.

— Tu as faim ? Moi, oui, dit-il.

Beah l'observa tandis qu'il cherchait ce qu'il pourrait manger.

C'était un comportement d'évitement classique. Finn ne voulait pas discuter de ce sujet, alors il détournait la conversation.

Certaines choses ne changeraient jamais, et elle était stupide de penser et espérer le contraire.

Elle versa de l'eau dans un verre, et après avoir bu quelques gorgées, appuya le verre froid contre son front. Quand cesserait-elle de nourrir de vains espoirs ?

Elle aurait aimé que les choses soient différentes… mais mentalement et émotionnellement elle était revenue à la case départ. Malgré ce qu'elle s'était promis, à savoir se contenter d'une liaison charnelle, elle souhaitait encore que Finn se confie à elle. Pourquoi ?

Elle était même à un cheveu de retomber amoureuse de lui… Une possibilité terrifiante mais qu'elle ne pouvait plus ignorer.

Finn referma le réfrigérateur, et elle remarqua qu'il avait les mains vides. Il appuya l'épaule contre l'appareil en inox et se frotta la nuque.

— Les sports extrêmes me vident la tête, dit-il. Ils chassent les pensées parasites et me permettent de voir les situations plus clairement.

Finn, en train de lui faire des confidences ? C'était une première.

— Je n'ai pas envie de mourir, Beah. Je ne fais pas ça en pensant que je pourrais mourir. Bien sûr, le risque existe, mais je n'y pense pas, car je n'ai pas l'intention de perdre la vie.

Il hésita un instant puis poursuivit :

— Quand je saute d'un gratte-ciel ou que je fais de l'escalade libre, c'est mon propre choix. Ce sont les seuls moments où j'ai le sentiment d'avoir un contrôle total.

— Je ne comprends pas.

— Je ne sais pas si j'arriverai à t'expliquer

Elle sentit son regard sur elle, l'entendit soupirer. Elle crut qu'il allait se taire, mais il reprit :

— Quand j'étais petit, les gens me posaient des questions et essayaient de discuter avec moi, mais je n'avais jamais l'occasion de répondre parce que Carrick et Ronan intervenaient et parlaient à ma place. Alors à force j'ai cessé de parler. C'est devenu une habitude, je suppose.

Oui, cela paraissait logique. Finn réglait seul ses problèmes. Il ne partageait jamais ses pensées intimes avec quiconque, pas même avec elle. Elle en souffrait encore, hélas.

— D'accord. Mais je ne comprends toujours pas pourquoi tu penses que c'est une bonne idée de te jeter du haut des immeubles.

Finn avança vers elle et lui prit le verre des mains. Il le remplit d'eau puis le but d'un trait.

Il porta son regard vers la nuit sombre.

— Ça me donne le sentiment d'être vivant, et ça me rappelle qu'il faut profiter de l'existence. J'ai souvent côtoyé la mort : ma mère, puis Raeni, Thandi. Même Tanna a failli perdre la vie. Alors j'ai l'impression que j'ai besoin de me sentir vivant. Ce que je fais requiert une concentration totale. Je dois mettre de côté les problèmes, les broutilles, et ne penser qu'à ce que je fais dans l'instant. Et c'est dans ces moments-là que j'ai le sentiment de ne faire qu'un avec le monde.

Il lui offrit un de ses sourires dévastateurs.

— Et, oui, j'apprécie l'adrénaline, ajouta-t-il.

Il replaça une boucle de cheveux derrière son oreille et passa le pouce sur sa pommette.

— J'ai remarqué que tu parlais beaucoup moins qu'avant, observa-t-il.

En effet. Elle était un moulin à paroles autrefois, lui racontant tout, les choses importantes comme les choses mineures, pensant que si elle s'ouvrait à lui, il en ferait autant.

Incapable de le regarder, elle alla vers la machine à café sortit des tasses du placard.

— J'étais bavarde, c'est vrai. Maintenant, je te ressemble davantage. J'ai tendance à régler mes problèmes toute seule.

— C'est moi qui t'ai changée ? demanda-t-il.

Elle haussa les épaules. Il ne l'avait pas changée ; personne n'avait ce pouvoir. Mais après leur divorce elle avait choisi de se retirer en elle-même, de s'isoler. Ainsi, quand elle cherchait un réconfort émotionnel et ne le trouvait pas, c'était moins douloureux.

— Nous sommes libres de nos actes, Finn.

Elle n'avait pas envie de gâcher ce qui avait été une charmante journée en parlant du passé.

— C'est vraiment un bel appartement, commenta-t-elle pour changer de sujet.

Il regarda autour de lui et hocha la tête.

— Oui. Je m'y sens bien.

Elle prépara un café pour Finn, se souvenant de ses préférences, et un autre pour elle. Après en avoir bu une gorgée, elle poussa un soupir et fit un mouvement circulaire avec sa tête pour tenter d'évacuer la tension dans ses cervicales.

Finn grimpa sur un tabouret de bar et serra sa tasse entre ses grandes mains. Il l'étudia de son regard intense.

— Tu parles moins, mais je sens que tu luttes contre quelque chose, Beah. Que tu essaies de prendre une décision… Je peux t'aider ?

Elle fixa ses pieds nus ornés d'un vernis rouge vif. Finn lui accordait plus d'attention qu'elle ne l'avait cru… Elle avait envie mentir, de lui dire qu'il avait trop d'imagination, mais ce serait une solution de facilité. Finn avait été honnête avec elle ; elle pouvait, jusqu'à un certain point, être honnête avec lui.

Mais elle ne pouvait pas tout lui révéler maintenant. Elle leva la main, lui demandant silencieusement de lui accorder un instant de réflexion.

Quand les ventes de printemps seraient passées, elle demanderait un rendez-vous avec les frères Murphy et leur expliquerait pourquoi elle voulait poursuivre sa carrière de son côté. D'ici là, elle garderait le secret sur ses projets. Ni les Murphy ni elle n'avaient besoin d'une pression supplémentaire. La vente Mounton-Matthews était capitale, et Beah devait fournir le meilleur service à ses clients…

Des clients qu'elle espérait emmener quand elle quitterait Murphy International. Pourquoi se sentait-elle coupable à cette pensée ? Ce n'était pas comme si elle allait conseiller à ses clients de ne pas commercer avec Murphy. Cela signifiait seulement qu'ils seraient ses clients, et non ceux de Murphy. Elle pourrait collaborer avec d'autres sociétés de ventes aux enchères, accroître ses revenus et faire prospérer ses affaires...

Non pas qu'elle ait besoin de davantage que ce qu'elle possédait déjà. Elle était propriétaire de son appartement et d'un autre qu'elle avait acheté comme investissement. Elle possédait un portefeuille d'actions solide et un fond de retraite conséquent. Tous ses besoins, et la plupart de ses désirs, étaient couverts par son salaire mensuel et par les immenses commissions qu'elle touchait chez Murphy International.

Alors, si ce n'était pas pour l'argent, pourquoi voulait-elle partir ?

Beah ignora l'expression interrogatrice de Finn et sortit de la cuisine. Elle passa devant la salle à manger et descendit les marches menant au salon en demi-niveau pour se poster devant la baie vitrée. Pourquoi était-elle si décidée à voler de ses propres ailes, à ouvrir un nouveau chapitre de sa vie professionnelle ?

Sans doute parce qu'elle espérait qu'une nouvelle aventure, un nouveau défi rempliraient le vide en elle, et qu'ils feraient taire la petite voix qui lui rappelait fréquemment qu'il lui manquait quelque chose. Elle voulait un nouveau défi pour ne pas avoir le temps de réfléchir, pour que ses pensées indésirables soient noyées dans le travail...

En étant très occupée, elle n'aurait pas le loisir de regretter son mariage, ni de songer à son rêve brisé de fonder une famille.

Tandis qu'elle buvait son café, Finn la rejoignit. Au lieu de la toucher, il appuya l'épaule contre la vitre, sentant manifestement qu'elle avait besoin de temps. Et d'espace.

— Je vois que tu es préoccupée, Beah, dit-il calmement. Comment puis-je t'aider ?

Il ne le pouvait pas. Car ce qu'elle voulait le plus de lui, il ne pouvait pas le lui offrir.

Elle secoua la tête.

— Je ne vais pas te mentir en te disant que tout va bien. Oui, j'ai un problème. Mais je dois le régler seule.

Elle s'attendit à ce qu'il proteste. Au lieu de quoi, il lui offrit un petit sourire.

— Je suis là si tu as besoin d'une écoute, Bee. Tu le sais, n'est-ce pas ?

— Parce que nous sommes amis et amants ? rétorqua-t-elle, sans parvenir à masquer l'amertume dans sa voix.

— Parce que je tiens encore à toi, répondit-il avec douceur.

Il tenait encore à elle...

Elle était sur le point de retomber amoureuse, de lui offrir son cœur, alors qu'il tenait simplement à elle. Cela lui fit l'effet d'une douche froide.

Finn sirotait son café, le regard fixé sur les eaux sombres au-delà du balcon.

— Comment va ton père ? demanda-t-il à brûle-pourpoint. Tu as des nouvelles de lui ?

Un peu décontenancée par sa question, elle ignora le froid qui s'infiltra dans son cœur comme à chaque fois qu'elle pensait à son père.

— Non, une telle action exigerait de lui qu'il fasse un effort, or mon père n'a jamais été du genre à se retrousser les manches.

Finn alla s'asseoir dans le fauteuil le plus proche et posa les pieds sur la table basse.

— Tu sembles amère.

Bien sûr qu'elle l'était !

— Mon père a quitté ma mère quand il s'est rendu compte de tous les soins et du soutien dont elle aurait besoin. Il m'a laissée m'occuper seule d'un parent malade et condamné. Il s'est installé chez sa maîtresse de longue date, une femme qu'il a épousée quelques jours après l'enterrement de ma mère, et dont il a adopté la fille. Est-ce que j'ai le droit d'être amère ?

En guise de réponse, il lui adressa un sourire doux et compréhensif.

— Moi-même, je suis amer et furieux contre lui pour ce qu'il t'a fait. Quel crétin !

Elle faillit sourire. Finn avait raison : son père était un crétin.

— Et ta demi-sœur ? Elle sait que tu existes ? Tu l'as rencontrée ?

Le froid dans son cœur se mua en glace.

— Non, nous n'avons jamais été présentées. Elle aura quinze ou seize ans cette année.

— Elle connaît ton existence ?

— Aucune idée. Probablement pas.

Elle consulta sa montre, gênée par la tournure que prenait la discussion. Finn et elle n'étaient que des ex qui couchaient ensemble. Ils n'étaient pas censés aborder des sujets aussi intimes.

Le sexe était facile, sans complications. Ce n'était rien de plus qu'un échange mutuel de plaisir. Le sexe n'avait pas besoin de mots, d'émotions ou de conversations.

Et ce genre de conversations la poussait à croire qu'elle pourrait être davantage pour Finn qu'une partenaire sexuelle, davantage que quelqu'un à qui il tenait. Les discussions comme celle-ci lui donnaient de l'espoir, or l'espoir était, elle l'avait appris à ses dépens, terriblement dangereux.

Elle devait reconstruire toutes les barrières émotionnelles qu'elle avait dressées entre eux. Pour se protéger. Elle refusait de se retrouver dans la même position que neuf ans plus tôt, quand elle avait voulu davantage que ce que Finn pouvait lui donner.

Et elle connaissait un très bon moyen de les distraire tous les deux…

Elle posa son café sur la table, noua les bras autour de son cou et posa la jambe sur ses cuisses.

— J'aime tes yeux, murmura-t-elle, admirant le cercle vert foncé qui entourait le vert pâle de ses iris.

Il haussa un sourcil et remonta la main de sa cuisse nue jusqu'à sa hanche.

— J'aime tout de toi, dit-il.

Elle sentit son cœur tressauter puis se rappela qu'il parlait uniquement de son corps. Il ne fallait pas qu'elle s'imagine des choses, s'avisa-t-elle. Elle n'était plus la même fille idéaliste et naïve qu'il avait épousée dix ans plus tôt.

Elle déposa un baiser sur le côté de sa bouche et mordilla sa mâchoire. Leur relation n'était pas sentimentale. Ce n'était pas la renaissance d'une histoire d'amour.

Finn et elle étaient deux personnes qui travaillaient ensemble. Deux personnes attirées l'une par l'autre, qui assouvissaient leur désir mutuel.

Rien de plus.

Mais elle devait s'assurer qu'ils étaient sur la même longueur d'onde.

— Tu veux dire que tu aimes ce que nous faisons ensemble, c'est ça ?

Il prit son visage entre ses mains, lui offrit un sourire énigmatique puis l'embrassa avec ardeur.

Ce ne fut que bien plus tard que Beah se souvint qu'il n'avait pas répondu à sa question.

8

Assise dans le salon à la décoration chargée de Paris Cummings, Beah fixait ses mains et non les superbes œuvres d'art accrochées aux murs. Il y avait une toute petite écaille sur son vernis rose pâle, et le solitaire qu'elle portait à la main droite - la bague de fiançailles de sa mère - aurait bien besoin d'un nettoyage.

Elle aurait aimé que son esprit reste concentré sur ces deux détails. Hélas, mille pensées tournaient dans sa tête, la principale étant que Finn lui manquait énormément.

Elle avait quitté Boston en hâte la veille, car l'un de ses plus anciens clients, un oligarque russe, l'avait informée qu'il serait à Londres le lendemain et qu'il ne pourrait la voir qu'à 15 heures ce jour-là. Il avait ajouté qu'il était d'humeur acheteuse.

Beah avait donc pris le premier avion pour Londres et retrouvé son client à l'heure dite. Accompagné de sa nouvelle et jeune épouse, Yuri lui avait expliqué vouloir commencer une collection de bijoux. Beah n'était pas dupe, Yuri ne s'intéressait pas aux bijoux. Mais sa femme qui portait un solitaire en diamant de dix carats s'y intéressait beaucoup, manifestement.

Parce que son client était très puissant et immensément riche, Beah avait gardé ses remarques pour elle, arboré un air aimable et pris des notes. Yuri n'était pas intéressé par les pièces qu'il pouvait facilement acquérir. Il voulait des bijoux célèbres, fabuleux, des pièces portées par des rois, des reines, des légendes de Hollywood et des princes indiens. Il voulait des joyaux d'exception, et c'était le travail de Beah de les lui trouver.

Ce qui ne serait pas facile, car ce genre de pièces était rarement à vendre. Beah passerait des coups de fil aux collectionneurs pour leur demander s'ils étaient prêts à se séparer de pièces de grande valeur. Elle savait déjà que la réponse serait « non ». Ou « certainement pas ».

Si l'on possédait la parure en diamants et émeraudes de Catherine II de Russie, ou le diamant Krupp d'Elizabeth Taylor, on les gardait, car on n'aurait plus jamais la chance de posséder à nouveau ces magnifiques bijoux. Yuri, elle le craignait, allait être déçu.

La veille, avant de rentrer chez elle au terme d'une longue journée, elle avait aussi dîné avec Michael Summers, et lui avait assuré que la perspective de travailler avec lui l'intéressait beaucoup. C'était un nouveau défi qu'elle trouvait excitant, et même si elle ne disait pas oui tout de suite, elle le ferait sans doute bientôt, avait-elle conclu.

Dès qu'elle avait prononcé ces mots, elle avait senti son ventre se nouer et sa gorge se serrer. Michael Summers avait battu des mains, ravi. Puis il l'avait embrassée et avait commandé du champagne, n'ayant manifestement pas remarqué qu'elle était au bord de la nausée.

Michael Summers se réjouissait bien plus qu'elle de leur possible collaboration. Qu'est-ce que cela signifiait ? Pourquoi Beah n'était-elle pas plus heureuse de cette opportunité incroyable ? Et pourquoi avait-elle soudain l'impression que l'offre de Michael n'était pas ce dont elle avait vraiment besoin, ce qu'elle désirait réellement ?

Peut-être parce qu'elle commençait à se dire que seul le fait de partager la vie d'un Bostonien séduisant et réservé comblerait les vides dans son cœur et dans sa vie...

Son téléphone sonna, et elle jeta un coup d'œil vers la porte avant de répondre.

— Beah à l'appareil.

— Bonjour, trésor.

Elle sourit et regarda l'heure sur sa montre. Il était 6 heures du matin à Boston, Finn venait donc de se réveiller. À l'idée qu'elle soit la première personne à laquelle il pensait en ouvrant les yeux, une douce et merveilleuse sensation l'envahit.

— Comment se passe ta journée ? demanda-t-il.

— Bien, merci. Tu as la voix encore assoupie.

— Hum. J'ai fait des rêves érotiques.

— J'étais dedans ? chuchota-t-elle.

— Il n'y avait que toi. Quand rentres-tu à la maison ?

« À la maison. » Il avait dit ces mots si naturellement qu'elle était tentée de croire qu'il les pensait. Mais elle savait que rien n'avait réellement changé. Finn ne lui avait pas montré le moindre signe d'engagement. Ils étaient de simples amants qui avaient été mariés autrefois.

Finn avait toujours besoin de distance, et elle avait toujours besoin d'intimité...

Lorsqu'elle entendit la porte s'ouvrir, elle prévint Finn qu'elle devait le laisser puis raccrocha. Elle se leva et boutonna sa veste par-dessus son chemisier de soie noire.

Serrant la main de Paris Cummings, elle s'enquit de sa santé puis se rassit sur le canapé Chesterfield XIXe siècle et croisa les jambes. Elle accepta le café que Paris lui proposa et sourit au majordome en guise de remerciement.

Paris prit place dans un siège face à elle : un fauteuil Howard & Sons XIXe siècle, au tissu bleu et blanc d'origine, tout à fait splendide. Lorsqu'il posa sur elle son regard perçant, elle fut impressionnée. Et elle oublia Finn, et ses rêves sensuels quand son client l'interrogea sur les pièces de la vente à venir. Il lui demanda ce que, selon elle, il devrait acheter, quel prix les pièces pourraient atteindre, et quelles œuvres de sa collection il devrait envisager de vendre.

Le cerveau de Beah se mit en marche, et ils passèrent l'heure suivante à passer en revue la collection Mounton-Matthews et celle de Paris.

Lorsqu'il eut fini sa série de questions, il se cala dans son fauteuil.

— Mon majordome ne va pas tarder à nous apporter le café.

Il saisit un plat de petites pâtisseries et lui tendit une assiette à dessert.

— Mangez quelque chose, dit-il. Vous êtes toute pâle.

— Je suis rousse, j'ai toujours l'air pâle.

Le sourire de Paris illumina ses yeux, et Beah trouva que cela le rajeunissait de dix ans.

— Prenez une part de cake au citron. Il est fabuleux.

Beah posa un petit carré spongieux sur l'assiette puis le glissa dans sa bouche. Le gâteau fondit aussitôt sur sa langue. Elle émit un son approbateur et s'empressa de prendre un autre morceau.

— Ce gâteau est tout simplement incroyable. Léger et plein de saveur. Mes compliments à votre cuisinier !

— Merci.

Elle remarqua la légère rougeur sur les pommettes de Paris.

— C'est vous qui avez fait ce gâteau ? s'étonna-t-elle.

— Oui. Ainsi que les éclairs au chocolat et les *brandy snaps*.

— Vraiment ?

— La pâtisserie m'aide à me détendre, à réfléchir. Je pâtisse depuis l'enfance.

Eh bien ! Beah n'aurait jamais pu l'imaginer. Son client si discret était un pâtissier de classe mondiale. Elle prit un mini-éclair et le croqua. Puis elle goûta un *brandy snap*. Enfin, elle reposa l'assiette sur la table basse et s'adossa au canapé.

— Le cake au citron est encore meilleur que les deux autres gâteaux qui étaient excellents.

Elle attendit, le cœur battant, que Paris sourie. Et son sourire finit par arriver, avec une pointe d'approbation. Ils n'étaient pas des amis mais, au moins, leurs rapports devenaient plus cordiaux.

Le majordome apporta le café et, après avoir bu une tasse, Beah se mit à rassembler les documents qu'elle avait posés sur le canapé. Elle était en train de remettre son ordinateur portable dans sa sacoche quand Paris lui posa une question qui la figea net.

— Dites-moi, allez-vous vraiment quitter Murphy pour rejoindre Michael Summers ?

Beah sentit que son ordinateur lui glissait des mains et le rattrapa. Elle avait l'impression que l'air dans la pièce avait soudain disparu. Si Paris connaissait ses projets, qui d'autre dans le monde de l'art était au courant ?

Les frères Murphy savaient-ils ? Quelqu'un avait-il vendu la mèche ? Mais comment serait-ce possible, puisque ses discussions avec Michael Summers étaient privées ? À qui Michael en avait-il parlé ? Et jusqu'où étaient allées les rumeurs ?

Assez loin, si Paris Cummings, un homme qui vivait en reclus, avait eu vent de ses projets.

— Eh bien..., commença-t-elle.

— Je vois que l'idée vous a traversé l'esprit. Êtes-vous malheureuse chez Murphy International ? On ne vous traite pas bien ?

Ce n'était pas la raison pour laquelle elle s'en allait. Ils avaient été bons avec elle, expliqua-t-elle rapidement. Elle vit dans les yeux de Paris qu'il ne comprenait pas son choix.

Il y avait encore quelques semaines, elle aurait eu une réponse toute prête à lui donner : elle se sentait entravée, elle voulait avoir la liberté de prendre ses propres décisions, de travailler avec d'autres maisons de ventes aux enchères. Elle voulait déployer ses ailes. Mais, pour une raison étrange, elle décida de révéler à Paris la véritable raison.

— J'ai besoin de quelque chose de plus, quelque chose de différent...

— Et vous pensez que continuer votre chemin seule, et couper vos liens avec les Murphy, vous aidera à trouver ce que vous recherchez ?

Elle appuya le menton dans sa paume. Elle devrait mettre un terme à cette conversation en disant qu'elle n'avait pas encore pris sa décision, mais le regard bienveillant, presque paternel de Paris l'en dissuada.

— Êtes-vous sûre que vous trouverez ce dont vous avez besoin en changeant de carrière ?

Elle ne comprenait pas où il voulait en venir.

— Je vous demande pardon ?

— Peut-être que vous cherchez le changement au mauvais endroit. Peut-être que travailler davantage n'est pas ce dont vous avez besoin.

Elle redressa les épaules.

— Le travail est tout ce que j'ai, Paris.

Elle ignorait si c'était lui qu'elle voulait rassurer ou elle-même.

Il se leva et glissa les mains dans les poches de son pantalon élégant.

— Dans ce cas, ma chère, vous allez finir comme moi. Je vis seul dans une belle maison avec une incroyable collection d'art, et plus d'argent que je ne peux en dépenser.

Elle se leva à son tour.

— Ça n'a pas l'air si mal, fit-elle valoir.

— C'est vrai. Jusqu'à ce qu'on se retrouve dans sa cuisine à 3 heures du matin, en train de faire de la pâtisserie, parce qu'on se sent si seul qu'on n'arrive plus à respirer.

Paris la surprit en déposant un baiser sur sa joue. Puis il posa la main sur son épaule.

— Vous ne trouverez pas ce que vous recherchez en travaillant plus, Beah. Faites-moi confiance, je sais de quoi je parle. Benson va vous raccompagner.

Beah le dévisagea, à la fois stupéfiée et touchée par sa considération.

Lorsqu'ils furent à la porte, il ajouta :

— Parlez de vos projets aux Murphy. Car, si j'ai entendu les rumeurs, alors eux aussi. Et si ce n'est pas le cas, ça finira par arriver. Bientôt. Prévenez-les, Beah. Vous leur devez bien ça.

Sur quoi, il disparut dans le couloir. Beah croisa les bras et marmonna un juron, luttant contre une vague de panique.

Néanmoins, au fond d'elle, elle savait que Paris avait raison. Elle devait prévenir les Murphy, même si cette perspective ne l'enchantait guère.

Dans la salle de conférences, Finn fusilla du regard Ronan, qui venait d'ajouter un nouveau sujet à la réunion du jour. Ce que son frère pouvait être bavard ! D'habitude, Ronan détestait autant que lui ces sessions entre directeurs, mais ces derniers temps, Finn était le seul à essayer de les écourter.

Et il avait besoin que celle d'aujourd'hui soit brève, car il venait de recevoir un message de Beah. Elle était de retour à Boston et se trouvait dans son bureau, au bout du couloir. Il était impatient de la voir, or Ronan était en train de parler d'une nouvelle conceptrice de sites Internet.

Finn réprima l'envie de se taper la tête contre la table et supplia mentalement Carrick de mettre fin à la séance...

En tout cas, bavard ou pas, Ronan était bien plus heureux ces derniers temps. Après la mort de son épouse Thandi, il avait vécu l'enfer, essayant d'élever ses deux petits garçons tout en faisant son deuil. Joa apportait un nouveau souffle dans la vie de Ronan, et Finn et ses neveux ne pourraient jamais assez la remercier. Sadie aussi avait bouleversé la vie de Carrick. Ses deux frères aînés arboraient maintenant des sourires confiants, comme pour dire : « Nous avons trouvé le bonheur ».

Oui, ils étaient heureux, et Finn s'en réjouissait pour eux. Vraiment. D'un autre côté, il était un peu jaloux que ses frères aient eu le courage de donner une autre chance à l'amour, de s'engager envers leurs compagnes respectives. Finn ne pensait pas être capable de les imiter. Il avait essayé une fois, avec Beah, et il avait échoué.

Et s'il choisissait d'être courageux ? Si Beah et lui faisaient un autre essai ? Finirait-il par avoir cet air béat, lui aussi ? Il aimerait tant que ce soit le cas... Il rêvait de connaître le même bonheur que ses frères.

Bien entendu, c'était une entreprise risquée. Son cœur était en jeu, tout comme celui de Beah. Finn comprenait maintenant qu'elle avait besoin de quelqu'un qui puisse communiquer avec elle, se confier à elle. Il pourrait s'efforcer d'être cet homme. Il ne se transformerait sans doute pas en personne extravertie, mais il pourrait parler davantage. Et surtout, il écouterait Beah. Il l'écouterait réellement, même quand la conversation deviendrait pénible. S'il pouvait sauter du haut d'une montagne en portant uniquement une combinaison ailée, il pouvait bien prendre le risque d'aimer...

Car, oui, il aimait Beah.

Avait-il jamais cessé de l'aimer ? Elle avait toujours été là, dans un coin de son esprit. Cela expliquait-il pourquoi il s'était senti coupable chaque fois qu'il avait couché avec une autre femme ? Divorcé ou pas, il la considérait toujours comme son épouse. Sa femme.

Et s'il n'agissait pas, s'il ne trouvait pas un moyen de la convaincre de rester, dans quelques semaines - trois, pour être précis - elle repartirait pour Londres.

Il ignorait s'il pouvait continuer à vivre sans elle. Et il ne se satisferait pas d'un week-end de temps en temps. Il voulait la voir tous les jours, la tenir dans ses bras quand elle dormait, se réveiller auprès d'elle chaque matin. Il avait besoin d'être à Boston ; sa famille et son travail étaient ici. Beah serait-elle d'accord pour s'installer chez lui ?

S'il lui disait l'aimer, s'il lui offrait de l'épouser et de fonder une famille, envisagerait-elle de lui accorder une autre chance ?

— Il n'y a qu'un moyen de le découvrir, il faut le lui demander.

Les paroles de Carrick l'arrachèrent à ses pensées.

— Qu'est-ce que tu viens de dire ? demanda-t-il à son frère, voulant être sûr d'avoir bien entendu.

— Si on ne lui pose pas la question, on n'aura pas la réponse, répondit Carrick.

Finn recula sa chaise si fort qu'elle heurta le mur derrière lui. Il plaqua les mains sur la table et sourit.

— Exactement, approuva-t-il.

Laissant son ordinateur et ses notes, il passa devant Ronan pour aller poser la main sur l'épaule de Carrick.

— Merci, grand frère.

— Euh… merci pour quoi ?

Finn ne prit pas la peine de répondre. Parler à Beah était bien plus important.

Derrière lui, il entendit le commentaire placide de Carrick.

— Je parlais de la nouvelle conceptrice de sites web, mais il est manifeste que notre petit frère parlait d'autre chose.

— En effet, approuva Ronan d'un ton amusé.

Finn courut jusqu'au bureau que Beah avait investi deux mois plus tôt. Il regarda à travers les murs de verre et vit Beah plongée dans un épais dossier, l'air très concentré.

Il l'observa. Avec sa peau claire, ses traits fins et sa chevelure de feu, elle était aussi belle qu'une déesse irlandaise. Il la trouvait non seulement renversante, mais aussi admirable. Elle était devenue l'une des meilleures consultantes en art au monde et elle avait réussi grâce à son travail, sans faire jouer ses relations. Peu de gens savaient que Beah et lui avaient été mariés autrefois. Elle ne devait son succès qu'à elle-même. Il était incroyablement fier d'elle.

Et il l'aimait, plus que jamais.

Il frappa à la porte et entra sans attendre d'y être invité. Beah parut perturbée par cette interruption, puis elle sourit. Mais son sourire était réservé.

Elle n'était pas aussi heureuse de le voir qu'il ne l'aurait cru. Pourquoi ? Il sentit son cœur s'emballer et son ventre se nouer d'angoisse. Avait-il pris la bonne décision ? Devrait-il avouer à Beah qu'il l'aimait et qu'il voulait qu'elle reste à Boston ? Ou plutôt lui laisser le temps de décompresser après son voyage à Londres ? Leur lieu de travail n'était peut-être pas l'endroit idéal pour parler de leur avenir…

Il déposa un petit baiser sur ses lèvres et, quand il recula, il vit passer dans son regard une étrange émotion, qu'il ne put identifier. De la peur ? De l'appréhension ?

Ou voyait-il seulement chez elle ce qu'il ressentait lui-même ?

— Bonjour, trésor.

— Bonjour, dit-elle, d'une voix aussi prudente que son regard.

Que se passait-il ? Et pourquoi avait-il l'impression que Beah allait lui annoncer une nouvelle déplaisante ?

Il se percha sur le bureau et étendit les jambes.

— Tout va bien ? s'enquit-il.

— Oui… Non… Il faut qu'on parle.

En général, cette formule n'augurait rien de bon… Finn se força à afficher un sourire confiant.

— Je préférerais de loin t'embrasser éperdument, dit-il.

Et ce n'était pas un mensonge.

Beah ne sourit pas, et il n'y eut pas de lueur de désir dans ses yeux. Mince. Il y avait vraiment un problème.

— Qu'est-ce qui ne va pas, Beah ? Et ne me réponds pas qu'il n'y a rien, car je vois bien que quelque chose te tracasse.

— Il faut que je te parle, et ce que j'ai à t'annoncer n'est pas facile.

Elle joignit les mains et les appuya contre ses lèvres, cherchant manifestement ses mots. Un geste qui ne lui disait rien qui vaille… Beah allait-elle mettre un terme à leur relation ?

— J'ai vu Paris Cummings à Londres.

Rien d'étonnant à cela. Il s'était douté qu'elle profiterait de son passage à Londres pour voir son plus récent client.

— D'accord. Et comment va le vieux grincheux ?

— Il n'est pas vieux et il n'est pas très grincheux.

Elle marqua un temps, et Finn retint son souffle, conscient qu'il n'allait pas aimer la suite. Il le devinait au regard fuyant de Beah, à son air coupable. Il était sur le point d'apprendre ce qu'elle lui avait caché, et cela n'allait pas lui plaire.

Or, il n'était pas très patient.

— Dis-moi, Beah, la pressa-t-il.

Elle se frotta les tempes puis serra le bord du bureau.

— Depuis deux ans, Michael Summers me demande régulièrement de travailler avec lui.

Dans le domaine de l'art, tout le monde connaissait Michael Summers. C'était l'un des consultants en art les plus influents, un homme respecté, voire vénéré.

Finn avait besoin qu'elle lui en dise plus, pour être sûr d'avoir bien compris.

— Explique-toi.

— Il veut prendre une semi-retraite et il veut que je reprenne sa société. Il m'a proposé un partenariat, et je pense accepter son offre.

Beah voulait quitter Murphy ? Mais pourquoi ? Elle était une Murphy. Elle ne pouvait pas les quitter ! Il se leva et plaqua les mains sur le bureau.

— Pas question, lâcha-t-il.

Beah le toisa froidement.

— Tu sais que tu n'as pas ton mot à dire, n'est-ce pas ?

— Tu es une Murphy. Tu dois être loyale envers nous, gronda-t-il.

Il avait l'impression que le sol se dérobait sous ses pieds. Pendant qu'il avait pensé à leur vie à deux, à leur avenir, elle n'avait songé qu'à quitter le navire et à retourner à Londres.

Il avait un QI très correct, mais il pouvait être vraiment stupide par moments.

Beah se leva et se pencha vers lui.

— Je ne suis plus une Murphy, Finn. Tu as renoncé à moi quand tu as demandé le divorce, tu t'en souviens ?

La chose la plus bête qu'il ait jamais faite, sans aucun doute. Mais il ne pouvait pas le lui avouer, car pendant qu'il avait imaginé un futur avec elle, elle avait fait des projets d'avenir dont il ne faisait pas partie. Pour elle, leur relation n'avait été qu'une histoire de sexe.

C'était donc cela qu'on ressentait quand un train vous percutait…

Une colère, brûlante et acide, monta en lui. Donc, Beah ne pensait qu'à sa carrière ? Soit.

— Nous t'avons donné ta chance, nous t'avons payé un énorme salaire et nous t'avons promue à un poste très élevé.

— Ce sont des salades ! J'ai repris mon nom de jeune fille et j'ai travaillé très dur pour arriver là où j'en suis ! Vous ne m'avez rien donné que je ne méritais pas.

Elle avait raison. Bien sûr qu'elle avait raison. Mais il ne pouvait pas le lui dire, pas alors que son cœur se brisait en mille morceaux. Il voulait lui demander de refuser l'offre de Summers, de rester chez Murphy, la supplier de le choisir, lui.

Mais peut-être ne partageait-elle pas ses sentiments. Et s'il ne s'agissait vraiment que d'une liaison physique ? Avait-il pris ses désirs pour des réalités ?

C'était fort possible. Après tout, c'était de Beah dont il s'agissait. Elle avait toujours réussi à lui embrouiller l'esprit. Peut-être souhaitait-il une relation sérieuse parce qu'il était jaloux du bonheur de ses frères. Ou parce qu'il ne voulait pas renoncer aux ébats d'exception avec Beah. Ou parce qu'il était fatigué d'être seul…

Peut-être n'aimait-il pas Beah et réagissait-il de manière excessive.

Quoi qu'il en soit, cela ne changeait rien au fait que Beah allait sortir de sa vie. Et cette idée lui faisait peur. Or Finn détestait ce sentiment. Étant donné qu'il n'éprouvait jamais de peur quand il était suspendu à un rocher ou quand il sautait d'une falaise, cela l'ennuyait qu'une jolie rousse puisse provoquer cette émotion en lui.

— Je voulais que tu sois au courant avant que la nouvelle ne se répande, dit-elle.

— S'il n'y avait pas eu de rumeur, tu m'aurais prévenue ? rétorqua-t-il d'une voix glaciale.

— Je comptais informer Ronan après la vente Mounton-Matthews.

— Tu comptais en parler à Ronan et pas à moi ?

— Je t'en parle maintenant, Finn.

Elle marmonna un juron quand le téléphone de son bureau sonna. Elle ignora la sonnerie incessante et soutint son regard, comme si elle attendait qu'il dise quelque chose. Devrait-il parler ? Devrait-il la convaincre de rester ?

Le téléphone se tut, et Beah soupira. Elle s'apprêta à reprendre la parole, mais ce maudit appareil se remit à sonner. Elle décrocha d'un geste rageur, échangea quelques mots avec la personne au bout de la ligne puis lui tendit le combiné.

— C'est Eli. Il dit que c'est important.

Rien n'était aussi important que Beah. Au diable Summers ! La place de Beah était chez Murphy, avec lui. Elle était à lui et, dès qu'il en aurait fini avec ce coup de fil, il le lui expliquerait.

— Eli, je ne prends aucun appel.

— Finn, c'est moi. Ben.

Finn regarda aussitôt sa montre et fit un rapide calcul. Il était un peu plus de 3 heures du matin à Hong Kong. Pourquoi Ben téléphonait-il si tard ? Seigneur, non !

— Ben, qu'est-il arrivé ? C'est Piper ?

Finn croisa le regard de Beah et la vit pâlir.

— Elle ne va pas bien, Finn, répondit Ben d'une voix tremblante.

Finn poussa un long soupir et mit le téléphone sur haut-parleur.

— Beah est avec moi. Nous t'écoutons, Ben. Que se passe-t-il ?

— Son état s'est dégradé. Elle est très faible et elle souffre. Je l'ai emmenée chez l'oncologue qui lui a fait passer un nouveau scanner.

Ben marqua un temps.

— Le cancer s'est propagé, reprit-il. Il touche maintenant sa colonne vertébrale et d'autres organes. Elle a moins de temps que nous ne le pensions.

Et ils n'en avaient déjà pas beaucoup.

Beah s'assit brusquement sur le bras de son fauteuil. Finn vit les larmes sur ses joues et sentit ses propres yeux s'embuer. Il tenta de parler, mais les mots restèrent coincés dans sa gorge.

Voilà pourquoi l'amour était si terrible, pourquoi il valait mieux l'éviter. Aimer quelqu'un était si risqué…

— Comment pouvons-nous t'aider, Ben ? Y a-t-il quoi que ce soit que nous puissions faire ? demanda Beah d'une voix posée malgré ses larmes.

Ben prit un instant avant de répondre.

— Comme vous le savez, nous devions venir à Boston bientôt. Nous voulions passer la semaine précédant le mariage avec vous.

Bon sang, la cérémonie ! Finn l'avait complètement oubliée.

— Nous voulons toujours nous marier, mais Piper est trop faible pour prendre l'avion. Nous devrons nous contenter d'une petite cérémonie ici, dans notre appartement. Je suis vraiment désolé, mais je dois annuler tout ce que vous avez organisé.

Finn déglutit, tentant de chasser la boule d'émotion dans la gorge.

— Ce n'est pas un problème, lui assura-t-il. Tu veux que je vienne à Hong Kong pour assister au mariage ?

— Oh ! oui, j'aimerais beaucoup. La sœur de Piper fera le voyage, et nous inviterons quelques-uns de nos plus proches amis, dit-il d'une voix émue. Mais peux-tu venir rapidement ?

— Dis-moi quand, et je remuerai ciel et terre pour être là.

Quoi qu'il arrive, il serait présent si Ben avait besoin de lui.

— Après-demain.

Si tôt ? Eh bien, soit.

— D'accord. Je te dis à bientôt, Ben.

Finn raccrocha et passa les mains sur son visage. Il avait entendu la dévastation dans la voix de Ben. Et il n'arrivait pas à croire que Piper, si jeune et exubérante, si courageuse et dynamique, n'avait plus que quelques mois à vivre. Comment Ben allait-il traverser cette épreuve ? Comment allait-il faire pour s'en remettre ?

Voilà pourquoi il valait mieux se retenir d'aimer quelqu'un totalement. Pourquoi il était si important de garder Beah à distance. *Car quand on perd l'amour, quelle que soit sa forme, cela vous anéantit*. C'était idiot de songer à consolider sa relation avec Beah, car l'amour finissait toujours par disparaître.

Beah serra son bras, et il plongea le regard dans ses yeux tristes et pleins de compassion.

— Finn… Je suis vraiment désolée. Je m'occupe des billets d'avion pour Hong Kong et je réserverai l'hôtel.

Il ferma les yeux, s'avisant qu'il avait besoin de mettre Beah à distance.

— J'y vais seul, décréta-t-il d'une voix bourrue.

— Mais, Finn… Tu ne peux pas faire ça !

Il retira sa main de son bras et s'écarta de quelques pas.

— Bien sûr que si. Tu n'as pas besoin de Murphy ni de moi, et je n'ai certainement pas besoin de toi. Si tu peux nous quitter sans scrupule, alors je n'ai pas besoin que tu me tiennes la main au mariage de mon ami.

— Ce n'est pas juste, murmura-t-elle d'une voix faible.

On aurait dit qu'il venait de la frapper.

— Tu ne m'as pas demandé de refuser l'offre de Michael, tu ne m'as donné aucune raison de continuer à travailler pour Murphy. Pourquoi devrais-je rester avec toi ?

Il lutta contre la vague de vulnérabilité qui s'abattait sur son âme.

— Tu ne devrais pas rester, lâcha-t-il. Nous sommes juste des amants, Beah. Il n'y a rien de plus entre nous que le sexe.

— Mensonges ! Tu sais que ce n'est pas vrai. Si tu me donnais une bonne raison de rester, de m'installer à Boston, je le ferais.

Finn avait une furieuse envie de s'en aller. Il détestait les conversations tendues et chargées d'émotion. Elles étaient compliquées, affreuses, et en général il les évitait.

— Je veux que tu restes à Boston uniquement pour que tu continues de coucher avec moi. C'est tout.

Elle rougit violemment et serra les poings. Puis elle baissa la tête, et il vit des larmes couler sur ses joues.

Il réprima l'envie de la prendre dans ses bras. Il pouvait supporter les disputes, mais ses pleurs l'ébranlaient.

Il se dirigea vers la porte, mais Beah prononça des mots qui le figèrent net.

— Tout ce que je voulais, c'était que tu m'aimes, Finn.

Il se retourna vers elle. Elle était en train de lui ouvrir son cœur.

— Autrefois comme aujourd'hui, tout ce que je voulais, c'était que tu m'aimes, que tu me parles, que tu te reposes sur moi, peut-être. Je t'ai parlé de Michael dans l'espoir que tu me persuades de rester à Boston, que tu nous donnes une nouvelle chance. Mais il n'y a pas de « nous », parce que tu ne veux pas qu'il y en ait un.

Elle essuya ses larmes du revers de la main.

— Je n'aurais jamais dû coucher avec toi, reprit-elle. Je n'aurais jamais dû te laisser revenir dans ma vie. Parce que tu n'as pas changé. Oui, tu es plus influent, et peut-être même plus séduisant, mais tu n'as pas du tout mûri. Tu cadenasses toujours tes émotions, tu as toujours peur de moi et des sentiments que je t'inspire.

Chaque mot était comme une gifle, chaque larme comme un coup de poing. Beah se redressa de toute sa hauteur et secoua la tête. Elle désigna la porte d'un geste de la main.

— Va-t'en, Finn, prends la fuite. C'est ce que tu sais faire de mieux.

— Que vas-tu décider ? se força-t-il à demander.

Car il fallait qu'il sache.

Elle afficha un sourire glacial.

— Ne t'inquiète pas pour ça, Murphy. Ce que je fais ou ne fais pas ne te concerne pas. Ta priorité est de te protéger, et au diable le reste, n'est-ce pas ? ! À ta guise, mais j'irai à Hong Kong. Je serai présente pour Piper.

— Je ne veux pas de toi là-bas.

— Ça m'est bien égal. Il ne s'agit pas de nous ou de notre relation en miettes. Il s'agit de Ben et Piper, et il est hors de question de gâcher leur cérémonie de mariage.

Elle montra la porte à nouveau et reprit :

— Va-t'en, Finn. C'est ce que tu veux, et tu le sais. Et après Hong Kong, je sortirai de ta vie, professionnelle et personnelle. Pour de bon, cette fois.

Conscient qu'il ne pouvait pas l'empêcher de se rendre en Asie, il baissa les mains dans un geste de reddition. Beah avait raison, le mariage de Ben et Piper était le plus important.

— Je vais prendre le jet du groupe pour me rendre à Hong Kong, dit-il. Je t'enverrai l'heure du vol, et un chauffeur passera te prendre.

— Je préférerais aller à Hong Kong à la nage que de voyager avec toi.

Elle passa devant lui, et son coude lui heurta le ventre. Un accident volontaire, sans doute.

— Je te verrai à Hong Kong, Murphy. Et quand nous nous retrouverons, je te demanderai une dernière faveur.

Il l'interrogea du regard.

— Ne prends pas la peine de m'adresser la parole, lui assena-t-elle. Nous n'avons plus rien à nous dire.

9

Finn traversa le couloir d'un pas furieux, et les gens s'écartèrent rapidement sur son passage. Chassant de son esprit les larmes de Beah et la peine sur son visage - il lui avait fait du mal, une fois de plus ! –, il poussa d'un geste brusque la porte de la salle de conférences et fusilla du regard toutes les personnes assises autour de la table.

Carrick fut le premier à réagir.

— Finn ? Que se passe-t-il ?

Ronan se leva et l'interrogea du regard. Finn se laissa tomber sur une chaise et mit la tête entre ses mains, avant d'appuyer les paumes contre ses yeux.

— Qu'y a-t-il, Finn ? insista Carrick.

Bon sang, il avait l'impression d'être la pire des ordures.

Vaguement, il entendit Carrick ordonner aux membres du personnel de partir, et quand Ronan lui mit une tasse de café noir sous le nez, Finn la repoussa.

— Qu'est-il arrivé ? demanda Carrick d'un air inquiet.

— Nous devons annuler le mariage de Ben et Piper. Elle est plus malade que nous ne le pensions et trop faible pour venir à Boston.

— Je suis vraiment navré de l'apprendre, dit Carrick, posant la main sur son épaule.

Finn le repoussa et se leva brusquement.

— Combien de temps pensent-ils qu'il lui reste ? demanda Ronan.

— Pas autant que nous ne le croyions. Je n'ai pas osé poser de questions précises. Mais il faut que j'aille à Hong Kong. Ben et Piper vont se marier quand même, et j'ai promis à d'être là.

— Quand veux-tu partir ? demanda Carrick. Je vais envoyer un message à notre pilote et lui demander d'enregistrer un plan de vol.

— Aujourd'hui, ce soir, le plus tôt possible. Je vais rentrer chez moi, préparer mes bagages et ensuite, j'irai à l'aéroport.

Carrick hocha la tête et tapa un message sur son téléphone. Finn remarqua l'expression de Ronan. La compassion qu'il vit dans ses yeux, si semblables aux siens, le perturba.

— Quoi ? tonna-t-il.

— Beah vient avec toi ? demanda son frère.

Finn sentit son cœur tressauter, et il en fut surpris. Il avait cru que cet organe était mort.

— Qu'est-ce qui te fait penser ça ? lâcha-t-il, amer.

— Parce que vous organisiez le mariage tous les deux. Parce que vous couchez ensemble. Parce que tu l'aimes. Parce que nous ne voulons pas que tu sois seul, énonça Ronan, du même ton calme qu'il employait pour rassurer les clients.

— Beah et moi sommes des partenaires de sexe, Ronan, rien de plus.

S'il pouvait commencer à croire ce qu'il disait, peut-être parviendrait-il à vivre sans Beah.

Ronan ricana.

— Tu dis n'importe quoi, Finn, et tu le sais. Beah devrait être auprès de toi. Tu as besoin d'elle.

— Je n'ai besoin de personne ! Je suis parfaitement bien tout seul.

Carrick et Ronan échangèrent un long regard, et Finn se demanda lequel des deux il allait frapper en premier. Évacuer un peu de sa fureur - de sa douleur amère - par ses poings l'aiderait à se sentir mieux.

— Si tu nous frappes, on te frappera aussi, l'avertit Carrick calmement.

Finn savait qu'il disait vrai, et cela lui donna encore plus envie de lui décocher une droite.

Mais il n'avait pas le temps de se bagarrer et il n'avait pas envie d'arriver au mariage avec un œil au beurre noir ou une lèvre fendue. Il devait faire en sorte que ses frères le laissent tranquille, les entraîner sur un autre sujet, et il savait exactement lequel.

Oui, il allait dévoiler les projets secrets de Beah. Ce n'était pas très loyal, mais peu lui importait.

— Beah songe à quitter Murphy pour travailler avec Michael Summers.

Aucun de ses frères ne sembla surpris, et Finn sentit sa colère déjà brûlante augmenter de quelques degrés.

— Vous saviez ?

Carrick haussa les épaules.

— Nous avons entendu des rumeurs.

— Et vous n'avez pas jugé bon de me prévenir ?

— Beah et toi êtes divorcés, fit valoir Ronan.

Je le sais, crétin.

— Je suis toujours associé dans cette entreprise, rétorqua-t-il.

— J'ai appris la nouvelle le lendemain de notre dîner à Londres avec Paris Cummings, expliqua Carrick, s'asseyant sur une chaise. J'allais te le dire, mais n'importe quel idiot pouvait voir que Beah et toi aviez passé la nuit ensemble. Tu semblais heureux, pour une fois. Alors j'ai décidé de ne pas jouer les trouble-fête.

— Carrick m'a mis au courant, et nous avons décidé de faire venir Beah à Boston, renchérit Ronan. Nous pensions que si elle travaillait ici, elle pourrait changer d'avis concernant Summers.

Finn était surpris par leur ton raisonnable, leur absence de colère.

— Pourquoi n'êtes-vous pas plus perturbés que ça ? demanda-t-il.

— Pour être franc, répondit Ronan, je suis surpris qu'elle soit restée aussi longtemps avec nous. Elle est très respectée dans le métier, et son réseau est exceptionnel. Ses clients l'adorent. Et si elle change d'entreprise, ça ne veut pas dire que nous ne travaillerons plus avec elle, ça signifie seulement qu'elle ne sera plus une employée mais une partenaire.

— Sa place est chez Murphy, insista Finn.

Mais pourquoi protestait-il, au juste ? Ne serait-ce pas plus facile si Beah s'en allait, tout simplement ? Si leur rupture était totale, s'ils coupaient le dernier lien qui les unissait ?

— Non, sa place est avec toi, pas dans notre entreprise, répondit Carrick. Et même si vous étiez en couple, ça ne me poserait pas de problème qu'elle rejoigne Michael Summers. Tu réfléchis avec ton cœur, Finn, pas avec ta tête.

Oui, en effet, et quand cela arrivait, ça ne se passait jamais bien. Quand il laissait ce stupide organe commander, il finissait par souffrir. Et par faire souffrir Beah.

C'était officiel : il ne savait pas gérer ses relations sentimentales. Il était bien mieux seul.

Et il en avait assez de cette conversation.

— Le pilote a répondu ? demanda-t-il à Carrick.

Son frère consulta l'écran de son téléphone.

— Oui, tout est prêt.

Finn le remercia d'un signe de tête et gagna la porte. Avant de sortir, il lança par-dessus son épaule :

— Je serai à Hong Kong pour deux ou trois jours. À mon retour, j'irai peut-être à Aspen ou au bassin Arapahoe dans le Colorado. J'ai besoin...

Il vit la déception dans le regard de Ronan.

— Tu as besoin de Beah mais, parce que tu es trop têtu pour le reconnaître, tu vas dévaler des pistes pour te prouver que tu es vivant et libre. La véritable liberté s'accompagne de courage, Finn. Le courage de décider de ce que tu veux, et de faire tout ce qu'il faut pour l'obtenir. Peut-être que, entre Beah et toi, ça ne marchera pas une seconde fois, mais dans le cas contraire ce sera l'aventure de ta vie.

Finn n'avait pas besoin d'une aventure sentimentale ; il

avait besoin d'une aventure sportive. Il préférait de loin finir avec quelques fractures qu'avec un cœur brisé.

Car son cœur bosselé avait déjà assez souffert comme cela.

Beah se rassit dans son fauteuil et tourna le dos au mur de verre, en espérant que son mascara *waterproof* avait tenu le choc. Agitant les mains devant son visage, elle tenta de penser au travail et de dresser mentalement une liste de choses à faire, pour oublier le fait que Finn était, une fois de plus, sorti de sa vie.

Peine perdue, les larmes coulèrent à nouveau.

Elle croisa les bras sur sa taille et se pencha en avant, acceptant le fait qu'elle ne pourrait pas se débarrasser de la douleur. Elle avait été bête de croire que Finn avait changé, qu'il était plus mûr, plus sage, et qu'il était, peut-être, enfin capable de l'aimer comme elle avait besoin d'être aimée.

Les cicatrices de Finn étaient trop profondes, et sa peur trop grande. N'était-ce pas ironique ? Il n'avait aucun problème à prendre des risques avec son corps, mais pas avec son cœur.

Tu es déjà passée par là, Beah ; tu survivras. Tu as survécu à la mort de ta mère et à la désertion de ton père ; tu as déjà aimé et perdu Finn une fois et tu t'en es remise.

Tu peux surmonter cela. Et même si tu penses en être incapable, il faut que tu y arrives.

Car le problème ne disparaîtrait pas, et Beah ne pourrait pas le régler.

Tu dois composer avec les choses telles qu'elles sont, et non telles que tu voudrais qu'elles soient.

Elle porta la main à sa gorge. Elle avait l'impression qu'une lame de rasoir était en train de la taillader de l'intérieur. Elle essaya de prendre une grande inspiration, mais l'air semblait manquer. Tout ce qu'elle voulait, c'était s'asseoir sur le sol, ramener ses jambes contre sa poitrine et pleurer à chaudes larmes. Mais elle devait quitter ce bureau avec un peu de dignité, sans que personne ne soupçonne que Finn avait mis son cœur en miettes.

La lame de rasoir descendit dans sa poitrine et s'arrêta dans son ventre, où elle agrandit le vide avec lequel Beah vivait depuis une décennie.

Un vide plus grand et plus profond qu'il ne l'avait jamais été.

Ce n'était pas le travail qui pouvait remplir ce vide ; c'était Finn. Ces dernières semaines, avec lui, Beah s'était sentie heureuse, épanouie et, oui, complète. Le vide avait presque disparu...

Et maintenant, il était plus béant qu'avant.

Je veux que tu restes à Boston uniquement pour que tu continues de coucher avec moi.

Des mensonges ! Quel crétin !

En réalité, Finn avait eu besoin d'une raison pour prendre la fuite. Le fait qu'elle lui ait parlé de l'offre de collaboration de Michael Summers puis l'appel de Ben l'avaient effrayé. Au lieu de résister et de se battre pour elle, il s'était accroché à ces deux excuses et avait renoncé.

Elle était très en colère contre lui, et furieuse contre elle-même pour avoir à nouveau offert son cœur. Ne retiendrait-elle donc jamais les leçons du passé ?

Elle était pourtant intelligente et maligne. Alors pourquoi, dès qu'il s'agissait de Finn, devenait-elle si stupide ?

Elle trouverait peut-être la réponse pendant son vol de seize heures pour Hong Kong.

Keely regarda son amie aux yeux rougis, songeant qu'elle aurait aimé serrer Beah dans ses bras jusqu'à ce qu'elle se sente mieux. Mais, elle le savait, Beah avait besoin de verser des larmes sur ce qu'elle ne pouvait pas avoir. Quand elle aurait fini de pleurer, elle pourrait commencer à se ressaisir, et aller de l'avant.

Car c'était ce que faisaient les femmes fortes. La vie pouvait leur briser les ailes, mais elles trouvaient toujours un autre moyen de voler.

Keely versa du vin dans son verre et s'assit sur le canapé à côté de Beah, dans le moins formel des salons d'Isabel. Elle mit le bras autour des épaules tremblantes de Beah, en se félicitant d'avoir évité ce genre de chagrin. Car c'était exactement dans cet état que Dare l'aurait mise, au bout du compte.

Dare lui manquait, il fallait bien l'admettre. Mais cette souffrance si dévastatrice ne valait pas quelques mois de félicité. Keely savait par expérience que Dare se lasserait d'elle rapidement... Ils pourraient tenir six mois ; huit mois constitueraient un record.

Ensuite, l'alchimie sexuelle s'émousserait, et Dare commencerait à être agacé par sa forte personnalité, ses manières autoritaires, ses opinions bien arrêtées. Il en aurait assez de se disputer avec elle, de se sentir castré.

Elle n'était pas de ces femmes avec qui les hommes restaient. Ils avaient besoin de quelqu'un de plus doux, de plus calme, de plus facile à vivre.

Elle ne serait jamais ce dont Dare avait besoin.

Oui, ils avaient eu raison de rompre avant que l'un d'eux ne souffre, avant qu'ils n'aient l'impression que leur âme était en lambeaux.

Elle regarda Beah prendre une bonne gorgée de vin puis essuyer ses larmes du bout des doigts.

— La dernière fois que j'ai pleuré autant, c'était... Eh bien, quand Finn m'a annoncé qu'il voulait divorcer.

Keely lui offrit un sourire compatissant. Elle se garda de lui dire que le meilleur indicateur de ce qui se produirait à l'avenir était ce qui s'était produit dans le passé.

Les hommes l'avaient abandonnée ; Dare aurait fini par le faire, lui aussi. Elle n'avait aucun doute là-dessus.

Mais il ne s'agissait pas d'elle, en l'occurrence.

— Ça finira par passer, Bee.

— Il paraît.

— Laisse-toi du temps.

Elle relâcha son amie et mit les pieds sur la table basse.

— Tu es allée au bureau depuis ton retour de Hong Kong ? demanda-t-elle.

— Non. Je comptais demander quelques jours de congé, mais Ronan m'a devancée en m'envoyant un mail. Il veut que je prenne des vacances.

Beah esquissa un petit sourire.

— C'était un court message, ajouta-t-elle, dans lequel il me disait qu'il ne voulait pas me revoir au bureau avant au moins une semaine, et que son frère était un crétin.

— C'est gentil de sa part.

— Oui, surtout la partie où il dit que son frère est un crétin.

— Comment était le mariage ?

— Tendre, touchant, merveilleux. Piper et Ben s'aiment tellement… Piper était… magnifique, murmura Beah d'une voix émue. Ben a pris quelques semaines de congé pour être avec elle. Ils semblaient contents que nous soyons là.

— Et comment cela s'est-il passé avec Finn ?

Beah haussa les épaules et recula sur le canapé, comme si elle cherchait à fuir la question.

— Nous nous sommes salués, puis nous avons fait ce que nous savons faire de mieux : nous ignorer mutuellement.

Elle replia ses jambes sur le canapé, les entourant de ses bras. Puis elle s'essuya les yeux sur ses genoux et y appuya la joue.

— Ça faisait longtemps que je ne t'avais pas vue, Keely. Quand es-tu rentrée de Floride ?

— Avant-hier. Et ça m'ennuie que tu ne m'aies pas téléphoné tout de suite. Tu sais que je serais rentrée plus tôt pour toi, Bee.

— Je sais. Mais j'avais besoin d'être seule.

Keely pencha la tête sur le côté.

— Est-ce que Finn ou toi avez annulé la réception de Ben et Piper ?

— C'est le problème de Finn. Je ne vais pas m'en mêler.

— Je te demandais ça parce que le traiteur est venu hier

pour inspecter la salle de bal. Il a pris des mesures pour la disposition des tables et de la scène.

Beah ouvrit de grands yeux.

— Oh ! zut ! Manifestement, Finn n'a prévenu personne. Et, tel que je le connais, il est dans un endroit perdu, en train d'escalader une falaise. Je suppose que c'est à moi de me charger de ça.

Keely consulta sa montre.

— Il est plus de 18 heures, dit-elle. Il n'y a rien que tu puisses faire ce soir.

— Je m'en occuperai demain matin. Maudit Finn !

Beah vida son verre puis prit celui de Keely et en avala une bonne rasade. Keely ne protesta pas ; Beah en avait plus besoin qu'elle.

— Je suis une très mauvaise amie, je ne sais même pas ce qui se passe dans ta vie en ce moment. Comment va Dare ?

En entendant ce prénom, Keely sentit son estomac se nouer. Comme à chaque fois, hélas.

— Je ne sais pas, nous avons rompu.

— Pourquoi ? s'étonna Beah.

Keely ne tenait pas à en parler. Pas alors que Beah rêvait d'avoir ce qu'elle-même avait refusé.

— Eh bien ? insista Beah.

— Il voulait plus que je ne pouvais lui donner, finit-elle par avouer.

Elle n'avait aucune envie de discuter de ça maintenant.

— Je te demande pardon ? demanda Beah, l'air irrité.

Elle reposa ses pieds au sol, et son regard ferme enjoignit à Keely de s'expliquer. Et vite.

— Il m'a dit qu'il ne pouvait pas être le seul à se battre pour nous, qu'il était fatigué d'être le seul à croire au potentiel de notre relation. Oh ! et parce que je n'étais pas encline à céder, il a ajouté qu'il trouverait quelqu'un d'autre. Dare est sans doute en train de faire un casting pour trouver l'amour de sa vie, conclut-elle d'un ton aigre.

— Et ça te contrarie.

Beah secoua la tête et se leva brusquement.

— Bon sang, Keels ! Qu'est-ce qui te prend ?

Keely prit le verre de vin des mains de Beah de peur qu'elle ne répande du liquide sur le tapis persan ancien et hors de prix.

— Je pense avoir pris la bonne décision pour nous deux, parce qu'il aurait fini par me quitter, plaida Keely.

Beah la dévisagea, et Keely se sentit mal à l'aise. Elle s'agita sur le canapé et résista à l'envie de baisser les yeux.

— C'est la meilleure solution, Beah, finit-elle par déclarer.

— Si Dare est un tant soit peu comme moi, je parie qu'il en a plus qu'assez que des gens se pensant intelligents décident de la façon dont nous pouvons aimer. J'aime Finn, et je sais que nous pourrions être très heureux ensemble. Dare, un homme intelligent et mature, veut aussi une relation sérieuse, apparemment, mais Finn et toi vous avez tous les deux décidé que nous n'avons pas notre mot à dire ? Eh bien, au nom de Dare, va au diable ! Et que Finn aille au diable !

Keely fut bouche bée. Elle ne trouva rien à dire pour sa défense. Car Beah avait raison.

— L'arrogance, l'intelligence et la peur sont un mélange mortel, ajouta Beah.

Keely voulut répondre, mais Beah l'interrompit en levant la main.

— Je ne peux pas te parler pour l'instant, Keels. Je t'adore, mais je suis fâchée contre toi. Et je sais que les trois quarts de cette colère sont dirigés contre Finn, mais tu es dans ma ligne de mire. Je préfère m'en aller avant de dire quelque chose qui pourrait altérer notre amitié.

Elle pivota sur ses talons, et Keely la regarda s'éloigner, en se demandant comment elle s'était retrouvée au centre de la conversation, et pourquoi c'était si inconfortable.

Keely se trouvait dans le hall de la résidence de Dare et attendait que le portier le prévienne, afin qu'elle ait la permission de prendre l'ascenseur pour rejoindre son appartement situé au dernier étage.

Dare refuserait peut-être de la recevoir...

Elle secoua la tête et regarda son écran, en se rappelant la raison de sa visite. Dare et elle n'avaient pas cessé de communiquer, mais leurs messages étaient courts, directs, et concernaient toujours Mounton House, la succession d'Isabel ou la vente aux enchères prochaine. Il était toujours son avocat et celui de Joa, et elle lui avait parlé du mariage de Ben et de Piper, puisqu'il aurait dû avoir lieu à Mounton House.

Elle devait le prévenir que la fête était annulée. Un peu plus tôt, elle lui avait envoyé un SMS afin de le prévenir de ne pas attendre un chèque de Finn pour la location de la salle de bal. Il lui répondit pendant qu'elle patientait en bas de son immeuble :

Dommage. Tant de travail pour les préparatifs de ce mariage. Y a-t-il un couple qui aimerait se marier à cette date à leur place ?

Et avant même que Keely n'ait eu le temps de déchiffrer son message - pourquoi se souciait-il de l'annulation ? - il lui en envoya un second.

Je me disais que nous pourrions le faire, toi et moi. Nous marier, je veux dire.

Il se moquait d'elle, songea-t-elle, contrariée. Elle entra dans l'ascenseur en pestant intérieurement. Comment Dare pouvait-il être si désinvolte ? Ce n'était pas drôle.

Rien dans cette situation n'était drôle.

Les portes s'ouvrirent, et Keely entra en trombe dans l'appartement, laissant tomber son sac sur le sol. Dare était devant la baie vitrée et regardait la vue superbe sur la ville.

— C'était vraiment un message stupide ! s'exclama-t-elle.

Elle fut consternée de sentir des larmes lui monter aux yeux. Elle ne révélerait pas à Dare que le mariage était son plus grand souhait, son désir de toujours. Deux êtres qui se promettaient un amour éternel... Comment osait-il plaisanter sur un engagement si profond, si important ?

— Celui dans lequel je suggère notre mariage ? demanda-t-il en se retournant vers elle.

Elle ne l'avait pas vu depuis des semaines et, dans son T-shirt bleu marine et son jean délavé, il semblait grand, fort, et exquis. Il lui avait tant manqué !

— Pourquoi est-ce une idée stupide ? reprit-il d'une voix bien trop calme.

— Parce que tu ne m'aimes pas. Tu ne veux pas réellement passer toute ta vie avec moi !

Dare ne bougea pas, mais un petit sourire se peignit sur ses lèvres.

— Comment le sais-tu, Keely ? Ou est-ce encore l'une de tes suppositions idiotes, comme l'idée que je vais te quitter quand je ne te supporterai plus ?

— Mais je suis insupportable, Dare !

Elle s'assit sur le bras d'un fauteuil carré élégant, agacée que des larmes coulent sur ses joues.

— Je suis autoritaire, exigeante, j'ai des opinions arrêtées, j'ai un fort caractère et...

Elle sentit les grandes mains de Dare sur ses genoux, respira son eau de toilette boisée. Elle leva la tête vers lui. Dans son regard, une lueur amusée brillait. Mais il y avait aussi de l'amour.

— Pourquoi crois-tu que je n'arrête pas de penser à toi, Keels ? J'aime ta forte personnalité, ta fougue, j'aime le fait que tu n'hésites pas à te battre pour ce que tu crois juste. Je t'ai vue sous ton meilleur jour et sous le pire. J'aime tout en toi.

Elle se mordilla la lèvre, soudain terrifiée.

— Dare, je suis...

— Non, ça suffit, l'interrompit-il en secouant la tête. Je ne suis pas du genre à me laisser marcher sur les pieds, Keels, et je sais exactement où je vais avec toi. C'est toi que je veux. Tout de toi. Je suis assez fort pour te dire quand tu vas trop loin et je suis tout à fait capable de me battre à ton côté. Je n'ai pas peur de toi, Keely. Quand vas-tu donc l'accepter ?

Le cœur battant, elle se força à répondre.

— Si tu t'en vas, comme les autres avant toi, je ne sais pas si je pourrai m'en remettre, Dare. Tu comptes bien plus pour moi que tous les autres hommes que j'ai connus.

— J'ai plutôt tendance à m'accrocher quand les difficultés arrivent. Prendre la tangente, ce n'est pas mon style. Et j'en ai assez que tu nous sépares sans cesse.

Il prit son visage en coupe.

— Aime-moi, chérie, laisse-moi t'aimer, et soyons heureux. Car vivre sans toi est horrible.

Keely songea brièvement à s'en aller. Mais c'était davantage une pensée fugace qu'une décision. Et si elle restait ? Si elle prenait le risque d'aimer ?

Dare lui sourit, sentant manifestement qu'elle était sur le point de capituler.

— J'ai une idée, dit-il. Répète après moi : « Je t'aime, Dare ».

— Je t'aime, Dare.

— Dieu merci. Maintenant : « Épouse-moi dans la salle de bal de Mounton House samedi prochain, Dare ».

— Épouse-moi... Quoi ? Comment ça ? Nous ne pouvons pas...

— Pourquoi pas ? Tout est prêt. Je t'aime, tu m'aimes, nous savons tous les deux que nous finirons par nous marier. Et puis, comme ça, tu me croiras quand je te dis que je ne compte pas m'en aller.

Elle n'en revenait pas.

— Je... Seigneur... Dare ?

— Nous reporterons à une autre fois la discussion sur le mariage, car je vois que ton esprit est en surchauffe. Mais ce que nous n'allons pas reporter, c'est ça : toi, nue dans mon lit.

Il glissa les mains sous ses cuisses et la porta dans ses bras.

Se sentant en sécurité et protégée, elle noua les bras autour de son cou et embrassa son épaule à travers le tissu de son T-shirt. Tandis qu'il l'emmenait dans la chambre, elle murmura :

— Dare ?
— Mm ?
— Je t'aime.

Il y avait une telle paix dans ces trois petits mots. Et elle comptait les utiliser à l'excès pour les soixante prochaines années. Au moins.

Il déposa un tendre baiser sur ses cheveux.

— Je t'aime aussi, ma chérie. À la folie.

Il disait vrai, elle le savait. Alors qu'attendait-elle ?

— Dare, veux-tu m'épouser samedi prochain ? Pour le meilleur et pour le pire ? Rester à mes côtés dans les disputes et les querelles, dans la maladie et la santé, etc. ?

— J'ai cru que tu ne me le demanderais jamais, ma chérie. Et la réponse est oui, évidemment !

Elle sourit et scella leur amour par un tendre baiser.

Avant-hier, Finn était à Hong Kong et regardait Ben faire de Piper sa femme. La cérémonie, à la fois gaie et triste, avait été poignante et, comme tous les autres invités, il avait eu les larmes aux yeux quand Ben avait pris son épouse dans ses bras pour danser avec elle. Ils avaient coupé le gâteau, prononcé des discours, et Finn avait même réussi à porter un toast à l'heureux couple sans que sa voix ne se brise.

La journée avait été joyeuse, mais il avait remarqué que Beah se tenait aussi loin que possible de lui. Il l'avait trouvée si distante, si belle, que cela lui avait fendu le cœur.

À Hong Kong, et à chaque minute depuis son retour aux États-Unis, il avait lutté contre le besoin d'aller vers elle, de la prendre dans ses bras, de la supplier de lui accorder une seconde chance. Mais leur histoire était impossible. Ils n'étaient pas faits pour vivre ensemble.

Tout était fini.

Finn tâcha d'oublier son découragement, son désespoir. Il n'allait tout de même pas songer à Beah alors que le soleil brillait, que le ciel était clair et la neige fraîche. Il allait savourer ces quelques jours dans le Colorado, profiter de la neige et de la solitude, appuyer sur le bouton pause de sa vie et de ses émotions.

Quand il se sentirait mieux et que son cœur serait un peu plus vaillant, il retournerait à Boston et s'efforcerait de se créer une vie sans Beah. Il lui faudrait fournir beaucoup d'efforts, mais il était déterminé.

Il réussirait.

Au bout du compte.

Étant un client régulier du complexe touristique, il avait été informé qu'un groupe de skieurs expérimentés allait skier ce matin avec quelques snowboardeurs, dans une zone idéale pour faire du hors-piste. C'était sa dernière chance de skier avant un moment. Finn savait qu'à cet endroit, appelé la piste de l'Enfer, plusieurs avalanches s'étaient produites. Mais aujourd'hui, il n'y avait pas d'alerte, et l'appel de la poudreuse était trop fort. La descente à ski requerrait une totale concentration de sa part, exactement ce dont il avait besoin pour chasser une certaine jeune femme rousse de ses pensées.

Il chaussa ses lunettes et s'élança, voulant être le premier à glisser sur la neige vierge. Il vit un snowboardeur le dépasser, et son esprit de compétition se réveilla aussitôt. Il n'allait tout de même pas laisser un adolescent le battre ! Savourant le silence et la neige fraîche, il accéléra, virant à droite pour dépasser le jeune homme. La veste de ce dernier était de la couleur exacte des yeux de Beah...

Finn sentit l'un de ses skis heurter le snowboard et jura quand il tomba et recracha de la neige. Il sentit ses skis voler et lâcha une série de jurons, tout en tâchant de se rappeler à quand remontait sa dernière chute. Dix ans ? Quinze ans ? C'était plutôt embarrassant. Il n'avait aucune envie de dévaler cette pente sur son postérieur.

Une vague de neige lui frappa le visage, et il crut que l'un des skieurs venait de le dépasser en projetant de la poudreuse sur son passage. Mais au lieu de ralentir, Finn sentit qu'il prenait de la vitesse. Ce fut à ce moment qu'il comprit qu'il y avait un problème. Un très gros problème.

Il avait du mal à respirer...

Enfin, après des minutes qui lui parurent des siècles, il s'arrêta et se retrouva à plat ventre contre la neige. Chaque centimètre de son corps semblait contusionné et douloureux. Il s'appuya sur ses mains pour se relever mais ne bougea que de deux ou trois centimètres avant de heurter un solide mur. Que se passait-il, bon sang ? Il prit une grande inspiration, et se rendit compte que l'air manquait. Il avait l'impression de respirer à travers une épaisse couverture.

Une couverture faite de neige, et causée par une avalanche. Il y avait un problème, en effet. Un problème du genre : « je vais peut-être mourir ici ».

Finn envisagea de crier mais décida qu'il était plus important d'économiser l'air. Il avait un transpondeur dans sa veste ; avec un peu de chance, son groupe remarquerait son absence et ne penserait pas qu'il était devant eux. Il payait sa tentative d'être le plus rapide. La meilleure chose à faire à présent était d'essayer de se détendre, de ne pas réfléchir...

Malheureusement, il se mit à penser.

Le visage de Beah, si pâle et si joli, ses boucles rousses qui tombaient en cascade sur ses épaules, apparut dans son esprit et il songea...

Il songea qu'il aurait aimé avoir une autre chance. Il regrettait de ne pas avoir aimé Beah comme elle méritait d'être aimée, d'avoir passé une décennie à essayer de se protéger. Il aurait dû être plus courageux, plus intelligent, et accepter l'amour qu'elle lui offrait.

C'est un peu tard, idiot.

Du coin de l'œil, Finn vit l'obscurité croître. Depuis combien de temps était-il pris au piège ?

Il l'ignorait, mais il était presque sûr qu'il était en train de s'étouffer lentement, et qu'il ne lui restait plus beaucoup de temps. Encore quelques minutes et il serait un cadavre.

Il bougea la main pour dessiner un cœur dans la neige, et parvint à tracer les initiales de Beah et les siennes avec son doigt, conscient qu'elle ne les verrait pas mais ayant besoin de laisser quelque chose de tangible sur cette terre qu'il était sur le point de quitter.

Puis, tout devint noir...

Dans la voiture de location qui se dirigeait vers l'hôpital, Beah pivota sur son siège et regarda Carrick qui avait la main posée sur son dos.

— Redis-moi ce qui s'est passé, dit-elle d'une voix rauque de peur.

— Il a été emporté par une avalanche, répéta patiemment Carrick.

Il lui avait donné la même explication au moins vingt fois depuis qu'il était passé la chercher pour l'emmener à l'aéroport, cinq heures plus tôt.

— Quand ils l'ont trouvé quinze minutes plus tard, il n'avait pas de pouls. Ils l'ont ranimé grâce à un massage cardiaque. Il souffre d'une hypothermie sévère, mais il va s'en sortir.

— Pas de dommages cérébraux à cause du manque d'oxygène ? demanda Beah, une fois de plus.

Elle connaissait la réponse, mais les voix calmes de Carrick et Ronan la rassuraient.

— Aujourd'hui, c'était une journée chaude, il ne portait pas beaucoup de vêtements. Il s'est donc retrouvé rapidement en hypothermie, ce qui a ralenti son métabolisme et réduit les besoins en oxygène de son cerveau. Le fait que Finn soit en très bonne forme physique l'a aidé.

— Je vais le tuer ! s'exclama-t-elle.

— Nous aussi, Bee, enchérit Ronan avec un sourire compatissant.

Il était au volant, et Joa était assise à côté de lui. Sadie était à la droite de Beah et avait la main posée sur son genou tremblant.

— Mais pas de récriminations, de cris ou d'accusations tant que Finn ne sera pas pleinement remis, prévint Carrick.

Ronan croisa dans le rétroviseur le regard de Beah. Lorsqu'il roula des yeux, elle parvint à sourire malgré sa peur. Elle savait qu'elle n'arriverait à fonctionner correctement que lorsqu'elle verrait le visage de Finn, qu'elle l'entendrait respirer, qu'elle sentirait les battements de son cœur sous sa main. Une part d'elle pensait encore qu'il était mort, qu'elle l'avait perdu et, à cette pensée, un frisson la parcourut.

Elle ne voulait pas vivre dans un monde sans Finn.

Elle enfouit le visage dans ses mains, et de nouvelles larmes mouillèrent ses doigts. Puis elle sentit la voiture ralentir et releva brusquement la tête. Ils étaient arrivés à l'hôpital, constata-t-elle. Ronan freina et, dès que le grand monospace fut à l'arrêt, Beah se pencha par-dessus Sadie pour sortir et faillit tomber.

Elle entendit ses amis lui crier de les attendre, mais elle les ignora et se mit à courir vers l'entrée. Elle ne pouvait pas attendre une seconde de plus. Elle passa les portes automatiques et chercha frénétiquement du regard des panneaux indicateurs. Carrick avait mentionné que Finn était dans la chambre 201.

Elle vit un panneau et, sans prendre la peine d'attendre l'ascenseur, trouva l'escalier et monta les étages en courant. Une fois dans le couloir, elle esquiva un chariot de nettoyage, passa devant le poste d'accueil des infirmières et regarda autour d'elle, au comble de l'inquiétude.

Enfin, elle vit le nombre 201 en surbrillance sur une porte, et quand elle jeta un coup d'œil par la vitre de la chambre de Finn, elle sanglota en voyant ses yeux clos, son visage livide et ses lèvres bleutées.

Elle sentit des mains la soutenir. C'était Ronan.

— Bee, cesse de pleurer, trésor.

Elle déglutit, agrippa la chemise de Ronan et s'obligea à

plonger le regard dans ses yeux, si semblables à ceux de son frère cadet.

— Ne me dis pas qu'il est mort, Ronan. Je t'en supplie !

Carrick approcha, la prit par la taille et la conduisit dans la chambre jusqu'au chevet de Finn. Puis il prit sa main pour la poser sur la poitrine du blessé.

— Tu sens son cœur battre, Beah ? Regarde cette machine, elle montre son rythme cardiaque. Il va bien, Beah, il dort, c'est tout.

Beah posa la tête sur la poitrine de Finn. Et elle fondit en larmes.

10

Une semaine plus tard, Finn arriva à Mounton House pour le mariage de Keely et Dare avec une bonne heure d'avance. Il savait que Beah était arrivée à l'aéroport Logan International plus tôt dans la journée. Et il fallait qu'il la voie. Certes, ce n'était pas le meilleur endroit ni le meilleur moment, mais il ne pouvait plus attendre...

Lorsqu'il avait repris connaissance à l'hôpital, ses frères et leurs compagnes étaient autour de son lit, mais il n'avait pas vu le visage qu'il aurait tant aimé voir.

Il savait que Beah lui avait rendu visite à l'hôpital. Ses frères lui avaient raconté que, pendant qu'il était endormi, elle avait pleuré sur son corps encore froid puis avait bombardé de questions les médecins sur ses blessures, les lésions cérébrales possibles, le temps que prendrait sa guérison.

Lorsqu'elle avait été sûre qu'il ne garderait aucune séquelle, elle avait quitté l'établissement sans le revoir, sans lui laisser une chance de lui parler.

Finn passa la main sur sa barbe. Il aurait préféré que Beah reste à Boston au lieu de rentrer directement à Londres. Il lui avait laissé des messages vocaux toute la semaine et, comme elle ne l'avait pas rappelé, il lui avait envoyé une flopée de SMS pour lui demander de le contacter.

Pour seule réponse, il avait eu droit à un bref message de deux phrases...

Contente que tu t'en sois sorti. Cela prouve que Dieu protège les imbéciles.

Beah était furieuse, et il ne pouvait guère lui en vouloir. Il avait été un imbécile, mais pas sur le plan sportif. Son accident était le fruit de la malchance, et Finn comptait bien remonter sur des skis dès qu'il le pourrait. Il ne laisserait pas une avalanche tuer son amour pour son sport préféré.

Mais quand il retournerait skier, il aimerait être accompagné de ses frères et de la femme qu'il aimait. Il espérait que d'ici là elle serait à nouveau son épouse.

Car, dans son cœur, Beah était encore sa femme, celle qui faisait battre son cœur.

Il avait été stupide de la laisser s'en aller par deux fois. Il le reconnaissait volontiers.

Il monta les marches du perron et sonna à la porte. Après quelques instants, Dare Seymour vint lui ouvrir. Le futur marié portait une chemise blanche et un nœud papillon défait autour du cou.

— Ravi de te voir, Finn. Et je suis content que cette avalanche ne t'ait pas tué.

Oui, lui aussi.

— Tu n'es pas censé arriver plus tard ? demanda Finn en lui serrant la main. Tu sais, cette histoire de ne pas voir la mariée avant la cérémonie ?

Dare sourit.

— J'ai le droit d'être au rez-de-chaussée, mais Keely m'étranglera si je monte à l'étage. Je suppose que tu cherches Beah ?

— En effet.

Dare désigna d'un signe de tête le vaste escalier.

— Elle est avec Keely, à l'étage, seconde porte à droite.

Finn le remercia et monta les marches. Pour une fois, il ne prêta pas attention aux œuvres d'art ni au grand portrait d'Isabel Mounton sur le palier.

Il arpenta le couloir d'un pas alerte et s'arrêta devant la porte indiquée, lissant les revers de sa veste de smoking. Il s'apprêtait à vivre un moment capital. Il fallait qu'il trouve les mots justes, qu'il dise à Beah ce qu'elle avait besoin d'entendre…

Ne gâche pas tout, Murphy.

Il frappa à la porte et, sans prendre la peine d'attendre une réponse, entra en trombe. Quatre paires d'yeux - la maquilleuse, la coiffeuse, Keely et sa sœur Joa - se posèrent sur lui, mais aucune n'appartenait à la femme qu'il voulait voir.

Keely tourna la tête, et il suivit son regard. Beah était là, dans un coin de la pièce, à côté d'une robe de mariée complexe et luxueuse. Elle portait une longue robe couleur argent au décolleté plongeant. Ses cheveux étaient rassemblés en un chignon flou et, pour une fois, son maquillage ne cachait pas ses taches de rousseur.

Elle était si splendide qu'il en eut le souffle coupé, mais son regard était triste. Il fallait que cela change… immédiatement.

Beah lança un regard à Keely puis reporta son attention sur Finn et se mordilla la lèvre.

— Finn ? Qu'est-ce que tu fais ici ?

— Ça fait des jours que j'essaie de te joindre, mais tu ne réponds pas à mes appels.

— Si tu tenais tant à me parler, tu aurais pu sauter dans un avion, ou utiliser le jet de la compagnie. Il me semble que ces appareils peuvent voyager dans les deux sens.

Aïe.

— Mes médecins et mes frères refusaient que je quitte l'hôpital, sinon, c'est exactement ce que j'aurais fait.

Beah plissa les yeux, comme si elle essayait de décider s'il disait la vérité ou non. Il disait vrai. Il n'était sorti de l'hôpital que la veille au soir après avoir expliqué aux médecins qu'il devait assister à un mariage. Il se sentait encore endolori et épuisé.

Beah semblait toujours furieuse. Il ne pouvait guère lui en vouloir. Si elle avait failli mourir, il réagirait de la même manière.

— Allons discuter, Bee, dit-il avec douceur.

Beah interrogea Keely du regard. Son amie lui sourit.

— Vas-y, Bee. Garde simplement un œil sur l'heure. Dare

a promis de me traîner jusqu'au rez-de-chaussée si j'ai une seule minute de retard.

Finn sourit à sa vieille amie qui avait des rouleaux dans les cheveux et dont le maquillage était à moitié terminé.

— Dare est dans le couloir, en train de faire les cent pas, lui apprit-il. Il est impatient de t'épouser. Et tu es superbe, Keels.

— Menteur, dit-elle en affichant un sourire éclatant. Mais je serai superbe tout à l'heure. Emmène ta femme hors d'ici, Finn.

— Je ne suis pas sa femme, protesta Beah en levant les mains.

Ne voulant pas se disputer avec elle devant des inconnues, Finn ouvrit la porte et attendit que Beah le suive. Quand elle finit par sortir de la pièce, il referma la porte puis contempla l'amour de sa vie.

Beah plaqua les mains contre ses pectoraux.

— Je ne suis pas. Ta. Femme.

L'envie de l'embrasser était si forte qu'il glissa les mains dans ses poches pour s'empêcher de la toucher.

— Légalement, non. Mais dans ma tête et dans mon cœur tu l'es.

Puisque communiquer n'était pas son point fort, il décida de faire simple.

— Je t'aime, Beah, et j'adorerais t'épouser à nouveau. Quand tu voudras, et comme tu le voudras.

Sous l'effet de la surprise, Beah entrouvrit ses jolies lèvres roses.

— Mais si tu ne veux pas te marier ou même vivre avec moi, je l'accepterai, continua-t-il. Si tu veux rester à Londres, et que nous nous voyions quand nous le pourrons, cela m'ira aussi. Je suis prêt à partager ta vie selon tes conditions.

Ce n'était pas la solution idéale, mais quel autre choix avait-il ? Ne pas la voir du tout ? Inacceptable.

Elle leva la main, comme si elle essayait de repousser ses paroles.

— Tu m'as quittée, Finn. Pour la seconde fois.

— Et si je pouvais me botter les fesses moi-même, je le ferais. J'ai eu peur, Beah. Tu me fais peur.

Elle baissa les yeux et fixa ses sandales argentées.

— Mais tu sais ce qui m'effraie le plus ? demanda-t-il.

Elle releva les yeux vers lui, et il se risqua à caresser du pouce sa lèvre inférieure.

— Ne plus jamais embrasser cette bouche me terrifie. Ne plus t'entendre rire, ne plus t'avoir dans ma vie me terrorise, ma chérie.

Elle voulut intervenir, mais Finn secoua la tête. Il fallait qu'il lui dise tout ce qu'il était venu dire.

— Quand j'étais piégé dans la neige, incapable de bouger, la dernière chose que j'ai vue avant de perdre connaissance, c'était ton visage. J'ai éprouvé énormément de regrets pour tout le temps que nous avons perdu, pour l'amour et les années que nous n'avons pas partagés, pour les enfants que nous n'avons jamais faits. Rien de tel que de frôler la mort pour savoir ce qu'on veut le plus dans la vie.

À présent, les yeux de Beah brillaient d'émotion.

— Et c'est… ? demanda-t-elle.

— Toi. Rien que toi, dit-il d'une voix grave et émue.

Il était sur le point de la supplier, mais peu importait. Beah était tout pour lui…

— Trouvons un moyen d'être ensemble, Bee. Je ne plaisantais pas quand je disais que je prendrais tout ce que tu voudras bien me donner.

Elle joignit les mains en pointe et les appuya contre ses lèvres. Elle fit un pas en arrière, et Finn sentit son espoir s'amenuiser. Elle s'éloignait de lui ; elle réfléchissait trop et laissait son esprit gouverner son cœur. Finn était sur le point d'être terrassé, quarante-cinq minutes avant le mariage de Keely.

Bon sang.

— Je veux toujours quitter Murphy pour accepter l'offre de partenariat de Michael, finit-elle par répondre, levant son joli menton obstiné.

Elle pourrait même briguer la Maison Blanche ou cesser de travailler pour toujours, il n'y verrait pas d'inconvénient. Beah pouvait faire tout ce que bon lui semblait.

— Et j'aimerais garder mon appartement à Londres, puisque je ferai des affaires là-bas, ajouta-t-elle, l'air songeur.

Si elle voulait en venir quelque part, elle prenait bien trop de temps pour y arriver. Il commençait à être à bout de patience.

— Tu m'aimes, oui ou non ? s'exclama-t-il, sa voix résonnant entre les murs centenaires.

Elle sourit.

— Peut-être. Peut-être que mon amour pour toi explique pourquoi j'étais dans tous mes états à l'hôpital, pourquoi j'ai pleuré toutes les larmes de mon corps, pourquoi j'ai cru que mon monde s'était arrêté quand tu m'as quittée.

— Je suis vraiment désolé. Si tu veux bien de moi, je passerai le restant de mes jours à me racheter auprès de toi.

Beah tendit enfin la main vers lui et la plaça sur sa veste de smoking, à l'endroit où battait son cœur.

— Je n'ai pas besoin que tu te rachètes. Je veux juste ça.

— Mon cœur ?

Elle hocha la tête, et il posa la main sur la sienne.

— Tu l'as toujours eu, ma douce. J'étais juste trop bête pour le comprendre.

Elle cligna les yeux pour refouler ses larmes.

— J'ai quelques conditions, Murphy, des règles inflexibles.

Et voilà, pensa-t-il. Elle allait exiger qu'il cesse de s'adonner à des sports dangereux. Évidemment, il accepterait. Il dirait oui à tout. Beah était sa plus grande priorité. Et elle le serait toujours.

— Je veux un mariage, dans une église cette fois, avec des demoiselles d'honneur et un prêtre, des fleurs et une robe magnifique.

Il était facile d'accepter ses exigences, puisqu'il voulait la même chose. Il acquiesça d'un signe de tête et prit son magnifique visage entre ses mains.

— Quoi d'autre ?

— Nous devons communiquer davantage, Finn. Nous devons entretenir notre relation, chaque jour, de toutes les manières.

— Je peux travailler là-dessus. Je vais travailler là-dessus. Je te promets de m'améliorer, Beah. Autre chose ?

Au lieu d'émettre d'autres exigences, elle lui offrit un sourire plein de joie et d'amour.

— Je t'aime, Finn. J'espère que tu le sais.

Il déposa un doux baiser sur ses lèvres puis appuya son front contre le sien.

— Et je t'aime aussi, Beah. Pardon d'avoir été un tel idiot.

Elle émit un rire qu'il trouva très sensuel.

— Tu es pardonné, mais si tu manques de mourir à nouveau, je te tuerai moi-même.

Il recula, un peu intrigué qu'elle n'ajoute rien. Puisqu'elle ne le lui demandait pas, il le proposerait lui-même.

— J'arrêterai les sports extrêmes si tu le souhaites, Bee. Si cela t'apporte la tranquillité d'esprit, je ne courrai plus après les frissons. Tu es mon plus grand frisson, de toute façon.

Elle secoua la tête, et son regard miel s'emplit de tendresse.

— Je ne vais pas te demander d'arrêter, Finn. Je ne veux pas te priver de quelque chose que tu adores. Je peux accepter ta passion pour le danger. Je te demande seulement de redoubler de prudence, parce que mon cœur a failli s'arrêter quand le tien a cessé de battre. Aime ce que tu fais, Finn, mais aime-moi assez pour toujours revenir auprès de moi.

Avec l'impression d'avoir emporté tous les jackpots du monde, il la prit dans ses bras et, les larmes aux yeux, déposa un baiser sur ses cheveux. Aimer Beah serait la plus grande joie et le plus grand privilège de sa vie.

— Veux-tu m'épouser à nouveau, Beah Jenkinson-Murphy ? demanda-t-il, la voix rauque d'émotion.

— Absolument ! Mais pas maintenant. Aujourd'hui, nous devons assister au mariage de notre blonde autoritaire préférée qui va rendre Dare chèvre pour les cinquante prochaines années.

Il lui donna un autre baiser puis s'écarta, car s'il continuait de l'embrasser, il ne pourrait plus s'arrêter.

— Dare est impatient de relever le défi, commenta-t-il.

Elle se mit sur la pointe des pieds, l'embrassa puis effaça avec son pouce la trace de rouge à lèvres qu'elle avait laissée sur sa bouche.

— J'aimerais rester avec toi, Finn, mais Keely a besoin de moi.

— Je sais, et ça me va. Je te vois tout à l'heure ?

Elle hocha la tête, serra sa main puis s'éloigna à contrecœur.

Finn la regarda s'en aller, le cœur débordant d'amour.

Son épouse était sienne à nouveau.

Épilogue

Il était près de minuit, la vente Mounton-Matthews très attendue touchait à sa fin, et Beah était épuisée. Après une campagne de six mois, une vente en ligne et deux jours de ventes aux enchères en salle, la cession de la collection d'Isabel venait de s'achever par la vente du Winslow Homer authentifié par Sadie pour un montant de… Était-ce deux millions et demi, ou vingt-cinq millions ?

Beah plissa les yeux pour lire le nombre sur le grand écran au-dessus de la scène. Vingt-cinq millions… Ce qui portait le total de la vente à plus d'un demi-milliard de dollars. Bonté divine, c'était une fortune colossale.

Dans la salle en pleine effervescence, l'adrénaline et le soulagement étaient palpables.

La vente était un immense succès.

Beah se trouvait derrière le comptoir avec les autres membres du personnel qui avaient pris les enchères par téléphone. Elle avait accepté d'être l'intermédiaire pour Paris Cummings, car il avait tenu à ce que son anonymat soit préservé. Il était le nouveau propriétaire à la fois du tableau de Homer et du Vermeer.

Elle jeta un regard circulaire dans la salle. Joa était avec Carrick, Sadie, Keely et Dare. La jeune épouse de Ronan pleurait de joie et avait les yeux rivés sur son mari qui se tenait derrière le pupitre sur la scène. Beah ne pouvait pas voir le visage de Keely car son amie était blottie dans les bras de Dare.

Joa et Keely devraient maintenant décider à quelles œuvres de charité elles reverseraient les bénéfices de la vente. Elles avaient déjà proposé de faire un don conséquent à la recherche sur le cancer, ce dont Beah leur était reconnaissante.

À travers ses yeux embués, Beah remarqua le sourire satisfait de Carrick qui entourait Sadie de ses bras, une main posée sur le ventre arrondi de la jeune femme. La future maman avait refusé de rester chez eux, disant à Carrick qu'elle était enceinte et non invalide.

Beah sourit quand Joa se précipita vers la scène pour se jeter dans les bras de Ronan. Et elle fut émue quand ce dernier étreignit sa femme et déposa un baiser sur ses cheveux.

C'était une soirée joyeuse et merveilleuse…

Carrick et Sadie rejoignirent Ronan et Joa derrière le pupitre, et Carrick fit signe à Keely et Dare de monter sur scène. Ronan chercha Finn du regard.

Beah sourit quand elle vit Finn monter les marches puis échanger des accolades et des tapes dans le dos avec ses deux frères. Il semblait heureux. Satisfait. Et apaisé.

Si elle en croyait Finn, elle était en grande partie responsable de cet état de fait.

Parce qu'il n'aimait pas être sous les projecteurs, Finn quitta rapidement la scène et retourna dans la foule. Beah suivit sa tête blonde du regard, espérant qu'il viendrait la retrouver ; elle tenait à partager ce moment incroyable avec lui. C'était sa dernière soirée en tant qu'employée de Murphy International.

Elle était à la fois triste et enthousiaste à l'idée de changer d'horizon. Mais où que sa carrière l'emmène, elle reviendrait toujours auprès de Finn.

Carrick tapota son micro, et un silence relatif se fit dans la salle.

— Mes frères et moi aimerions remercier Joa Jones et Keely Matthews-Seymour pour avoir fait à Murphy International l'honneur de représenter la collection de leur mère Isabel Mounton-Matthews. Nous sommes fiers d'avoir battu plusieurs records ce soir, mais surtout nous sommes heureux d'avoir récolté une somme exceptionnelle qui sera distribuée à des œuvres de bienfaisance.

Beah sentit les mains puissantes de Finn se glisser autour de sa taille puis l'attirer contre lui. Elle tourna la tête vers lui et contempla ses magnifiques yeux vert et or.

Il déposa un petit baiser sur son nez puis sur ses lèvres.

— Bonsoir, beauté.

— Bonsoir, dit-elle, s'appuyant contre lui.

Elle était très fatiguée, et Finn était toujours ravi de la laisser se reposer sur lui.

Lorsque Carrick s'éclaircit la voix, Beah reporta son attention sur la scène. L'aîné des Murphy prit Sadie par la main puis prit la parole.

— Ces derniers mois ont été très chargés pour les membres de Murphy International, et j'aimerais remercier chacun d'entre eux pour le formidable travail accompli.

Des applaudissements retentirent dans la salle. Après un instant, Carrick leva la main, l'air sérieux, et poursuivit :

— Cette vente restera l'une des plus mémorables de Murphy, mais pas seulement grâce à l'immense collection d'Isabel et à tout l'argent récolté. Isabel et ses trésors ont apporté le bonheur à beaucoup d'entre nous. Keely, sa fille, à la surprise de tous, a récemment épousé l'avocat d'Isabel. Ronan et Joa, sa fille adoptive, se sont trouvés, et les fils de Ronan ont désormais une adorable maman. En ce qui me concerne, j'avais engagé Sadie pour authentifier le Winslow Homer, et non seulement elle a accepté de devenir ma femme mais, comme vous pouvez le voir, nous allons bientôt agrandir le clan Murphy. Et pour finir, Beah était une Murphy il y a quelques années, et je sais de source sûre que Finn est impatient de l'épouser une seconde fois.

— Et comment, murmura Finn à l'oreille de Beah.

— À Isabel et à son incroyable collection, dit Carrick, levant le verre de champagne qu'une serveuse lui avait apporté sur un plateau d'argent.

Finn déposa un baiser sur les cheveux de Beah.

— À nous, chérie. Je t'aime.

Elle se retourna dans ses bras et l'étreignit.

— Je t'aime encore plus, Finn. Si nous rejoignions la famille ?

Il acquiesça d'un signe de tête.

— Nous avons beaucoup de chance, Bee, tu ne trouves pas ?

Il lui offrit un sourire tendre, si plein d'amour et de désir qu'il fit vibrer son cœur - et son corps.

Elle vivait un rêve et, oui, Finn et elle avaient énormément de chance.

Ils avaient attendu longtemps pour se retrouver, et ni elle ni Finn ne gâcheraient une seule minute de leur bonheur retrouvé.